U0107588

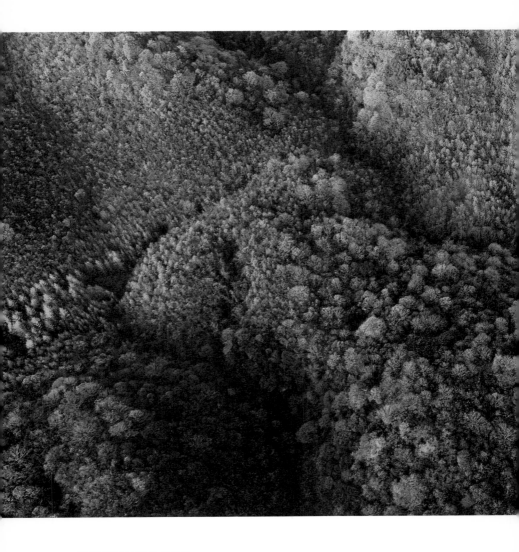

陕西镇巴县的天悬天坑

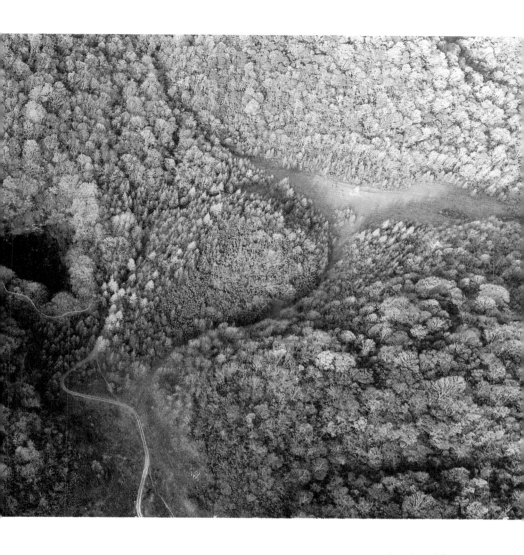

巴 山 似 锦
天 悬 爱 心

目　录

花萼山到午子山

的眼光：我在荔枝道上看风景，你在广货街上看我，咱们都是风景的一部分。

美景家品的"景"，相当于美食家所品"色香味"中的"色"。然而美景家也讲究"味"，就是景观后面的文化。"香"则是知名度。世界上的景观中，确实有一些跟人类文化关系不大，比如南极的冰雪，但这毕竟是少数。中国悠久的农耕历史给几乎所有的地方都"入了味"——文化之味。只要有"四海无闲田"，就会有"山川尽文化"。目前的情况是山里出现了很多闲田，于是怕山川犹在，文化蒸发。电影《饮食男女》中的厨师见餐桌上的人品不了满汉全席，不禁摇头，这桌饭白做了。所以美景家的一个责任，是要穿透景观看到文化。古代画家说鬼好画，狗马难画，因为狗马是动态的，早晚都不一样。景观是静态的，文化是动态的。任何一个选美比赛要选的都是动态之美，否则让选手拿照片出来竞选就行了。

所以，山川田园大家都知其美，美景家则要知其所以美，所以我就去访谈一番，看看有什么奇特的事可以收集。美景借文化传出去，有人打理一下道路设施，就生成了一个景点，然后食客们，也就是游客们，就会来品鉴"色香味"。

先从关键词说起。

旅行与旅游：一种综合性美的体验，包括坐车、坐船、坐飞机、步行、看景、爬山、参加游乐活动等。旅游者体验景观之美、故事之美、事理之美、活动之美等。我们的出差旅行一般也都包含旅游的成分，比如抽空看看当地名胜，接触当地美食等。"游"和"行"都是根基很深的古典字，"游"似乎还要早。孔子的周游列国是责任之游，是出差旅行的鼻祖。庄子的逍遥游则是个性之游，是休闲旅游的鼻祖，驴友最崇拜他。关于"行"，则有张骞的西域行以及后来的"行者"，如行者武松和孙行者猴子。他们是长途和专业旅行者。

但有意思的是，最早提倡职业人员出去旅游的人是孔子。本来孔子时时处处都在讲"修身齐家治国平天下"，讲严以律己，举止合乎礼仪，没想到在跟学生的一次对话中，居然说最赞成的理想是暮春时去沂水河边戏水，散开头发吹吹风，唱着歌回家。"暮春者，春服既成，冠者五六人，童子六七人，浴乎沂，风乎舞雩，咏而归。"从汉代的王充到清朝的王夫之，都怀疑暮春的沂水河水太冷，不可能那样洗澡吹风。但我春分时节在关中礼泉县的甘河水库边发现背风朝阳流速慢的浅水湾地带，水是相当温暖的。我还曾在冬天把温度计放在向阳的窗台上，结果到了四十几度。孔子所处的沂水河跟陕西中部温度差不多，晚春时节（阳历四五月份也算）一定有类似的浅水湾，先洗个澡，穿上衣服再晒热，然后迎着柔和的杨柳风回家。我说这个是强调实地行走的重要性：冬天再冷都有暖和的地方，夏天再热都有阴凉的地方，不能只坐在家里推测温度。所以"孔子春游沂水"应该成为学校增加春假、提倡师生春游以及职业人员度假的重要历史文化和哲学依据。

旅行之美包括四个核心元素：

第一，景观。我走看的是川陕交界处的深山荔枝道，主要在陕西镇巴县境内。这儿的大景观是拿得出手的：有世界最大天坑群——汉中天坑群里最大的圈子崖天坑和最网红的天悬坑，有峡谷秘境白天河，还有另辟蹊径小众多样的小景点，不妨称之为"草根景点"，它们更能代表一个地方的特点。我跟在上海上大学的女儿去成都，她居然把一个叫建设路的地方当成首选去处。我见这条街既不是老巷子也不是新步行街，就是七八十年代那种五六层的住宅楼，一层朝街一面是一家挨一家的没座位的小吃店，因为网上追捧景观之美就跟不存在一样。同理，如果你只根据知名度去看一个景观，就也没有掌握审美的要领。"山不在高，有仙则名"，这个"仙"可以是你，只要你喜欢，它对你就是名山。那些说某某地"不去后悔，去了也后悔"的人，就是因为只冲着实景和别人的描述去的。

审美是可以学习的，基本方法就是联想和解读。要能把品味历史、品味民俗看得跟品味景观一样重要，把去不同地方看得跟去有名的地方一样重要。就像买东西，会买的买对的，不会买的买贵的。

我写这本书还夹带了一点私货，希望大家通过旅游来关注一下乡村振兴。之所以说是私货，是因为游客按理说是来放松消遣的，不应该操心国家大事。但这也不算操心，只要轻松思考一下就行，权当体验一下"事理之美"：城市和乡村应该是共生的，不应该是分离的。对城市人来说，乡村永远是缓解压力的一个选项；对有些乡村来说，旅游是能把它们跟城市连起来的最后一根绳子。城市问题，乡村有责；乡村振兴，游客有责。

目前中国各地对于旅游的宣传和重视，是我在其他国家没有见过的。我在美国见到的旅游就是个商业，是旅游公司的业务，政府不参与，虽然各地政府也一定程度上宣传自己的形象。我自己的感觉是，中国各地发展旅游首先促进了人居环境的改善，尽管盈利不容易。为此我访谈了镇巴县县长贾晓伟，问他旅游对于一个地方发展的作用。他说旅游是高投入低产出，但同时又有"高附加值"和"高带动性"。他认为在镇巴，旅游当作农业和工业的助推器，让第一、第二、第三产业融合发展，使产业价值链更加丰富，产生更大增值，比如正在推行的茶旅融合。在他以前任职的留坝县，民宿的带动效应就非常明显，因为高端。在镇巴发展民宿也可以带动茶以及土特产的价值。疫情以后镇巴这样的地方发展景区旅游等传统赛道已经不具备优势，而要重视有市场需求的、高品质的、差异化的旅游。

我来用美景家的语言对政府的攻略解读一下吧。我看旅游就是一个实体（人或者公司，县城，村庄）的美好形象，就像演员登台唱戏以前先化妆和穿上剧装。一个地方发展经济，先拿旅行之美把人吸引过来。而发展差异化旅游，正好是巴山荔枝道这样地方的长处。我觉得镇巴的自然景观很像根雕：弯曲弧线居多，直线少，这就是庄子所说的那个不中规矩的大树。既然无法用直尺和直线量，那就在保持它原来形状的基础上打造工艺品吧，所以根雕成了大家认可的一种独特艺术品。

陕西理工大学研究旅游的教授蔡云晖给我介绍了国家旅游资源分类评估标准，还说有五个关注点，六个要素，十二个"头"：游头、看头、学头、拜头、买头、玩头（体验性）、吃头（菜能否标准化、规范化、特色化，腊肉小型化包装，开袋即食）、回头（再来）、想头（联想）等。我明白了，从旅游管理角度来说，景区需要标准化。我这样的"美景家"处在文化向旅游变现这条长线的上游。这本书的目的是让外面的人先喜欢上这儿，为此就要挖掘这儿个性化多样化的景观和文化，展示这儿的奇特性，为从事旅游策划和文创的人提供资料和启发。但蔡云晖提出的一个"拼景成团"的概念倒是符合山里的情况，就是跟我说的一条大鱼配十条小鱼是类似的。

现在来看看巴山荔枝道的周边环境。

镇巴的邻居全是巴山住户。往东依次是安康的紫阳县、汉阴县、镇坪县、岚皋县、平利县，湖北的房县、竹溪，重庆的巫溪县等。东边最有名的两个老表是武当山和神农架，彼此相邻。大巴山是武当道教的私家园林，我看到镇巴县渔渡镇清代熊道士的墓碑上

把根背在身上（星子山）

写着"武当山太子坡道士"，就知道他在武当山学过道，列在墓碑
上引以为豪，相当于一个学位。"神农架"如今是知名中草药名牌，
含有这三个字的商标已经不批了，这是我 2022 年夏天在十堰女企
业家孙华那儿听来的。当时我正好有口腔溃疡，在场的一位搞中药
制品和特色农业的企业家张梦琼给了我几盒"神农灵草本植物牙
膏"，刷了两次果然就好了。实际上整个大巴山都是中药宝库，青
水镇的胡述权说镇巴人以前拿野生天麻和党参像萝卜一样炖肉吃，
足见这两种药材的常见性。

对了，我以前写书避免提企业人士，以免有植入广告的嫌疑，
后来发现我所接触的土特产、中药、旅游等企业，创业都不容易，
不少都是政府扶持的，所以应该光明正大地宣传他们。其他那些来
山里投资的企业也应该宣传，因为它们为乡村振兴和县域经济做出

了贡献。

东南边的巫溪县有个夏商周时候就发现和利用的古盐泉，是古代巫咸国的所在地。历代由官方垄断熬盐，直到 1988 年。如今那个古盐镇人去楼空，盐泉还在流。无数背盐人曾经行走于山林集镇，给巴山民俗文化留下一个奇特案例，安康的邹卫鹏写了一本叫《秦巴古盐道》的书对此交代得最好。

镇巴西边有南郑县和宁强县，分别有米仓道和金牛道通向四川。米仓道过去是四川的巴中市，金牛道过去是广元市、绵阳市，那边是条条古道通成都。镇巴北边的邻县是西乡，荔枝道在那儿到头，过了汉江河是秦岭，再过去就是关中平原，往那边是条条古道通长安。

镇巴往南才是荔枝道的主要部分，紧邻的是四川万源市。贵妃荔枝的来源地有重庆涪陵和广东两说，都有佐证①，但历史上记载的荔枝道只有一条，就是从涪陵到陕西汉中的西乡县这段②。本来涪陵到长安都算荔枝道，但过了汉江的子午道和傥骆道是秦岭老道，名气很大（前面提到的那对法国驴友就在子午道上），荔枝这个时尚名称不足以替换它们，只替换了涪陵到西乡这一段，于是荔枝道成

---

① 杜甫《病橘》：忆昔南海使，奔腾献荔枝。鲍防《杂感》：五月荔枝初破颜，朝离象郡夕函关。李肇《唐国史补》：杨贵妃生于蜀，好食荔枝。南海所生，尤胜蜀者，故每岁飞驰以进。蔡襄《荔枝谱》：唐天宝中，妃子尤爱嗜，涪州岁命驿致。范成大《吴船录》：自眉、嘉至此，皆产荔枝。唐以涪州任贡，杨太真所嗜。宋代的《鹤林玉露》：明皇时所谓"一骑红尘妃子笑"者，谓泸戎产也，故杜子美有"忆向泸戎摘荔枝"之句。其中的"泸戎"即今泸州市。

② 当时荔枝道是在所谓"洋（州）万（州）涪（州）道"和"洋（州）渠（州）道"之间取直而行。蓝勇：《四川古代交通路线史》，西南师范大学出版社，1989 年。

了巴山的品牌。

还有个有趣的事，秦蜀古道都指的是山里的部分，一到关中和成都平原就不叫了。平原上与时俱进，只有山里能留得住古。

我认为巴山没有得到应有的重视，因为秦岭太高调了。在地理学家眼里秦岭和巴山是同一片山脉，但它们内部有一条界河汉江。两者关系的最佳比喻是丈夫和妻子，和而不同。党双忍所著《秦岭简史》一书中提供的"大秦岭全域图"像个动物，其中腹部和后腿组成巴山，从汉江一直跨到长江。背部和腹部的分界线是汉江，汉中、安康、十堰、襄阳都在汉江上[①]。秦岭是黄河和长江的分水岭，汉江是秦岭和巴山的"分山河"。地理学家把秦岭巴山纳入大秦岭，但我还是喜欢传统的"秦巴山区"，用丈夫的名字来指代夫妻两人是不礼貌的。

为什么说巴山文化不应该被秦岭文化遮蔽？是这样的：秦岭确实是南北分界线，因为过了秦岭到汉江，气候物产就已经是典型的南方了。如果看文化，也是四川和湖北来的巴楚文化占据了汉江流域，包括秦岭南麓和巴山北麓。比如在秦岭里的留坝县、佛坪县，以及属于北麓周至县的老县城村，我听见的都是四川口音。也就是说，自古以来，主要是巴蜀文化渗透到秦岭里，而不是关中文化渗透到巴山里。所以如果按照文化来划分省，可以把巴山和汉江流域划成一个"巴省"。"巴省"包含川北陕南，川东鄂西，和重庆这一片山的海洋[②]。它的前身是商周时期的巴国。巴国消失得太早，以至

① 党双忍：《秦岭简史》，陕西师范大学出版社，2020年，第42页。
② 符文学在《镇巴文史资料》（第一集）中指出，辞海对"巴岭"的解释是：今地学家称汉水扬子江之间的诸山为巴岭山脉，亦曰"大巴山"。在巴岭东南又有许多小巴山，亦曰"小巴岭"。

于大家以为它和蜀是一回事。重庆成了直辖市以后才重新举起了巴渝文化的旗子。"巴省"虽然分属五个省市，但这并没有改变它以巴文化为源头的基本身份。

荔枝道一千二百多公里，四川万源市和陕西镇巴县这段深山段最具挑战性，是大巴山腹地。一是路难走，二是匪寇战乱多。万源人对自己的描述是"山川壮美，多行武之人"，"危岩险关，兵家必争"①。万源鹰背梁竹筒沟的苟在江家里有一张明代石刻的拓片，上面有"此竹筒沟，通衢道也。然则天宝贡果过境而被劫，官军剿焉"②的句子。贡果荔枝在这儿竟然被土匪抢了？贵妃吃荔枝是高雅的事，土匪吃荔枝则俗不可耐，会招致其他土匪的嘲笑，不知为什么要冒这个险。估计只想恶搞一把，刷个存在感。这个例子说明除了浪漫之路和怀旧之路，荔枝道还是传奇之路和幽默之路。

虽然抢荔枝发生在万源，但我看镇巴段比万源段更具深山特点。万源自古就是个人口较多的大县，抵消了一点深山的氛围。我2022年5月跟镇巴县的招商引资团队去重庆，路过万源，只见是一个位于平坦开阔盆地的城市，感觉跟汉中市区都差不多，过了万源，山势也明显降低。当然万源大山也很多，只是荔枝道不必经过那儿。而镇巴在清朝以前只有三国时期和唐代设过县，且都很短暂。其中三国时期的县衙是在离万源很近的渔渡镇，说明当时的人口主要在万源一侧。其他朝代镇巴属于西乡县，而西乡县衙又在靠近汉中平原的地方，也就是说，三国到现在的这近两千年，镇巴这个汉中面积最大而且全是山的县大部分时间没有县衙，是真正的

① 《万源历史文化系列丛书·历史文物》，中国文史出版社，2014年，第4页。
② 《万源鹰背乡发现荔枝古道新证据》，《达州晚报》，2015年4月22日。

精韧、宜居与奇秘

镇巴县教师进修学校教师朱广录在饭桌上说，镇巴是败军流寇之地，民风彪悍。镇巴人可以这样说自己，但我得礼貌点，就把"败军流寇之地"润色为"兵家反扑之地"，把"彪悍"润色为"精韧"。

先说"精"。大巴山里连土匪都有品尝荔枝的情怀，更不用说良民了。良民的"精"体现在劳动形式和唱民歌上。比如巴山盐道上的背二哥空手出门时精打细算，路上有几个店子就带几小布袋干粮，每到一个店子寄存一个，这样负重返程时就不用背干粮，到一个店子取一袋吃。背盐返回时结成团队行动，几步歇一下也都是算好的：七上八下平十一，也就是上坡七步，下坡八步，平路上十一步 ①。关中平原上一大片麦子种完大家就不用怎么管，收了以后再种一大片玉米。而山里的土地都在坡上和沟底，呈阶梯状，大小不一，耕种时要考虑水源和阴坡阳坡等因素，所以平原人的劳动更容易标准化，而山里人只能个性化。除了种庄稼这样的"主流劳动"，还有编竹器、砍柴、收集山货土产，以及打猎、捕鱼等，这些都包含着精巧和创意。

山里的生活环境也变化多样，可用"精变"来说。八十三岁的刘光朗说 1956 年他跟两个同学去西安上学，沿荔枝道连续走了一天一夜（不睡觉），到西乡堰口大吃一惊：世界上居然有这么开阔的空间！而西乡实际上只是半山上的一块小平原。坐车来到城固，是更大的汉中盆地，走一条大路时又有了心理问题：你看它直线一

---

① 邹卫鹏：《秦巴古盐道》，陕西师范大学出版社，2017 年。

白云雾气时聚时散（大毛垭路边）

条通向远方，两边没有遮掩，没有任何变化，走这样的路心里有一种说不出的难受。他这么一说我就明白了，山里人永远生活在变化中和好奇中。转过这个山包就是一片新山景，树木花草永不重复，溪流小河弯弯曲曲，白云雾气时聚时散。即使是同样的地方，不同的天气里样子也不一样。我经常坐车经过镇巴到汉中这段高速，有一次下小雨，路边的远近山峰没了晴天时的绿，薄雾中成了时深时浅的水墨，让不同的轮廓和形状出来表演，我就想象如果是修公路前走在沟底的河边，会有更好的临境感和体验感。这都是平原上缺少的美感。

"精"还体现在唱歌这件事上。陕南民歌和陕北民歌仿佛是对称的，以关中为对称点。关中人不唱民歌，因为太文明了，民歌都跑到秦腔戏剧里去了。文明人都喜怒不形于色，不自己抒情，让戏班子替他们抒情，所以民歌和舞蹈注定是边远地方的特产。汉江流域的汉中、安康、十堰、襄阳一线的巴山里到处都唱民歌，但镇巴人唱出了品牌，唱成了国家非物质文化遗产。我在草坝周国福的院子里说话，只听到他对着院子外的树林大声吆喝了几句什么，树林那边是空沟，沟对面坡上的人立刻回复了几句。我听不懂他们说了什么，但他们彼此懂。如果是单身男女就更有意思了，小伙子藏在这边的林子里放心大胆唱一曲，避免了面对面说话的尴尬：你不用管我长得怎样，有钱没钱，让歌声决定你喜不喜欢我吧。

刘光朗是镇巴民歌收集、创作和演唱的集大成者，网上有人称他为陕南民歌王。"1956年符文学从永乐朱有炽那儿记录了一首十送红军的词，1958年发表在《中国民间文学》杂志上，但他没有记谱。1963年我去永乐找朱有炽了解唱法，他去通江走亲戚了。1963年空政文工团用江西采茶曲的送郎调谱了曲，使此歌被选入了大型歌舞剧《长征组歌》。1986年，我又去找朱有炽，得知他1983年已经去世。我问他隔壁一个叫朱大武的人记不记得唱法，他就给我唱，我当时就记下谱子，又唱给朱有炽的儿子和孙子，他们都说原来就是这样唱的。"[1] 所以这首歌实际上是被误记为江西民歌。《十送红军》由陕南民歌初创，仿佛是对《东方红》由陕北民歌初创的一个呼应。

刘光朗还说六十年代有一次下乡，路上车被一块滑下来的大石挡住。他们下车找到一位老乡，老乡对着山谷喊了几声，不一会来了几个汉子，唱着号子连推带撬移走了石头。惊叹于这种"训练有素"的即兴喊唱，他创作了一首知名歌曲《拉石头号子》。他是在县检察院的文化室讲这件事的，我们几个听众都站起来模仿，在

---

[1]　关于"十送红军"的其他考证，见刘志青：《陕南歌谣〈十送红军〉的流传》，《炎黄春秋》2019年第8期。

风门垭

他的指挥下有节奏地做着手势，一边齐喊"嗨唆嗨唆，嗨唆嗨唆"，相当畅快。

比较陕北陕南人劳动中唱的歌，就发现陕北民歌多是放羊时或赶牲口时唱的，不十分累。加之地广人少，所以劳动期间就是思考人生的时候，唱歌就是"实唱"，表达的是"实情"，能唱得你掉眼泪："一座座山来一道道沟，照不见妹子我不想走。远远地看见你不敢吼，我扬了一把黄土风刮走。"陕南山路上的背老二累得要死，哪有心思去抒真情。要唱也唱点好玩的："叫声腿杆你莫趴，上坎就到风门垭。店老板娘等着你，敞开胸脯在喂娃娃。你要想吃她那热馒头，你就慢步慢步往上爬。"

再说"韧"，主要体现在巴山里最具特色的劳动"背"上。这儿一切靠背，扁担都不行，更不必说手推车。如果说蒙古人是马背上的民族，巴山人则是背篓下的民族。日常出门背背篓，职业背夫（人称"背老二"或"背二哥"）用背架子。我老家在汉中南郑县的平原上，那儿主要是担，我爷和叔父姑姑等亲戚看起来都一个肩膀高一个肩膀低，低的那个是常担担子压的。而在大山里走路，担担子上下山一头高一头低难掌握平衡，极窄的拐弯处也不行，所以只有背，想象一下你扛二百斤重的沙发上楼梯就行了。背二哥走的可不是几层楼，而是若干架山。这是一种负重慢行的功夫，爆发力一点用都没有。

我五月跟渔渡镇的宁文海走小巴间道，在源滩河边大崖窝石洞口，他说此地从前有个潘传培（外号潘吞口）力大无穷，修襄渝铁路的解放军有个七百斤的柴油机没法搞上山，是他给背上去的。背架子一般都是木头的，而他的是铁的。青水镇的胡述权说白天河峡谷1973年前没路进去，人只能在石头上和河水里见缝插针地走，

源滩河边大崖窝（宁文海摄）

耕牛拉不进去，就把刚断奶的小牛用背篓背进去养大。陈忠德说
二十世纪八十年代沙田坝有个人在青海当兵，复原后带了一个媳妇
回来，媳妇不敢走山路，从西乡回镇巴是他用背篓背着走的。好玩
吧。青海媳妇吃牛羊肉长大，估计丰满健壮，硬是输给了精瘦坚韧
的巴山背二哥。青海媳妇第一次见山路，跟刘光朗第一次见平原的
感觉是一样的。

　　"韧"还体现于如何在匪乱中生存，主要是用孙子兵法的"不
若则能避之"：遁入寨堡与匪僵持，等待官军和民间武装来救援。
我前几年在汉中仰望镇巴时首先就是被这样的寨堡所吸引。本想着
是山顶上石墙围起来的寨子，来了一看，才知道都是依险处的天然
山洞而建。这样的寨堡镇巴的清代县志里就记载了九十五个。我在
镇巴每去一个山沟村子，都顺便打问寨堡，结果总会有一个或几个
山洞，洞口大都有残留的石寨墙。

虽然如此大阵仗地防范土匪，但大部分时间这山里还是安全宜居的。有大型寨堡的地方都有大户望族，而大户望族的出现说明这山里是个宜居的地方，养活得起足够富裕的人，也能让小民维持生存。安徽的黄山和江西的三清山充满了观赏性高的石头险峰，而巴山跟秦岭里都是土壤多的圆形山，山顶山梁上都比较平坦，山谷里更是有河流冲积成的小块平地，能形成较大的集镇。明末清初巴山曾是一个重要的移民目的地，移民从四川湖北河南陕西大量涌入。山里除了可以开垦土地，还有铁矿煤矿支撑的铁匠小镇，木竹林支撑的捞纸作坊等手工业。附近几个省用的钉子、马掌、脚马子（背二哥绑在草鞋下防滑，作用如马掌）、镰刀锄头、铁锅鼎罐、包中药的纸、上坟烧的纸、写毛笔字的本子等，都是这边生产了背出去的。这些才是大户人家财富的主要来源，也是他们的经济奇秘。农业、竹编、采药、兽皮是小户人家的谋生手段，还有去纸厂打工。

精韧的石间树（狮子寨）

更穷一级的人也有法子。宁文海说小时候跟母亲去看山里姨妈，姨妈把一大块腊肉拿下来整个煮了招待他们，到晚上却没有被子盖。他钻进包谷壳堆里睡，母亲和姨妈坐了一夜。有一点你放心，有火烤，木柴是不花钱的，平原人这个就没保障。被子没有，吃的还是能将就的，缺粮岁月早就摸清了什么根茎叶子能吃，而平原上一旦遭了大灾荒可能什么吃的都没有。

镇巴的天坑是知名奇秘，它们实际上属于洞穴，一种树立的洞，底下都有横向的洞，就是暗河。你看到山坡岩石里渗出泉水，说不定里面就有条暗河，冬天里面还有鱼。巴山镇的谭从吉给我指他家门口那条小河对面，说那儿就曾经有个鱼洞，从前打雷的时候出来鱼。

胡述权说他小时候的青水河水很大，六十年代修 210 国道加宽原有的小路，沿河放炮炸石，路好了，水小了，他认为是震松了河床跑到地下河去了。所以巴山里的水最善于打地道战。而在地表上，有多少山梁就有多少山沟，有多少山沟就有多少河流，每一条河又是无数条泉水从山上下来汇成的。这些河汇入汉江、嘉陵江、大宁河等，最后都进了长江。大巴山每座都是分水岭，把水分为山外明河和山里暗河。

实体的奇秘产生了文化上的奇秘。我在很多人家里看到中堂上贴着"天地君亲师"，山里人的五大崇拜对象。其中师最有奇秘色彩。除了农业，各行各业都涉及师承问题。我在宁文海家里翻看古书，他说："听过《鲁班书》吧，有三卷，我看了两卷不敢看第三卷了，看了会泄露天机遭报应。"鲁班不仅是木匠的祖师，实际上石匠、瓦匠、弹匠、灶匠等各行各业都拜他为祖，陕南各地从前都有鲁班庙。所以师父的权威很大，讲究也很多。宁文海说

晒旗坝的水洞子

下套猎人去山里把一个树掰弯设上机关，动物走来一碰被套住，树弹回，把动物吊在空中。如果拜师学过，被吊起来的猎物就不会叫唤。如果没拜过师，就不停乱叫，结果被人家取走了。一伙人出去围猎，把一个野物赶到山顶，上去却发现不见了，只因为渔渡另一伙猎人的师父在家捉虱子，把爬到领子上的那个给捉走了，哈哈。下次打猎你们先提点东西把他拜访一下。梅可汗在《回龙庵》一文中记载了永乐镇魏家河岸有七个龙洞泉眼，堵上一两个妇女就尿不出尿，或者水就会倒流。而我总觉得那七个泉眼是笛子的七个孔，每按住一个就有不同的音效。所以巴山人有各种奇秘的把戏。

奇秘的东西还有绝壁、瀑布、深潭、峡谷、异石，都不张扬，分散隐藏在这一片宜居的山林间土地上，让人们先吃饱肚子再去慢慢发现它们，品味它们。

荔枝的变道

"一骑红尘妃子笑"的前两句是"长安回望绣成堆，山顶千门次第开"。杜牧是从晚唐的时空回望的长安，盛唐被他浓缩成"绣成堆"和"妃子笑"。此一笑跟褒姒笑烽火异"趣"而同工。碰巧的是，褒姒和杨贵妃都是蜀人（褒姒是汉中人，早年属蜀）。

同时代李商隐的"君问归期未有期，巴山夜雨涨秋池。何当共剪西窗烛，却话巴山夜雨时"仿佛是专门配杜牧这首的，来弥补杜牧诗里暗示的荔枝道。这首诗叫《夜雨寄北》，"北"指的就是长安。李商隐曾在四川梓州任职四年，家在长安，但这点不重要，你如果不知道他这个经历，就设想他是在巴山荔枝道上写这首诗的。杜牧是浪漫主义的怀旧，李商隐是现实主义的憧憬；杜牧看的是关中平原的赛马，李商隐听的是泾洋河边的二泉映月。泾洋河是穿过镇巴县城的河，荔枝道经过的地方。天干时水小，可见河床，下雨时一百米宽三四米深的河槽里都是水，这是因为水从山里各个方向汇聚而来。所以在山里看河要有纵深感和立体感：每条河都跟山里的溪流互动联络。2022 年 9 月的一个小雨傍晚我在苗乡广场桥头看泾洋河就明白了：涨秋池的主要是远处巴山里的夜雨，不是眼前的，这叫"看河知山雨"。同理，决定长安兴衰的，也不是杜牧诗中长安的"山顶千门"，而是源源不断向长安输送物资的远方地域。

上面的例子说明，读诗之美和旅行之美是相通的。读诗的人可以诗为我用：诗里的地方就是我的地方，诗里的心情就是我的心情。旅行者需要的是景为我用，故事为我用，就是从景观和历史民俗中进行自己的联想，发现美感。荔枝跟贵妃关联起来演化成了一个美学概念，只因为这事发生在"仓廪实而知礼节"的年代，大家看得开。想了解贵妃当年在公众心中的形象，可以联想一下现代欧洲某国的那位芳年早逝的著名王妃。

马伯庸在小说《长安的荔枝》里对当时的情况做了这样的想象：因为明皇要在贵妃来年生日前让荔枝从岭南送到长安，所以负责采购的官员提前走了一趟广州，沿途观察水旱两路情况并测试各种办法，包括动用权贵人家冬天储备的冰块，把荔枝连枝叶采下运输等，还让人背上荔枝提前先跑一趟做实验。我来加上几条：荔枝不是只给贵妃的。荔枝一到贵妃嘴里马上成了网红水果，长安贵妇们争相效仿，一般百姓吃得起鲜荔枝的也大有人在，商家看到商机，民间荔枝贸易于是成为常态，走的都是荔枝道。当时皇帝也不是明目张胆地说"去把那条路整成国道专门送荔枝"，而是这样的：涪陵郡刺史得知贵妃有吃荔枝的意愿，立刻上贡，贵妃和皇帝尝了说不错，只是不太新鲜。涪陵郡刺史得知消息，又奏了一本说路况糟糕啊，就这摔死了六匹马[①]。

他还报告了包装荔枝的技术细节：一匹马驮两个带盖的筐子，筐子里垫着棉被褥和防水羊皮，里面立着一束小碗口粗带塞子的竹筒，竹筒是起程时刚砍回来的，保持着生气。筒里放着冰，是前一年冬天特地收集藏在山洞里的。荔枝像插花一样插在冰里。冰化了成水继续滋润荔枝，最大程度保鲜。后来看了镇巴县文工团的渔鼓歌舞，我就断定这渔鼓就是从当年装荔枝的竹筒发展来的。

---

① 据《天宝遗事》载："贵妃嗜荔枝，当时涪州致贡，以马递驰载，七日七夜至京。人马多毙于路，百姓苦之。"

汉定远侯班仲升食邑（镇巴博物馆）

于是此事引起了皇帝的关注，让驾部司调查研究一下。驾部司会意，请教了史馆编修，呈上这样一个调查报告。

过秦岭到汉中的官道目前有三条，运输量第一的是褒斜道。褒姒出嫁去周幽王家，秦惠文王去汉中打猎见蜀王，汉高祖明修栈道，曹操去汉中吃鸡肋，走的都是这条道。这一路较平缓，但缺点是绕路多。第二条是子午道，当年汉高祖屯兵的灞上离此道入口最近，鸿门宴后得了汉王封号，怕夜长梦多立刻起身，应当是从子午道去的汉中。沿途路况也还可以，没有太险峻的地方，缺点也是得绕道金州（今安康）。第三条是唐高祖武德七年（624年）重修的傥骆道，到汉中路途最短，几乎是直线，但坡陡台阶多。

从汉中到四川目前只有金牛道和米仓道（也叫巴岭路）两条官道，分别位于川陕段大巴山的西端和中部，而东端则只有民间小道洋巴道。金牛道接川西，米仓道接川中，的确缺少一条接巴东重庆那边的官道。从历史情况看，此道对军事和地方治安也很重要。班超征战西域三十一年，是东汉的又一个张骞。汉和帝把当时还在西域的班超封为定远侯，封地却在万源和西乡之间（今镇巴），这是有寓意和远见的：借班超平定西域的威力来平定大巴山腹地这个远方。刘备与曹操争汉中时，张飞影影忽忽从洋巴道走过，且张飞封的是西乡侯（三国时西乡跟镇巴是同一个县，叫南乡县）。据晋

《华阳国志》一书，洋巴道腹地的巴人时常起义造反，袭扰汉中，所以巴山腹地的治安至今有问题。把洋巴道升级为官道，对掌控巴东局势和安抚深山蛮夷将十分重要①。

驾部司又请沿途的达州刺史、万州刺史、洋州刺史（管西乡和洋源县）做了补充，对此路的经济和商贸重要性做了进一步阐述。第一，此道一旦建成，将跟傥骆道连成直线，形成长安到南平郡（重庆）的最短官道，不论是王命急宣还是平时货运，时间都大大缩短。第二，西乡在汉江黄金峡上游，涪陵郡在长江三峡上游，所以此道将把汉江和长江联系起来。

管盐泉的夔州刺史也报告说，目前运盐官道是沿大宁河船运入长江，再沿三峡出川，而陕南的镇坪、汉阴、紫阳、镇巴等地有无数背二哥常年走小道贩运私盐，偷税漏税。在四川城口和湖北巫溪之间的山里建一条短途官道，连接大宁河和任河上游，即可让巫溪古盐泉的盐向北走水路，经楮河到洋源和西乡。各位刺史还列出了沿线的其他贡品：南平郡的胭脂；宣汉桃花米、灯影牛肉；万源的花萼山川贝、旧院乌鸡；通江的银耳、罗村茶；镇巴的仙毫毛尖、树花菜炖腊肉；西乡的牛肉干和午子仙毫茶；洋州的黑米等。

明皇看了报告批复准奏，洋巴道升级工程遂纳入了国家基础建设计划，跟傥骆道一起，成了只有唐朝能养活起的两条官办蜀道②。

---

① 严如熤《三省边防备览》卷十一《策略》称："陕省入川之路，其由宁羌、广元栈道。而前者正道也，而奇兵往往由西乡而进。"《舆地纪胜》一书中说秦白起尝为汉中太守，西乡有白公城，白起筑此城以控夷獠。

② 《舆地纪胜》卷一七九《梁山军》载梁山军有梁山驿和唐玄宗御制碑。蓝勇实地考察，达县、万源、镇巴一线山势，古代行路必应多有设栈。（蓝勇：《四川古代栈道分布和特点研究》，见《古代交通生态研究与实地考察》，四川人民出版社，1999 年）

当时的官方宣传说"皇恩浩荡，膏泽远方"，但老百姓都有情怀，坚信这路是为荔枝修的，只是啥都不说，也不抱怨。毕竟此前已经有人怪秦始皇修路和隋炀帝开运河是为了巡游。他们能巡游几次？贵妃也不是天天吃荔枝。不巡游、不吃荔枝的时候，这河、这路就是大家的。

驾部司进行规划时首先考虑的问题是：这条路到底是以速度为首要考量，还是以促进沿途经济贸易为首先考量？事实上 2017 年通车的西成高铁，前期规划也花了很多时间论证这个问题。高铁当然是为了快，但带动沿途经济也是主要考量；如果只为了快，完全可以不过佛坪这个需要绕点路的小县。唐代修驿路的首要考量可能也是速度，希望圣旨能尽快传到各地，也希望各地治安及灾害等紧急消息及时送到京城。但建造成本和经济贸易是绕不过去的因素：老百姓先前走出来的商贸道路一般都是路况比较好的，沿着它建能节省经费，但缺点是路程长。如果只追求短而快，则可能要直线翻越一座大山，工人要行走于无人无路之境，运输材料都成问题。这样的事只有秦始皇做过，就是修建"秦直道"，一条从咸阳出发一路直着向北翻山越岭到内蒙古的路。好在陕北的白于山区以低矮的土山为主，但就这，蒙恬的三十万军队修了两年还没完成，如今遗址还能辨认[①]。秦始皇可以不按常理出牌，唐时国家管理体制已经理性多了，不是皇帝一个人说了算。即使唐玄宗想往涪陵修一条"唐直道"，大巴山也是绝对让他修不成的。

丝绸之路是 1877 年由德国地理学家李希霍芬首先提出来的，此前并无这个名称。荔枝道也不是天宝年间命名的，那时叫洋（州）

---

① 徐君峰：《秦直道考察行纪》，陕西师范大学出版社，2018 年。

川陕接壤处的响洞子铁匠小镇

巴（东）道，也叫小巴间道。申蕾在《唐天宝荔枝道达州段线路再考证》一文中指出，"荔枝之路"一词最早见于南宋王象的《舆地纪胜》中（旧有高都驿，乃天宝进荔枝之路也），"荔枝道"一词最早见于清吴焘的《川中杂识》（今子午谷尚有荔枝道）。荔枝道更像是一个人的号。从前人有小名，官名，字，号。小名是小时候家里人村里人叫的，官名是上学后用的，字是别人叫的，有尊称的意思，自己不能用。号相当于外号，有幽默色彩，别人和自己都可以用。所以小巴间道是小名，洋巴道是官名，荔枝道是文人炒作起来的号，碰巧挺雅致，最后知名度超过了官名和小名。

今天说的荔枝道包含两个概念：唐天宝年间的"原始官道"和后来的变道①。判断原始官道需要考古，是为了尊重历史，但不代表唯它独尊，还要看它在实用层面作为商贸通道的情况。有时候原始道上发生了塌方滑坡，变道就发挥作用。我在镇巴寻找老路，经常受三个因素干扰：第一个是现在的新路，我们总是习惯用新路做参照，而唐代不存在现在的新路。第二个是现在的行政区划，看它属于哪个镇哪个县，但行政区划在历史上是变的，所以判断深山荔枝道在陕西的走向，要把万源、镇巴和西乡作为一个整体来看。第三个干扰就是总觉得只存在一条路线，而到实地一问，老百姓赶场或者去远点的地方买牛，有好几条路可以走。所以后来我不问荔枝道，只从老人打听民国以前背老二去镇巴、西乡、万源、通江是怎么走的，或者修公路以前他们去某县某镇赶场是怎么走的，然后去这些杂树埋没的路上走一段。它们基本上是沿着谷底或者山坡走，但河滩也是可以利用的：枯水季节可以在石头上走和直接蹚水，水不及膝盖，所以刘光朗1956年在西乡鱼泉河那儿走了十几里路的"七十二道脚不干"——不停地在河边、石头上和浅水里切换。

---

① 成书于北宋的《五代会要》卷二五载，"洋州奏重开入蜀旧路，比今官道近三十五驿"。倪玲玲指出，所谓"旧路"，显然是指唐代已有的道路，当时在唐洋州兴道县（今洋县）之南，开通了通往西乡、通州，以连接荔枝道通向川东的道路。这是此一时期对荔枝道少有的整修史例。

荔枝道也是随着时间而变化的，唐朝以后荔枝道不再是官道的时候，另一条支道很可能被人走成了干道。世界上本来无路，人走得多了就变成了路。荔枝道上本来有路，人走得少了就变成了无路，成了迷宫，让游客来找来猜。

在这儿我先说一个自己的行走体会：对于荔枝道，除非我们是在做文创，否则不能笼统地设想它的情况，比如把它想成全程一骑红尘，或者把山里都想成"噫吁嚱，危乎高哉"。再比如，我一开始不理解为什么四川的专家只考察宣汉到万源这段，为什么不把涪陵—重庆—宣汉这段包括进去，我一查重庆和川东北的地形图，再去万源市以及它的虹桥镇和官渡镇一看就明白了：涪陵到宣汉段基本是平原，也就是巴山脚下沿线的四川平原东部。宣汉到虹桥段有平原有矮山，但没有大山，道路经过的地方相对平坦。即使是土匪抢荔枝的竹筒沟，根据万源文化人士李勇的描述，也算不上险要。

响洞子后山

平坦地区的古道遗迹少，悬念少，去山区找古道才真正有寻奇探险解谜的感觉。同理，我在西乡县的杨河镇问老人，他们说从杨河去仁和那段山路只有三十里路。这些信息证明荔枝道的深山段主要在镇巴，也让我们明白：荔枝道说起来一千二百公里，但掐掉平原地带，再掐掉山里断断续续的平坝子，真正的山路并不是我们想象得那么长那么险。刘光朗跟同学不睡觉，二十四个小时从镇巴离万源最近的盐场镇走到西乡堰口，走完了几乎镇巴全境以及西乡有山的地段。我当时还心想深山荔枝道没我想象得那么难走，后来得知当时很多路段已经有民国时修的大路可走。

古代人对付自然的能力远比我们低，他们追求极限速度的精神却不比我们低。《顺治汉中府志》一书中引用唐代的《洋州府志》

青水丁家坡的石梯子（陈忠德摄）

说，荔枝从涪陵到长安只用三日，这令我相当吃惊：这么说从涪陵到西乡限时一天半（三十六个小时），而从西乡翻秦岭外加关中平原地段也只有三十六个小时。须知这是昼夜兼程，要过巴山秦岭两大山脉，那时都是原始森林，到晚上真的是"盲人骑瞎马，夜半临深山"。

我说这个的意思是想强调"行走考察＋分析性思维"的重要性，尤其在"屁股如磨盘——一坐了之"的今天。

正史上关于荔枝道修路及运送荔枝的记载极少，也缺乏重大历史事件的印证。四川省2015年的考察报告里也没有见明显的驿站或知名关卡，如褒斜道上的青桥驿和金牛道上的剑门关。这就产生了一个历史跟民间捉迷藏的现象：你正史越是不记载，我民间越是演绎传奇。从《觅证荔枝道》一书里的考察图片，以及我在镇巴看到的，这条道沿途有着非常丰富独特的民俗文化，可以弥补历史记载的不足，包括民间传统建筑、道路、用具、寺庙、古墓、劳动方式、节庆、饮食，以及说唱戏剧等视觉、听觉、触觉、味觉美感等。当

老屋外头万木春（核桃坪，唐友朋摄）

然，民俗文化也藏在地方文献及古迹旧物中。

　　既然荔枝道跟正史联系少，跟民俗文化关系密切，那它注定是一条让游客去发挥想象的道路。我如今在巴山荔枝道上走，代表的正是游客一族：老路要找，但最重要的是欣赏城里没有的景观，跟有着浓重四川口音的人聊天，从他们口中听民间传说和当地故事（这样直接采访来的故事，跟看别人记录下来的故事有着很大的区别），有机会的话品尝树花菜、漆芽子、赖瓜子、黄姜子、刺脓包、猫屎瓜、叶上花、海耳子等山下人没听过的吃货，然后领悟一些美学事理。荔枝道在七条秦蜀古道中的使用率不及另外六条，但它产生于盛世，与女性有关，与水果有关，更具有乐观的生活气息，而其他那六条如褒斜道和金牛道则主要因战争和政治出名。荔枝道是一条浪漫之路，怀旧之路。当下的中国，从历史角度看已经算得上

滚龙坡人家（游远志摄）

是盛世，转型时代的中国人既有对城市浪漫的向往，又有对远去乡村的怀念，还期待着对盛唐景象的重建，所以更有理由喜欢荔枝道。我会拉一点二胡，八十年代最常听到的独奏曲是二泉映月，而现在是赛马，时代使然。如果荔枝道重出江湖，希望它也能引领一种时代使然的新旅行美学。

错综复杂的变道上没有收集到正史，却网罗了巴蜀秦楚的地域文化，所以荔枝道主道难以辨认，对今天的旅行者不是坏事。荔枝道已经修成了正果，要把它承载的文化能量释放出来，反哺当年捧红它的地方。2022年8月我们路过滚龙坡下一个农家，女主人刚从坡上背了一背篓洋芋回来，倒在土房的堂屋地上。不用问我都知道她家在渔渡镇上有政府补贴的安置房，子女在外面工作，但她和丈夫喜欢住在老屋种地。她转过身来扶着门框看我们，一只脚踩在门槛上，脸上是兴盛时代深山女性的乐观，而不是皱纹和沧桑。她看着我们，跟看当年的荔枝马队从门前经过是一样的。

深 ○ 度 ○ 旅 ○ 行

白 天 河

《觅证荔枝道》一书里的一张示意图显示，荔枝道在万源市境内分为东线和西线，东线止于石塘铺，走向未标。西线的主线和支线分别指到虹桥镇和官渡镇，两镇都在与陕西镇巴的分界线上。目前所见镇巴人对荔枝道入陕的描述，只有官渡进来这条，未见提及虹桥①。也就是说镇巴人认可的官渡线，只是四川这次考察团考证出来的支线，虹桥的才是主线。虹桥镇离官渡镇挺远，在同一东西线上，到了虹桥不可能东拐到官渡入陕，而更有可能从虹桥直接向北入陕。所以在四川荔枝道从哪儿入陕的问题上，镇巴人跟万源人又杠上了。也就是说，镇巴境内可能存在着东线和西线两条荔枝道。

据我所知，相邻两县往往既鸡犬相闻互相婚嫁，又插科打诨互相拆台。七月份镇巴宣纸的胡明富打电话听我说我在万源时，就说万源的女人厉害。万源女人厉害跟我有什么关系？不过万源街上确实比汉中热闹多样，店铺密集人气旺盛，据我观察似乎真的是女性操持的多。但是在荔枝道这件事上万源有些小家子气：既然都考察到边境上了，不妨到镇巴也来考察一下，把线路理顺，毕竟万源在镇巴面前是老大，应该有老大的风度。

对这个问题，后来镇巴青水镇的三个人给出了一个答案，他们认为西线荔枝道为干道，即从虹桥入镇巴，过青水去西乡的那条。对此我的第一个怀疑是：这意味着荔枝道这条官道不过镇巴县城，未免有点悬，毕竟天宝年间在镇巴设有县，叫洋源县。难道古时的

---

① 杨盛峰在《镇巴史话》57 页，向成忠在《镇巴历史文化》（8）《历史文物古迹》一文中，分别提及"万源至滚龙坡入陕境镇巴界，过渔渡坝，镇巴城，拴马岭，杨家寺到西乡接子午道"，"南起盐场关，经响洞子，渔渡坝，大毛垭，碗厂沟，固县坝，拉溪塘，杨家寺，北到西乡古城"，所提滚龙坡和盐场关都在官渡附近。

驿路可以不过县衙所在的县城吗?

再一想,还真有可能。想想今天的高铁,在不少地方都绕城而走,这是考虑到建筑成本和速度。与其硬要拐入城里,不如把高铁站建在城外,另外修一条地铁到市中心。实际《觅证荔枝道》中万源段的西线荔枝道就不过当年的万源县。如此来说,我就对"西线荔枝道"持开放态度。事实上,成书于1822年的《三省边防备览》中东西两线都提到了,只是没有用荔枝道这个词。该书的作者严如煜曾任定远厅同知(厅长)。西线是这样说的:"西二十里九真坝,三十里长岭,十五里索垭,十五里仁村,三十里九元关,六十里竹峪关,属川省通江县,共程一百七十里;九元关高三十里,极其幽险,往时汉兴道川北道会哨之路。"(文中"西"指镇巴县城以西,九真坝即今九阵坝。)东线的描述为:"南十里小祥坝,二十里毛垭塘,三十里高脚洞,三十里渔渡坝(定远厅巡检分防驻此),三十里响洞子,三十里滚龙坡,入太平县界,二十里梨树溪,二十里官渡湾,三十里太平县,共程二百二十里。北路由西乡定远出太平县,为川陕要道。"(文中太平县即今万源市。)请注意严如煜对西线的评论是"往时汉兴道川北道会哨之路",对东线的评论是"川陕要道"。按今天镇巴的行政区划,东线是万源—官渡—渔渡—县坝(镇巴县城)—杨家河—堰口—西乡,西线是虹口—九元子梁—仁村—长岭—青水—仁和(白天河)—杨河—西乡。本书把行走所见所闻展示出来,对于哪条是主线不做定论。我注意到镇巴县旅游图上有个"西部旅游环线",正好是由荔枝道东线和西线组成。希望这不只是巧合:古人走出来的路都是有道理的,泽被后世。

西线荔枝道还有一个有利的地方,就是当年来青水的苗民走过这条线。他们清朝从贵州遵义过来,遵义就在荔枝道南端涪陵附近，所以至少在四川境内他们走的是荔枝道。《镇巴苗民》一书引用 1959 年镇巴县民政科的调查资料，说苗民刚来的时候住在跟万源交界处不远，经几次迁居，最后定居青水仁和及附近地方。书中绘制的一幅苗民在镇巴境内迁移路线图过的就是虹桥，走向也跟西线荔枝道基本一致。那就先从苗民说起。

大巴山苗乡

乾隆五十年（1785 年），六姓苗族人长途跋涉来到镇巴，形成了中国最北的苗民之乡。六姓苗人返巴山的原因，首先是乾隆皇帝时期在贵州云南推行改土归流政策。这个政策的目标是削弱当时苗族土司的权力，进一步把"生苗"改变为"熟苗"，在那些地方设立衙门来管理。但在推行中严重损害了苗族的利益，很多苗人失去了土地，谋生艰难，不得不背井离乡。就在这六姓离开的十年后，贵州爆发了著名的乾嘉苗民起义。他们为什么要北上巴山？从明朝开始，巴山是一个热闹的移民目的地。明初的湖广填川，就一直"填"到了包括陕西的汉中、安康，湖北的十堰、襄阳等地的巴山里。移民来源地除了湖广还有河南和陕西，以及六姓这样的贵州朋友。这些移民除了开垦土地，还开矿、炼铁、造纸，有些地方跟美国加州的淘金热都有一比①。《定远厅志》里提到清朝镇巴经济时，有"插占"一词，就是在朝廷鼓励的开荒年代，来到这儿的人只要插个标记，就可以占一片山林土地。

为什么来到镇巴？一个原因是这儿在荔枝道上。贵州往巴山移

---

① 潘世东：《明代汉江文化史》，九州出版社，2018 年，第 153～157 页。

民的人是不会随便乱走的，一定是沿着某个主要道路走。还有一个问题：他们是自己摸索过来的，还是因为这边有人介绍才来的？我倾向于后者。历史上沿荔枝道做生意的人一直都有，包括苗族、回族等少数民族。观察中国人往海外移民的案例，一般也是少数人因偶然原因到了南洋国家或者美国，然后呼朋唤友前往。很难想象六姓苗人拖家带口，在没有熟人提前介绍的情况下盲目挺进大巴山。我从刘荣清、陈忠德等人那里了解到，有民间传说等证据显示白天河的老硝洞在明朝就是官方的采硝地点。四川江油市自称是火药之乡，该市老君山硝洞遗址是国家重点保护文物，历史上曾是采硝和造火药的重要地点，不排除那儿有苗族硝匠，也不排除老君山的硝匠跟白天河老硝洞的硝匠有联系。这个推断的理由和证据后面会进一步讨论。

从镇巴县清代县志《定远厅志》的记载看，在当时的汉人眼里，这些苗族人是奇特的。其中最令巴山人佩服的恐怕是他们"技善药弩，得武侯遗法，发必中，中必伤人，较山民鸟枪尤为便捷。嘉同中，教匪发逆扰境，侦寨有苗民，不敢犯"。也就是说，他们的弓箭比汉人的猎枪都有效。"药弩"是一种蘸过药的箭。"得武侯遗法"指的是诸葛亮七擒孟获后传授给孟获的方法。"教匪"指的是嘉庆到同治年间到镇巴来的白莲教和后来太平天国起义的人，他们听说某寨堡里有苗民就"不敢犯"，说明这一族苗人已经有了善于团结而"不好惹"的名声，跟回民的团结和勇敢相似。镇巴官府也给他们以好评，说他们犹如三皇五帝时代理想社会的人："性极质直古朴，男女躬耕，自食其力，从无诟谇争竞之，诚不减羲皇上人。"

这本县志是 1879 年编的，所以上面记载的情况应该是这个时

仁和村的苗子寨

候的，距离他们来到的 1795 年已经八十四年。《定远厅志》还说
1879 年大楮部落有十二户人家八十一口人。这说明在他们来到青
水的头一百年里，都保持着一个比较好的文化孤岛，这已经是相当
不容易了。能看出他们既相对独立，又与汉人保持着比较和谐的关
系，否则官府就不会表扬。大山里人本来就不多，人见人自然比较
稀罕，而且苗人跟汉人的技能具有互补性：汉人善于农业和商业，
他们善于打猎、采药和收集山中珍奇。青水镇地处镇巴地势最高的
西北方向，山大沟深，便于狩猎采药，而地势较低适合农业的地方
人口已经较多。另一个原因可能就是这儿在一个交通要道旁，方便
皮货、山货、药材等的贸易。

今天青水镇的苗民住的是政府新建的苗民新村，这也是扶贫和
乡村振兴的一部分。他们中的大多数已经融入汉族的社会和文化，
有着苗族和汉族的血统。如今镇上有一个苗族文化展览馆，节日假
期也有竹竿舞、民歌、拦门酒、长桌宴等文化娱乐活动。所以游客

来这儿，不要期待看到跟贵州一样"地道"的苗族社区，因为少数族群中保持种族和文化的纯粹不符合适者生存之道。我就听说因为近亲结婚，镇巴苗民中曾存在着显著智力障碍问题。所以今天的镇巴苗民的奇特性在于苗汉融合。

在青水苗乡，游客第一个必去的地方是雷家寨——一个山洞寨堡。游客很容易联想这是苗族人特有的山洞寨堡，而事实上这样的寨堡在镇巴各地都有，但苗族无疑给它们赋予了新的传奇，比如上面县志里所说的"侦寨有苗民，不敢犯"。

我在镇巴各地见到的山洞寨堡一般都离村镇较远且位置较高，而雷家寨就在青水镇附近地势较低处，这实在是对游客的一个照顾。雷家寨仿佛早就知道外来人的好奇，选了青水这个地方落脚，让你一眼就看到巴山寨堡是什么样子，看到拥有洞穴是多么容易。当然，苗人到底有没有在这儿住过还有待考证，但没关系，权当雷家寨是上天赋予最北苗乡的一个怀旧的礼物，因为他们在贵州时确实最善于利用洞穴。我还专门查了一下贵州苗民有没有住山洞的习惯，发现确实有一个知名山洞——贵州紫云县中洞村，里面曾经住过一个苗族社区。从照片上看那是个比较干燥的巨大洞穴，人们在里面搭建竹木小屋生活，洞主要起挡风避雨的作用。而雷家寨是防范土匪的应急山洞，不宜长期在里面住的。平时苗民、汉民还是选方便耕作、打猎和贸易的地方盖房居住。

出了镇子沿着一条小河走，到了源头抬头看，小山上垂直切出一片悬崖。在离崖底二三十米的高处有一大洞，洞口垒一道浅黄色石头寨墙，墙下留有出水口。墙上另有一个小门，走进去站在洞口仔细观望，两侧的绝壁上凿有石窝，是竖着或横着插木桩用的。另有栈孔通往石壁斜上方的另外两个洞：中洞和上洞。当年要想上去

雷家寨所在悬崖

必须安好桩子，铺上木板，跟今天建楼时用的脚手架一样。雷家寨足以震惊平原上来的游客，让你明白《西游记》里各方妖怪居住的洞穴，原来是有人间原型的。

雷家寨洞口的寨门

洞口场地有小院子那么大，建有一简易木屋。往里走一点洞就变小，溪水从下面的石头间流出，石头上铺着窄窄的木板走人，很有洞穴探险的氛围。往里走几十米洞口就缩小到只能过一人。打开手机手电，走潮湿的木板木杠，听着木板下的水声。然后有一段路只能蹲下走。过去是一间房那么大的空间，下面是一潭水，看不清水面，也不知多深。后来青水镇的书记徐荣华说潭上曾有木头伸到那头。但即使有木头也最好不要过，想象你掉入下面黑潭的后果。

回到洞口，看石壁上有刻着的像文字一样的横竖符号，游客多猜为苗族文字，胡述权说也有可能是历史上不识字的汉人写画的，记录什么东西的数量。

在洞口徘徊，再上到一米多宽的寨墙顶上走动瞭望。寨墙的石头不规则，不是经过石匠打磨过的那种四方石，也不是河床里捡来的圆石，很可能是从洞口的石壁上凿取的——与其从山下搬石头，不如直接取之于石壁，这样还可以把洞里空间扩大点。石壁上有烟熏的痕迹，我就估计当时用的是火烧水激的办法取石头的。汉中石门栈道有一个中国最早的人工隧道，开凿于东汉或更早，用的就是

雷家寨往里走变窄

火烧水激的办法。

但我最想去的是外面绝壁上的中洞和上洞。从旅行美学的角度来说，在这大山里办旅游点要掌握游客寻奇探险的心理，而"走进山洞寨堡"就是这儿独一无二的体验式旅游活动。可以把栈道恢复一下，加一点安全栏杆绳索等，让游客扮演一回当年躲避土匪的群众，到中洞和上洞去走一趟。即使不让人上去，恢复栈道也可以让游客更好地看出当年的情况。还可以让无人机上去，到中洞和上洞里去拍点视频，让游客看看里面有没有藏宝。

雷家寨附近另一个山腰上有个神龙洞，青水退休干部老雷说原名叫新洞子，开发成旅游点后叫神龙洞。七十年代他跟村里人去里面"要雨"。"有一懂法术老人有个小玻璃瓶，用黄蜡封了口，给大家看里面什么都没有。全村人打火把到洞里，在一个地方烧纸，法术老人跪在里头打卦念咒，说你要是给点雨的话就给个阳卦，结果打的果然是阳卦。我那时是细娃儿，我们都觉得神奇得很。我们进洞里走了好几十米，全是黑的，挺吓人。"

"要到雨了吗？"

"有一点雨过了一下，但是没有达到人们的期待。大家也没当回事。"

"那瓶子怎样了？"

"里头进了一点水。他叫大家看，说龙王老爷只给了一点点雨。"

哈，这位法术老人的魔术不错。渔渡宁文海也给我说他父亲求雨的事："我父亲求过雨。何矮子在前他在后，何矮子是紫阳人，住在渔渡。去母猪洞拿等子（等子就是称中药的小称）称水，拿量漆用的鉴杯量水。求雨有讲究，不敢求十分水，那就会洪灾，一般求六分水就下透了。"以前我只知道求雨是一种仪式，没想到还有

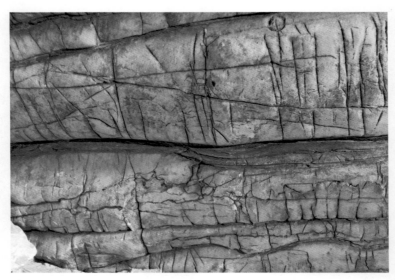

雷家寨洞壁的神秘符号

这么有趣的细节。祈雨活动更多地是为了鼓励大家保持希望，继续努力：干旱是厉害，但咱总得做点什么。

如今神龙洞外的山坡上也修了步道，里面比雷家寨开阔，也深长一些，我觉得也比雷家寨暖和。青水镇长刘富健说沟对面还有一个未开发的洞，不知多深。所以人以类聚，《西游记》里的妖怪也以类聚，互相照应。我看这雷家寨、神龙洞，还有那个不知名的洞犹如水浒里的祝家庄、李家庄和扈家庄。

关于那个不知多深的洞，陈忠德说了一个趣事：听吴大虎讲，雷东安他们几个钻洞子，有一个人前面先走。过了一阵后面的几个人忽然听到洞里传来奇怪的叫声，吓得转身就跑，前面那个人出来说是他放了屁，大家大笑。事虽不雅，但大家也学了点声学知识：没想到这巴山石洞能把屁大点响动无限放大。

有一种两人多高，不直而且根上发出好几个分支的树，胡述权说是九巴子木，烧成的木炭沉水，其他木炭漂在水上。2000 年前后，有日本人来这儿大量收购九巴子木炭，一两千块钱一斤，剁成节节，一个箱子三十斤打包运走。日本人说回去吃火锅用，但此地人认为这炭吃火锅成本太大，怀疑他们有别的用途，后来就不卖了。杨盛峰在《九巴树》一文中叙述了这样一个传说：盐场镇魁星村山顶上有个九巴子树，是个吃人的八头蛇，有个道士去与之打斗，最后跟树一起变成了一个有九个头的九巴子树，上面有九个疤。人不能用手去指那个九巴子树，否则会遭灾。武隆有个重庆十大古树之一的九耙树（耙读作"巴"），所以这九巴子是"树在深山有远亲"。

胡述权说九巴子做的手杖插到河里，水面上的和水面下的不打折，是直的。后来我在麻石河碰见一位放牛人，花了二十块把它的九巴子杵路棒买下，回到住处在台盆里测试，打折。我想可能是自来水的关系，就又到苗乡广场桥头的泾洋河滩去测试，也是打折的。但如果垂直插入水里就不打折。最后我拍了一下头：这是个志怪故事，你怎么当真了？当年的山里日子简朴，劳动辛苦，人们就时不时搞点可以乱真的志怪，让你提点神。想象一队背老二走路，其中一个长者讲这样的故事，你就无形中被吸引了，减轻了负重感。古代官方有"子不语怪"，民间则有"民喜语怪但见怪不怪"，两者其实是一样的。

在一个拐弯处我第一次见到漆树，水桶那么粗，高大挺拔，有十几米高。树干上有割漆匠割掉树皮留下的三个扁扁的倒"人"字形疤痕，相距一两米。还有漆匠钉进树干的木橛，用来上树割漆时踩脚。人字形疤痕下面插进去一个树叶，漆汁就顺着它流到下面

漆树

的桶里。所以这个漆树更像个满身伤疤的勇士。胡述权说漆树是巴山人的恩人，卖漆是一个重要来钱门路，漆蜡油更是缺粮年月的重要食物，家里没菜油猪油的时候就靠它了。漆树过去经济价值极高。陈忠德说八九十年代的仁和乡，一个漆匠的收入能顶两个普通干部。眼前这个漆树独立在比较开阔的路边拐弯处，周围没有别的树。它的枝叶衬着蓝天，身上被割的伤疤历历在目，被钉的木橛似乎已长成它的一部分。镇巴中学的杨盛峰在观音镇见过一个治病的神树，人称"木观音"。这位漆树，我也代表游客授予你一个荣誉称号——"木奶牛"。

到了小山顶上是一条梁，路比较平。走了一段又到坡的另一面斜坡往下走，全是树木，不见路。然后沿着一面悬崖根底走。山里这样的小型悬崖很多，就是所说的崖（读作 ái）。所谓小型，是指跟整座山相比显得小，但五六十米高的也是常见的。最后拐了个弯，就来到了苗子寨。

先进到一个石墙的寨门，发现这儿的地势跟陕北的窑洞院落有点像：悬崖下有个水平院子，约一百米长，十几二十米宽，长条形，地上全是平坦的石面。悬崖在这儿向里凹进去，雨天能遮住大半个院子。院子另一边邻着往下的山坡，坡挺陡，但有很多树，所以不显得多险要。刚才门口的石寨墙沿着院边坡顶交界处延伸过来，到另一边的崖下，护住整个院子。也就是说，如果有人从坡底下上来袭击，首先面临寨墙的阻挡。寨墙全是石块垒起来的，高的地方有一人多高，矮的一头半人多高，上面宽约一米五。

院子最里面那头的崖上有个洞，高三四米，深约十米，是比较浅的。地上不是平的，好像是上面塌下来的东西堆积的斜坡。胡述权和胡志强在那边石壁下观望，我走到洞里堆积物的顶上坐下，从洞里往外看。即使没有地上的堆积物，这个洞过去也只能摆几张床，或者建一个小草屋。所以这个寨子的主要部分还是那个院子，上面倒是可以搭建不少木屋草屋。对了，我是来看硝洞的，我看这个洞子很浅，似乎不是吴永云儿子所说的那个硝洞。我想象那个洞应该像现代的地道，进去拐弯抹角，挺深挺长。

出来以后，我跟胡述权走在寨墙顶上讨论这寨子的用途，也讨论当年苗人的情况。按照《定远厅志》的记载，当年的苗人先是去了三元镇的凉桥黄村那儿，后来才搬过来。胡述权说大楮的黄草梁，上面有个山洞，真正是苗人住过的。红崖梁上也住过，今天去那儿开车二十多分钟，下车后走路要走一个多小时。红崖，传说那是真的那些姓吴的苗民住过的，吴永云的前辈就在那儿住了几代。胡述权还说 1980 年他在大楮见到苗民嫁女，草鞋打好长一串，一家背一串，做嫁妆。

仁和村还有一个望乡台，陈忠德说走上去得两三个小时，说上面还住着一户苗民。镇巴县黑虎梁上的苗民广场路边有一系列浮雕，其中一个上面有望乡台，就是以这个望乡台为原型的。陈忠德说他没听到那个望乡台与苗民是否有关系。

望乡台那个地方的确应该去考察一下。如果真是苗民最早起的名字，那将是跟苗子寨同样重要的镇巴苗民遗址。如果不是最早起

苗子寨寻宝（胡志强摄）

源于苗民，那很可能也是跟其他移民到大巴山里的人有关，同样是个重要的历史遗迹。

大巴山里石洞多，但洞前有这么大这么平坦的石头院子的实属少见，这很可能是当时选这个地方建寨子的一个原因。镇巴黑虎梁上的苗乡主题园里有一幅浮雕，主题是"无鼓凉晒坪"，来自贵州苗族祭祀聚会的场所"铜鼓坪"。这个石头院子一定是当时最好的铜鼓坪（虽然没有鼓）。悬崖下部有烟熏痕迹，我怀疑当年也是用火烧水激的方法取过石头建寨墙，也可能是把原来地上不平的石头打下来用作垒寨墙，同时打造成了平坦的地面。

寨墙外面是比较陡的山坡，长满树木。根据我从不同地方听到的信息以及对两位老苗民的访谈，当时苗人是住在山下有土地的地方，跟汉人一样，种地是重要的生活来源，辅以打猎。所以这个地方可能是匪乱时候的避乱地点。青水镇的雷家寨山洞的用途也类似，雷家寨人平时是住在洞外的村民，那个寨洞是匪乱时期应急备用的。

一般人倾向于想象当年的那一族苗人跟汉人保持着清楚的界限，这是不对的。首先，我们常说人少的地方人稀罕人。这大巴山深处缺的是劳力，苗人跟汉人互有需求。所以苗子寨当年如果是一个常住人的地方，更可能是因为离白天河这个猎物和草药资源丰富的地方近，又地处交通要道，便于谋生。建苗子寨如果说是为了防范，更可能是防范匪乱，而不是附近的汉人百姓。

这个院子的石墙也多少是象征性的，主要是因为高度不够，很容易爬上去。再者，这不是一个易守难攻的地方，因为到这儿的小路是从悬崖侧面的坡上下来的，不是从坡下上来的，因此不具有居高临下的优势。所以我们讨论的结果，这个寨子很可能是散居各处的苗民们的一个应急家园，也可能是举行节日活动或者祭祀的地方，其作用相当于汉人的社庙或宗祠。我查了一下，贵州苗民确实有跳洞的传统。搬离洞穴以后，跳洞的习俗还在。

后来陈忠德说八十年代苗子洞上面的山梁上有不少草房，住户里就有苗民。那时他刚来仁和乡当文书，登记一个人的信息时把他写成"李苗子"，那人就朝他发脾气，因为苗人不喜欢被叫作"苗子"。那时还有不少苗人不愿意被认作苗人，宁愿当汉人。可见在一定时期苗族还是受到歧视的。有个姓马的苗族人，当时县上拨了救济款扶持苗民点木耳。村支书组织人去帮他砍点木耳的棒子，但他自己却砍着玩，只砍了一根。原来他不愿意整那个东西，只喜欢

山中少见的苗子寨石院坝

安套子套野鸡套麂子。村上把木耳棒砍好给他拿去，结果他当柴烧了。还有一次有个苗族妇女问他要不要党参，"我有一两捆。""几斤？""没称。""多少钱？""你随便给吧。"当时市场一块二毛一斤，他一称那捆有三斤多，就给她四块钱，多给了两毛，那位妇女一定要找钱，他没让找。那人感激得不得了，第二天又给他送了一捆笋子。这些细节有助于今天的人想象八十年代这儿苗民的情况。

老硝洞

国庆节前，天气不错，我跟仁和的老村主任刘荣清坐在房檐下小桌的两边，面对着院子喝茶。村委会是个平房三合院，靠村道的一排房子中间打通当大门，进来后两边各一排房子面对面，另一面没房子，有个旗杆，望过去就是山。这样的院落村委会在镇巴比较少见，大多数就是路边的一排平房或一个两层小楼。

我问硝洞的事，他说这山里硝洞很多，给我看一摞子打印出来的材料。"1974 年我在公社农技站工作的时候，县上说国家矿业部要了解镇巴的矿藏，让我跟另外一个人负责，我花了一个月时间考察了十几个山洞，里面都有从前熬硝的灶台。最重要的一个叫老硝洞，在白天河里面。白莲教的时候需要火药，从贵州请了一个姓杨的硝师，会习武，会生产硝，有文化，是苗人，是个武举人，但是对清朝不满，所以带领一百多人住在老硝洞里给白莲教熬硝。"

"熬硝的都是苗民吗？""都是苗民。"

这对我可是个重要信息。目前关于青水苗族人，除了《定远厅志》上的记载，其他的信息非常少，现有的资料里还没见过这个。

如果他说的这个属实，上百苗人在白天河里熬硝可是个大事。即使不全是苗人，只要这位杨师傅是苗族，也是重要信息。当然，杨师傅既然是朝廷授的武举人，为何又要反对朝廷？这也能解释清，乾嘉苗民起义发生的原因就是清廷的"改土归流"政策，白莲教起义几乎同时发生。所以可以推测朝廷对乾嘉起义的镇压引起了杨武举的不满，转而暗自投奔镇巴白莲教。

还有一个信息也能帮助对这位杨硝师的了解：贵州榕江县有个苗王坟，建于1831年，推算下来跟杨硝师同时代。墓主的情况是这样的：

> 苗王坟的墓主叫杨老老，自小就英武强悍，胆量过人，年轻时加入清军绿营，为当时的朝廷立下了汗马功劳。后来因对官场不满，返回故乡，被称为"苗王"。经过考究，苗王坟是迄今为止世界上发现的唯一反向倒埋、墓向朝山上的坟墓。为什么"倒埋"呢？有几种说法，一是表示苗王的反抗精神；二是当时的官府派人将墓碑倒插于墓顶，以防再出反王；三是苗王留恋家乡。

由此可见，这位杨硝师跟那位苗王的境遇是一样的。

"杨师傅是一个人来的还是一家子来的？"

"没女人，都是个子人（男人），上百人，天天熬。梁上的路挺宽，叫民夫背。杨师傅又会唱木脑壳戏，人死了唱孝歌，所以我们这儿唱孝歌是从他开始的。"

"这些信息你是从哪儿得来的？"

"听他的后人朱万兴说的，原来的交界坝支书。他介绍说熬硝

绿树村边合，青山郭外斜（仁和村，李美阳摄）

的都是苗民，开头在凉桥那边，硝的质量不行，最后来到白天河的老硝洞。我到朱万兴家的时候，看见一个三尺多长的红布，上面画着两个羊子的样子，还有一把刀剑，他说后头有金子，但我看是红铜。他说那位杨硝师是他祖爷爷，白莲教封他为帮长，后来清军一打，就把白莲教赶到四川去了，失去了联系，清军查他们，他们都没法了，就下到地方上来。有的给别人当儿子，有的上了门，还有一些人不愿意，就跑到上面苗子洞去住。"

这个杨姓苗族硝师让我们看到，1795 年第一批人来了以后，后来还有其他苗人从贵州来到镇巴。

"朱万兴说他祖爷爷下山后怕官府追查，就给景家坪朱家当了儿子，改姓朱。他还开始传他会的其他手艺：给王家教武术，教唱木脑壳戏，看到大多数穷人老人去世了，很冷清，就教人传唱贵州按经书编的孝歌，所以这边有苗汉孝歌流传至今，有头有尾，与众不同。朱万兴说他们在白天河住了几代人，他祖爷爷的坟还在白天河祝家院子后面，是打的石条子鼓起的，没有碑。"

木脑壳戏是陕南四川曾经流行的一种木偶戏。关于苗汉孝歌，我请教了刘光朗，他说有可能，只是苗族孝歌后面没有见传下来。这位杨硝师的坟没有土丘，也跟苗族的丧葬风俗是一样的。苗族有扔一根木棒决定坟墓的做法：木棒掉向的位置和朝向，就是墓穴的位置和朝向，不垒坟丘。他高祖不留碑文是因为不敢暴露真实身份。另一个原因可能是改了姓和名，觉得愧对杨家祖先。

"苗人是不是很穷？"

"不，苗人有钱。"

这个答案出乎我的所料，但我觉得有道理。仁和村沿路过去二三里有个叫皮窝铺的地方，本名皮货铺，是外地客商来深山收购皮货的地方，可见这山里从前野物多，连老虎都曾经很多。我想另一个原因是苗人生活简朴，所以手上的现金多，不像汉人要盖房子，要供孩子上学。蒙古族也是一样的。我父亲有一次被内蒙古人请去看病，那家的女儿在出嫁前一天有点煤气中毒，我父亲去给治好了，主人让女儿双手托一木盘，上面铺满十元的票子（当时的最大面值），单腿跪地举起让他抓。他拿了两张，主人说这怎么行，又抓了一把给他。在汉人看来这也是有钱。

这里延伸说一个有趣的经济文化问题：中原汉族在形成文明生活圈以后，苗、蒙、藏等民族在相当长的时间里保留了自然生活圈（权且允许我这样叫）。"文明圈"里讲究财富的聚集和传承，讲究建设城市及私家住宅，讲究子女的教育，讲究社会圈层和人际关系，这一切都意味着把多余的钱尽早用于投资性布局，以期待更大的回报。而"自然圈"则不讲究这些布局，他们的财富主要体现在实物和现金上，而不是转化成房屋和建筑这样的固定资产。牛羊兽

景家坪发现的木脑壳（陈忠德摄）

皮以及身上的穿金戴银，都是马上可以变现支付的钱。请我爸看病的那家内蒙古人如果当时没钱，至少可以牵出一只羊，汉地的人总不能从院墙上拆一架子车砖头，或者从客厅里抬出一个沙发吧。

老硝洞不是我想象的处在某个普通的山坡上，像电影《地道战》里的地道一样，苗族猎人走进去拿铲子铲出一些硝。它在白天河里面的山上。按照刘荣清说的，进入白天河峡谷走两个多小时，再走四个小时的山路。一百多人能在里面吃住一定很大，能躲官军的地方一定很隐秘。以下描述是根据他写的资料整理的。

　　杨姓师傅等人下山后，洞中留有十几个人继续生产硝，卖给地方民团和猎人。光绪中期洞由白天河大东家祝宪章经营。祝宪章1919年因种鸦片被枪毙后，由陈从仁和谭德美合作经营。1963 年后再无人生产硝。1999 年中国核工业部 224 大队来洞中考察过，后未投资开发。

1973 年我采访了七十岁以上老人李秀洪（陈从仁的相公小厮），周安华（陈从仁的保镖），西乡朱万兴（杨硝师是其高祖），罗建成（白天河老户）。李秀洪和周安华讲了这样一个故事：民国六年（1917 年），陈从仁在烂草湾的纸厂来了两个喇嘛，给陈从仁说你有官福相，我们千里步行来是为了取无字天书《乾坤宝铜》。你念三天皇经，我们替你去。

他们是三月中去的，从烂草湾起身共九个人，四个人是背东西的，带了一百一十根大蜡，到洞里又加了两个硝匠。往洞里面走用了六十根蜡，过了二十一道马门，每一道门喇嘛都烧香念咒。喇嘛还介绍了每一个地方的名字：将军石、半边街、长石凳、天锅、天灶、玉星灶、龙门口、长沙坝。阴司河里的石观音很大，还有双龙潭、潮水潭和石龙、石虎等石动物，以及观音殿、药王殿、三官殿、令牌石、滴水潭。

我看了他 2013 年拍的照片，本来觉得没什么，只因为钟乳石到处都有。钟乳石是个缺乏文化味道的科学词，是后来的，从前没有。于是我忘掉这个词重新端详照片，立刻大彻大悟：这就是一张抽象的油画，下面那个则是抽象派的雕塑。他说的"石龙，石虎""观音殿""令牌石"等，都是艺术的想象，体现着巴山人的"精"和"灵"。

走到洞的尽头，一条像木匠尺子的河挡住了去路。喇嘛烧香念咒做完法事，就听到对面鸡叫、狗咬，有亮，有箱子、桌子、书和兵器等很多东西看不清。喇嘛打了几卦，对陈从仁说你星宿不到位，不该你得，我们回去吧。出洞用了四十二支蜡。往返共五天半，共过了三道木棒桥，每道桥上有三根木棒，上面有青苔。回来过了很久，去的人脸上还是苍白无力。两个喇嘛在洞里住了近一个月，有时候进洞两三天才出来。

以上这些描述有丰富的民俗文化信息，我不妨来解读一下。汉中一带各县都流传着喇嘛寻宝的故事。这是因为历史上汉中到甘南藏区和四川西部藏区都有茶马古道相通，常有喇嘛过来。

这两个喇嘛很可能想到老硝洞去寻宝，找景家坪的富户陈从仁，只是想从他得到进洞的许可、向导和赞助，帮他去取"无字天书《乾坤宝铜》"只是个借口。考察以后别人走了，他两又在洞里住了将近一个月，就高度令人怀疑是在里面继续找宝。我估计他们是看当年的白莲教是否留下宝藏。关于白莲教留下宝藏的事，巴山镇也有传说，我就听说过某处另有一个向下的洞，是当年白莲教用三合土填埋的，下面埋有宝藏。

两个喇嘛在里面一路走一路讲解的半边街、天灶、阴司河等那么多名称，说明洞里景致变化很多。其中"听到对面鸡叫、狗咬，有亮，有箱子、桌子、书和兵器等很多东西看不清"一句最好玩，亦真亦幻：要么是陪同进洞的那几个人产生的幻觉，要么真的是有这些东西。阿Q也经历过这种状态："似乎许多白盔白甲的人，络绎的将箱子抬出了，器具抬出了，秀才娘子的宁式床也抬出了，但是不分明。"

刘荣清对他自己看到的洞里的情况是这样写的：

老硝洞位于白天河东南方，到南天门直线距离不到一里，到大坪直线距离一公里多。清朝叫神仙洞。洞内分上中下三洞，东边有个风洞，燕子成群出入，人无法上去。主洞上面有个天洞，是熬硝时放柴的地方。洞里有水，能容三百多人生活。我见到里面熬硝人供的五个牌位：老君，洞宾老祖，无极圣母，赤脚大仙，玄女娘娘。玄女娘娘排位右下角注着"嘉庆二年"，最下面有黑白两只羊。牌位上的图像变了形看不清，只有中间的玄女娘娘很清楚。

从洞口进去约八十丈（二百四十米）分了一个上洞。继续往前走约一百米，来到一个叫灶膛子的地方，方圆有三百米见方，高六十米。前面有大滩，滩前有一丈多长的斜木棒，我们再没敢往前走，而是从灶膛子进入，下去背燕子粪。洞又分上下两层，四通八达，走了半天又回到原处。据硝匠说他们在洞里住了几年也没把洞走完过，像千曲肚一样。1998年地震把上洞分洞处最神奇的地方切断了，现在只能看到五个景点和动物白骨。那次地震也把下洞的一段也堵住了。1996年西乡的郑大兴老人说他二十多岁的时候躲兵，三个人曾从阳坪的老硝洞上洞进入，走了多半天从白天河老硝洞出来。

后来我听1982年曾在白天河小学当过教师的黄昌清说白天河入口处在半山上，洞口不大，是个宽和高大约两米的洞口。只是进去以后分为上中下三个洞，下洞最长。他还提到有个天心窗通上去，也就是一个细细的漩洞垂直向上通出山顶，熬硝的人从上面把木柴扔下来就行，不用走洞口。他曾领了五六个小学生去背燕子粪，亲眼看到燕子像蝙蝠一样从洞顶上倒挂下来，挂成密密麻麻彼此勾连的厚厚一层。

真是奇特，比雷家寨深邃多了。我已经成了老硝洞的粉丝了。老硝洞才是巴山寨堡山洞的厉害角色。

"老硝洞好去吗？"

"不好去。从仁和进白天河得走六七个小时，在上面得住一晚上第二天下来。"

刘荣清说他考察了当年仁和公社的十三个洞，大多数都有苗民熬硝的炉灶。除了老硝洞，还有下面这些：

高家岩洞：两边岩石上錾有石槽。

白龙洞：里面中洞走到八百米处有一亩大小的滩，有花石头，有黑白两色泥土，能写字。

陈家寨洞：陈从仁被儿子囚禁的地方。

金牛洞：不知多深，无人走通过，常有无家牛留下的脚印。

阴司洞：洞底又有一斜洞向下，一里多，有水。

双漩洞：民国有人在洞里煮酒，熬糖。

鳖口洞：民国纸厂老板谭美德是区长，在里面练兵开会造银元，宴请地方头人。

黑龙洞：地震前洞口有瀑布，很美观。

山羊洞：常有山羊吃硝泥。

温水洞：主洞有水，冬天冒热气。

刘家岩洞：如大棚，有寨墙。

梅山洞：里面能住上百人。冬天黑熊常去，所以无人敢进。

苗子洞：就是苗子寨那个洞。苗子寨原来有个石碑，上面写着熊吴马杨，老百姓整断了，我们又整回去，拼起来，最后又有人搞成很小的坨坨拼不起来了。没有照片留下。碑文当时看不清了，但是有那些人的名字。

这些洞进一步改变了我对巴山洞穴的看法：一个白天河附近就有这么多神奇的山洞，全县不知有多少。而且它们看起来很有旅游价值：黑龙洞洞口有瀑布，不就是水帘洞吗？民国时土匪多，口小肚大的鳖口洞分明就是谭区长的私家寨堡，在里面宴请地方头人，里面居然有一亩多大；阴司洞这个名字最具黑色幽默，通向阎王府；温水洞可开发温泉；梅山洞里有熊出没；山羊洞里长期有野山羊吃硝，说明人也可以吃。我一查，果然。传说镇江酒海街有店家腌制猪蹄时把硝当成了盐，本来不打算卖，但正好张果老路过，全部买下吃了。这就是"肴肉"（原名硝肉）的来源。这些，加上秘境白天河峡谷，也许是苗人选择到仁和这儿来的主要原因。

我问硝怎么熬，他说熬硝时把泥挖来用水搅稀，泥沙沉下去了，水倒到锅里熬，铁锅会结一层白色，上层为盐取走，熬干了就成这么大一坨子硝。刘荣清说造火药时"一硝二磺三炭子"，而且说的是一斤硝，二两磺，三两木炭，还说硫黄不敢多，多了会把枪管打爆。他是按重量来的，不是体积。这跟我小时候跟同学造火药时只量体积的做法不一样。看来我们造的火药不地道，只是将就着能放鞭炮而已。

陈忠德说1981年他在仁和当文书，做地名普查，从群众中了解到这样一种说法：当时白莲教从四川来了一万多人，一部分住在凉桥，一部分住在青水的老营盘，就是青水镇政府后面的小山上，现在还有遗址。老硝洞从明朝开始就是官方采硝的地方，他在里面见到的木头神位牌子上的字也能印证这点，有崇祯、康熙、乾隆等。硝如果采的规模大就会采完，但是过六七年又会长出来。所以这些白莲教的人就占据了老硝洞，既采硝也制造火药。因为凉桥那边的本地人给清军透露了消息，结果那边的白莲教被清军围剿消灭。后来青水的白莲教过去报仇，杀了很多人，老乡给他指一个山洞说里面有很多遗骨。

如此说来，明朝以来，大巴山里不仅有造纸、开矿、炼铁、打铁等产业，还有生产硝石和火药的产业。上面说的凉桥也是苗民的重要居住地。白莲教的人到了那儿，走的显然是当年苗人走过的荔枝道。

无独有偶，四川有个全国重点保护文物"老君山硝洞遗址"，位于四川省江油市藏王寨的老君山被视为火药之乡。山峰海拔均超过两千米，已发现十一个古硝洞遗址，是迄今为止全国发现的规模最大的古硝洞遗址。老硝洞看来跟藏王洞有着同样的重要性，可以跟四川取得联系，让他们把古代硝产业和火药产业的研究也扩展到镇巴来，看看历史上两地之间有没有联系，硝匠里有没有苗人。

"生产队的时候我们上去背燕子粪当肥料，要在灶膛子住一夜。那肥料好得很，胜过复合肥。"

"里面的燕窝就是能吃的那种吗？"

"对。像粉条一样一条一条盘起来的。是崖燕，天黑进洞。做窝用的是青苔，不用泥巴。燕子阳历十月飞往南方，来年二月二十几回来。燕子会把去年的窝搞掉重建一个。"

我对老硝洞更加崇敬。我九十年代在美国看到《国家地理》杂志介绍的泰国某地人在绝壁上采燕窝的艰难，没想到镇巴居然就有这样的地方。当然我最惊奇的还是白天河，原来不是我以前想象的

作者与刘荣清老人在白天河（陈忠德摄）

原始幽谷，而是有许多人事传奇。

"那有人去盗取燕窝吗？"

"有一年江苏来的人偷采燕窝，我去堵他们。他们再没敢来。"

"在洞口堵吗？"

"不是，洞里他们人多，我在路上堵，附近有人家，他们就害怕了。"

"有人打了燕子吃吗？"

"八几年有人打燕子回来吃，我就去咒他们：打一个燕子你要死一个儿子，后来没人打了。"

厉害，应该的。刘荣清七十三岁，瘦瘦的，不笑，说话慢慢的。他和王守荣是仁和资历最老的两个老人，王守荣话不多，总是笑笑的。每个地方都有这样的老人，他们没有保护环境一说，只是在自觉地维护千百年来自然形成的人与野生动植物的共生关系。

老硝洞固然神秘传奇，但考虑到还有燕子要保护，如果想开发利用，不妨给里面放几个摄像头，在白天河入口处设个大屏幕，让游人看看里面的遗迹，还有燕窝。

刘荣清给我说的最有价值的信息，是他认为荔枝道经过这儿。这一路到西乡有七八个店子，而且名字都在，如店子山、店子坪坪、烂店子、长店子、巴崖店。古代二十里一个店，六十里一个站，景家坪有个马道子，是个站，在那儿换马。"镇巴其他地方没有荔枝，但我们这儿到处都有荔枝，这向就红了，猴子吃那果果。"他说着打开手机给我看镇巴通公众号上的一篇文章，上面配有照片，果然看起来跟荔枝一样。文章是陈忠德和胡述权写的，他说他提供的材料。

"这儿居然有荔枝？几月份有？"

"就是现在。"

太好了，我要找来尝尝。我查过四川涪陵荔枝的季节，是每年阳历的七八月份，而镇巴的荔枝是中秋节前后，这也自然，高的地方水果晚。

我说想去老硝洞看，他说这几天他要去白天河里头收蜂糖，然后去住院看个病，然后可以跟我一起去，还说去老硝洞一定要等晴天，不然路不好走。九几年镇巴的一位县长上去了晚上下不来，他找群众上去给拿了棉大衣和吃的。正好我国庆节要回上海，那就只有等节后了。

刘荣清还给我说万源有人来找过他了解荔枝道，他说我们镇巴的荔枝道不需要你们了解。万源人也不客气，说我们已经心里有数了，书都写好了，你不说也没关系。原来如此啊，看来是镇巴人小家子气，不是万源人。依我看：万源人既然能到青水仁和村来了解荔枝道，说明这儿一定不是等闲之地。我来发明一个歇后语：荔枝道过青水——有可能。

白天河

　　每个地方的地形都可以看作是由许多"地理家族"组成。我对想出"地理家族"这个比喻还挺自豪。地理家族由水和山共同组成。水决定土地的大小和形状，以及分支，山负责外围。山间土地都是由水冲击成的，水如母狮养育子女，山如雄狮划定和保护界线。这对我们理解大巴山这样山头林立的地域很重要。看懂地理家族，就算是看出门道了。仁和村和白天河这片就是一个地理家族。

　　苗子寨不是仁和村最知名的景点，白天河才是。目前只在白天河入口地段修了步道，并不是一个景区，但县上来了重要客人都会带到这儿来看看。这样的景点才有品位，可以说是镇巴县的私家园林。当然白天河已经名声在外，夏天汉中镇巴等地有不少人来自驾游，这儿也是驴友喜欢的地方。奇特的是，它的入口就在仁和村外二三百米处，但在村子里你却丝毫看不出。如果没人说，你是猜不出这个安静的山沟小村居然就在世外桃源的洞口。

　　白天河是一个峡谷，细长，狭窄，往下面陷，由白天河凿成。白天河是一条深陷河槽时隐时露的小河，形状深浅不停变化，似乎只有河没有岸。河里不时有巨大的石头，不知是什么年月从上面滚下来的。河两边就是陡坡或悬崖，坡上也有滚下来没掉进河槽的大石头，中间长满了大小树木。所以从前白天河两边无路可走。"那我走水里。""对不起，大块石头之间的窄缝里都是湍急的流水，或者有一米多深，而底下可能是光滑的石头。""那我走那些大石头上。""如果它们彼此距离近可以，你可以跳过去。如果大石相距较远，你得不停地上下石头。""河旁边的树丛里总可以走吧。""有的地段能走一点，但树丛不时被绝壁隔断。开始的几里路你只能走右边，对面垂直的崖壁一个接一个，石壁上是形状各异的岩石纹路，还有渗出来的水印，流下的瀑布。"

"那你走哪儿？"

"我走的是在河面右侧二三十米高处人工凿出来的一条窄窄的小路，应该是近几十年才修的。所以一路上河水河槽都深深在下，不可亲近，两边的山坡崖壁也不可接近，属于我的只有一条窄路。"

白天河峡谷不是直的，拐着小弯前行，可以说狭小而精致。两侧悬崖石壁也算不上万仞高山，但因为河谷太窄而显得高。民谣说："一进白天河，山往拢里缩；要过手把岩，指甲都抠落；右脚要先卡，顺序莫搞错；一旦搞错了，虚脚就下河；猿猴两边叫，相亲无法过；要想看到顶，帽儿要望落。"

抬头看天草帽会掉下来倒是贴切，只因峡谷太窄，还有个地方叫"一线天"，那一段有三个"悬崖石门"状地形。在这儿一段可以俯视和对面岩石贴近水面处凿出的半圆形脚窝，陈忠德说那些脚窝有的是给左脚踩的，有的是给右脚踩的，踩错的话就没法前行。

白天河里另一个特点是潮湿。路上土的、石的都是潮的，走一阵就有泉水渗出。胡述权说原名叫白条河，只因为河沟两侧到处挂着水条。入口不远处对面确实挂着一绺瀑布，不是从空中流下，而是顺着石壁流下，像一道白色的溜溜板。就凭这个瀑布，白条河这个名字都适合。可以想象到了雨季，两边真的是布满水条。因为潮，树身、石头上多有青苔，给人绿野仙踪的感觉。

入口那个地方最有意思。出了仁和村,沿着大路走一点就有一条小岔路。沿着岔路下坡走一二百米,有个石头寨门,仿佛昭示这河谷曾经归属于谁。再沿石阶曲折下行(下行是因为白天河是向下刻的一条沟)。在白天河入口处先过子午河,它在此汇入白天河。此处的子午河也是个藏在大石间的小河,从仁和村外流过来。在经过仁和村的那段,你是看不出它到这儿会变得如此曲折优美。快到沟底最低处的时候,子午河上建着一个小小的石头古桥,叫会仙桥,清朝时修的。现在有些宣传资料说白天河是个原始幽谷,来这儿的人一般也都相信。这些人唯一的怀疑是前人为什么在这儿造桥,难道古人也在这儿搞旅游景区?不会吧,县老爷坐轿子来一趟也得两天。也不会是为了文人骚客修的。

不说那么多了。站在桥上往下看,是这一带河槽最特别的地方:深深在下是一个连山石槽,聚着一个花生形的蓝潭,被水瀑磨得光溜圆滑。有一个大石就卡在水面上的花生中间。花生的另一头有水穿石而下,注入蓝潭,河两侧被乱石和杂树占满,杂树盘根错节。站在桥上盯着深潭看,听着哗哗水声,你永远不会厌烦。一过桥往上看,左边就是个垂直绝壁,但石匠在绝壁上凿出一段路,让你走过石壁来到比较开阔的河段。此时再往下看,石桥下游的河边有个房屋那么大的石头,上有凿的石窝,显然是用于立木桩的,说明修这座石桥前曾经架过木桥,而且那木桥一定不好架,得用很长的木桩。这个地方是白天河的瓶颈之地,暴雨季节河水猛涨的时候这木桥很容易被冲坏。

关于会仙桥的主要传说是,修桥时一个长者想加入施工,施工方没同意,这位长者就借住在附近一个人家里。那家对他不错,他就给打了一个猪槽,走的时候说如果有人来买,至少要五两银子。

白天河鸟瞰（刘荣清摄）

仙桥上会的是韩湘子（刘广文摄）

后来建桥的人合龙的时候，怎么也找不到一块合适的石头来填补最高处一侧的那个空隙，最后把那猪槽搬去一试正好。大家这才知道那长者是个神仙，于是叫会仙桥。我在桥上的时候，能看出一侧石栏中间有块石头确实跟别的不一样。

这个故事里有几个细节还是新奇的，第一是猪槽。他打制那个猪槽首先是答谢主家，至少马上能用上。第二说明建造石拱桥的合龙跟建房的上梁一样，是个重要节点，要做点什么仪式，而且石拱桥最高最中间部分的石材一定要精致，就跟房梁的木头要选好木料一样。

陈忠德说2018年《决胜荒野》电视节目来白天河拍摄。这些人喝了竹筒酒，从石板桥一下就跳下去，在河水里往上游跑，见到

天河神树——树坚强（刘广文摄）

树是不是红豆杉已经不重要了，分明是一位树坚强，龚兴富封它为"天河神树"。

我说的白天河入口这儿，指的是会仙桥到两崖对开的一线天那儿。后来十一月底我跟刘荣清、陈忠德和施安石往最里面走了一趟，到了刘荣清养蜂子的老房子那儿，一共走了两个半小时。

过了一线天往里走不远处，半坡上的路下到了河滩边上，从一石崖下经过。这儿是背靠石崖坐一根木头休息的好地方。白天河在这一段变宽变浅，可以接近。这让我觉得山里河边的小路跟河有着某种默契：在不好过河的地方，路就高高在旁边的半坡上。在平坦的河段，路就下来跟河接近一下。此刻，好事的人踩着石头过了河，上一二百米的缓坡，就见到一棵麻柳光树，树干和枝丫全是浅橘红色。陈忠德说这棵树的知名度很高，因为麻柳光是价值极高的

裂石而生

观赏树种，这么大的很少见。但这树的树干看来只是原来树干的一部分，上面部分可能很久以前被雷劈了还是被人砍了。好在所余树干的顶上又向上发出几根非常高而细的树干。它们不像平常的树那样往侧面长，而是直着往上长，似乎是在昭示着某种精神：我们要展示这棵树从前的高度！这树也是一个树坚强。

再往前走，有趣的话题自然是植物。陈忠德拔了个与空心菜差不多的植物，只是叶子大点，说叫"天青地红"。我们看，叶子朝上那面果然是绿的，朝下那面是红的，他说能治疗嗓子。这种药的另一个名字叫"八爪龙"，平时不好找，锄把那么粗的得长一百年。有一个人看到一个大八爪龙，拔出来卖了，过了几天在山里被熊抓死了。听说白天河里还有一个最大的，谁要是看见就活不成。这个故事反映了民间对稀有生物的敬畏之心，不能贪心。后来一次在磨子沟施安石给我指看一种一尺高的植物，叶子比较大，有好几个角，每个角上有尖刺，叫"老鼠刺"，熏腊肉的时候放上，老鼠就近不了。陈忠德说"灯台七"又叫"海螺七""七叶一枝花"，就是"重楼"，是云南白药的重要成分。这些，加上上次去苗子寨时听到的，让我觉得巴山里的植物故事也应该成为一种非遗文化，它们是山里人一代一代口头传承下来的知识。听了如此丰富的植物信息，你就理解为什么明朝会出现个李时珍。今天看来，李时珍记录下来的还只是植物的药用知识的一部分，其实还有很多知识多属于民俗文化的范畴。

熊做的"鸟窝"

一路上相对来说最险的路段一个是刻着"阿弥陀佛"的地方，一个是叫"石垭豁"的拐弯处。石垭豁更要小心：路的一侧是往上的石壁，另一侧是往下的石壁，七八米深，下面是窄窄的连山石河床，河水看似有点急，有点深，有点冷。脚下的路很窄，又不平，最大的问题是一边没有树木可抓，另一边没有树木拦你。陈忠德说有一次他跟几个人从这儿经过，一位干部差点掉下去，幸亏另一个人拉住了。依我看那仍然是个万幸，从力学上来讲，除非拉他的那个人另一只手抓住一个树木，否则很容易跟着掉下去。

我问刘荣清从前老乡走这一路有没有掉下去的，他说有，尤其是喝了酒的。还有小鹿、羚羊掉下去摔死的。

但总体上来说，白天河峡谷越往里走地势越平缓。河床在抬高，河水在变小，山谷也在变宽变浅。有一个枯树上面有四五个鸟巢一样的东西，刘荣清说不是鸟窝，是熊搞的。它爬上去折了树枝吃上面的板栗子，吃完就把树枝往树杈上一放，放多了看起来就像鸟窝。没想到黑熊这么聪明：不用一个一个摘板栗，只要折一枝就行了。这对鸟应该是好事：板栗子是秋天的果实，鸟需要在春天做窝，这样的窝一般是喜鹊和老鹰等喜欢的，只要在熊放的细树棍上再放些细棍和草就行了。

最后我们的小路彻底离开石头多的山坡，跟小河相会，人走在河边，周围变成了友好的田园景象。原来我们到了白天河里面一个重要的分岔处。白天河像个唢呐，会仙桥那儿是唢呐嘴那端，最窄，而我们到的这个地方接近了唢呐宽的那端。一座小山包坐落在唢呐的喇叭口上，把喇叭口堵住了，声音从两边出去。我说的两边，就是眼前看到的两条小河，它们在小山包前相汇，流向会仙桥那边。所以这儿是白天河的上游。

喇叭口上的小山后面是一座大山，就是跟胡述权在仁和坡顶上看到的那个遥远的笔架山，刘荣清说叫"甑子石"。陈忠德说甑子是用竹篾条编的，能装五六百斤包谷，不霉烂，透气防潮。

刘荣清的土屋小院所在的这个小山包叫孔家梁，一路走来只此一家。是用从别的房子拆下的料重修的一排三四间，比常见的土房小。小院一侧有一排木头蜂箱，院子里安有一个声控的小喇叭，我们一来就发出狗叫声的录音，是为了吓唬黑子的。天不早了，我们就去厨房把火塘的火点燃，去房后的水龙头洗锅洗碗，把带来的腊肉炖上，米饭蒸上，喝包谷酒。我问有没有游客来过，刘荣清说有。我看能走到这儿的游客都是真正的驴友。2018年《决胜荒野》的人也走到了这儿，晚上睡在院子里。我问他们有没有到老硝洞，说没有。我觉得到了老硝洞才真正是决胜荒野，世界上洞穴探险也是一个探险门类。今天的探险活动也要考虑环保，所以本美景家认为老硝洞还是不要去，打扰燕子。也不要搞开发，最多像前面说的，安些摄像头让山下的游客看直播里面的景象。有些自然奇秘还是留作悬念为好。

这儿我的手机没有信号，大家都不用看手机，烤火说话就是了，围炉夜话。陈忠德说过去白天河森林茂盛大树多，珍稀树种如麻柳光、黄杨木、红豆杉也有。西乡那边不时有人来盗伐，有一位乡领导还曾为此受过处分。我们又说动物，说黑熊，说树围子就是果子狸，擅长爬树吃果实。有一种叫麂子的小鹿是最常见的猎物。我问华南虎的事，刘荣清说他还真的见过，就趁这个火炉说一下深山荔枝道上的老林和老虎吧。

老林与老虎

西汉贾谊的《过秦论》里就有"蜀山兀，阿房出"，所以秦时修宫殿就开始用秦巴木材。潘世东在《明代汉江文化史》一书中指出，隋唐时候长安城里维修宫殿大宅，以及烧木炭的木料都来自秦巴山区。宋元朝国都迁到开封北京以后，秦巴山的森林有所恢复，到了明朝又成为皇木采伐的重点区域。这点我能理解，武当山是明朝的皇家寺庙，是按照皇宫规格建造的，当然是就地取材。潘世东在《明代汉江文化史》中提到竹溪县慈孝沟明朝的皇木采伐遗址刻有这样一首诗：

采采皇木，入此幽谷。

求之不得，于焉踯躅。

采采皇木，入此幽谷。

求之既得，奉之为玉。

木既得矣，材既美矣。

皇堂成矣，皇图巩矣。

落款说由光化知县廖希夔撰。诗表面上是在祝福皇家（皇堂建成了，皇家版图就巩固了），但实际上暗藏了讽喻的意思。首先它的写法是模仿诗经里的《伐檀》（那首诗可以简化为"坎坎伐檀，置之河干"），而《伐檀》是批判皇家劳民伐木的知名诗篇。其次，诗里描写了伐木官民的艰难（求之不得，在山里徘徊）。找到符合要求的大木以后，珍惜得跟玉石一样，这不禁让人想到柳宗元《捕蛇者说》里的捕蛇人是如何小心翼翼看护那条等待上交的蛇的。

潘世东书中还引述了《湖广通志》里的一个发生在今十堰市郧阳区的志怪故事：有个姓赵的不知是哪儿人，戴着一个三斤重的铜帽子，上面套唐式头巾，眉毛有五寸长，编成小辫绑到头巾上。不吃熟食，住在树上岩洞里或者人家的屋檐下，行踪不定。开始住在一个古木很多的山上，嘉靖丙辰（1556 年）年间忽然移居到竹溪县的沧浪山。人问其故，说那个有古木的山即将变秃。不久，皇宫里三个大殿着了火，采木使者果然来伐光了那座山[1]。

我怀疑这个奇人是唐朝时的伐木使者，那个铜帽子是当年的头盔安全帽。宋朝国都东迁后他被遗忘在山里，成了仙，经过宋元两朝到明。铜帽前辈：我给你起个字号，就叫树仙吧，大家真的应该给你盖个树仙庙，让你负责保佑古树。

今天既然说到大巴山的老林，就应该把老虎也说一下。我问刘荣清见到老虎的事，他说："1973 年秋，我从白天河往大松坪走，去赶车到镇巴，路上有盘子那么大的脚印，我说这是啥子。走着走着一看，哎呦，像小牛那么大，在舔水。我又走了两步，它回过头，浑身的毛毛往起来长，三整两整它就把我盯到了，就把我看

---

① 潘世东：《明代汉江文化史》，九州出版社，2018 年，第 147 ～ 158 页。

到起，我也不敢走了，怕一走它起来整我，我就坐下，一边盯着它，手去扣石头。我就吃早晨烟，吃了三四根，我去擦火柴，手有点抖，我去捡火柴，它看我不见了，一下跳了有两丈多远，从河坝到坡上，大步大步地走了。全身金黄，背上有三点金，我跑到大松坪，身上衣裳汗水打湿完了。在张西建那儿睡了一天一晚上。"

叶广岑在《老县城》一书里记载了1964年秦岭佛坪县最后打死老虎的事。可见巴山的华南虎至少活到了1973年。我看到的一个资料说湖南最后捕到华南虎是1976年，全国七十年代末华南虎总数是四十到八十只，所以可以想象1973年时川陕大巴山里老虎数量也少得可怜。这只虎的出现，说明白天河以及附近的大松坪是原始森林较大的地方：水塘变干的时候，大鱼总是藏在最深的地方。

从他的描述来看，人在恐惧中会忘记时间的长短。估计他找火柴时是弯了腰从老虎的视线里消失了。那老虎经历了虎族不断被消灭的"虎生"，能活到今天说明它很会躲着人类，不想今天没有躲过这个人。其他那些被一一消灭的同族让它深知遇到人的后果，它也从虎前辈那里获得了智慧：遇见人不能怕，要盯着他看，直到把他看胆怯。这就是为什么在三四根烟的时间里它都没有逃走，而是等到那人倒地以后才逃走。那只老虎回到住处应该也吓得睡了一天一夜。它深知自己是最后的虎族，发誓不让人看见，

驱邪神兽吞口儿：头顶王字，虎口人面

还担负着找到一只异性传宗接代的责任，不能在自己手里断子绝孙。

这儿，我顺便展示一点巴山荔枝道上的老虎文学。

李天培在文章《城固虎迹与虎文化》中引述清《古今笔记精华·禽兽》所载屠倬的《是程堂集》一书中的虎故事，说乾隆年间汉中城固县令顾沂养了一只老虎很驯服，断案时让老虎卧在桌子下，想说谎的人一看老虎盯着自己就吓坏了，只得吐真言。有一次顾沂换了一身蟒服面朝墙躺在榻上，老虎以为是陌生人，就去抓他的鞋，顾沂大怒，一把把虎推到台阶下，把石头都撞破了。征剿白莲教首领王三槐时他牵着老虎，王三槐的人都被吓坏了。他跟老虎同吃同住，但仆从害怕，就拿毒药把虎毒死了。

故事里提到的王三槐就是四川白莲教起义的领头人之一，也算是荔枝道枭雄，荔枝道上达州宣汉县人，宣汉就在万源南边。他当时主要盘踞在万源一带。王三春造反就是以王三槐为偶像。我估计当时顾沂是领兵沿着荔枝道从西乡到镇巴或万源去打王三槐的。这个故事是以纪实的形式写的，有根有据，比如原文中还提到陕西巡抚秦承恩还请他把虎带去让他母亲看一下。

南宋洪迈所著《夷坚志·蜀梁二虎》中说汉中府近郊有个农民拿着长刀砍柴，沿小径走，看到路边下面一丈的湿地上有一只老虎。老虎看见他就想"奋迅登岸"，农人先下手为强，跳下去"坐其背以刀乱砍之"。老虎也奋力抗争。村里人不敢救，官府得知组织了一百猎人骑马带着锣鼓前去，发现"人虎俱困"。救援者杀了虎。农夫被救回去，第二天也死了。这个农夫跟武松的遭遇很像，搏斗情形也像，我追封他为"汉中武松"。

光绪二十年（1894年）上海《申报》的《点石斋画报》刊载

了一篇叫《村牛搏虎》的文章：陕西汉中府西乡县去年出了一只老虎，伤了很多人，最后被坡上一头牛给顶死了。这件事报告给了县官，县官就把这只老虎奖给了牛主人，还奖励了五十两银子。我看县老爷奖励五十两银子应该，但老虎本来就是人家打死的"猎物"，不能算作县上的奖励。故事的后半部分才是最奇特的：几个月后，养牛人家把虎皮晾晒在石磨上。牛正好卧在旁边午休，醒来一看，以为是真虎，奋力顶去，"力尽而死"。

这个故事相当有文学价值，跟好几个著名故事有着类似的逻辑。古代故事《太古蚕马记》里说，女孩给家里的马说要是能把她远方的父亲驮回来，就嫁给它。马果然做到了。父亲得知，杀了马把马皮贴在墙上。有一天女孩笑话马皮，马皮顿时飞起，卷了女孩，到树上变成了蚕。《水浒传》一一九回，灭了方腊的鲁智深听到钱塘江潮声，以为是战鼓响，结果不幸撞上了师父给他说的谶语"听潮而圆"，当即坐化。传说诸葛亮死后，司马懿挖开坟墓看到一本书，每页上都有"死治司马懿"这几个字。他舌头舔一下手指翻一页，结果给毒死了。那虎皮就是老虎留下的谶语或报复遗产。

《西乡县志》中记载，康熙年间有一砍柴人砍昏老虎后自己也吓昏过去，倒在虎身上。他母亲上山去找，老虎醒来，母亲用拐杖将老虎打走。县令嘉奖这对勇敢的母子，免去赋税。砍柴人回去病了两年。

除了这样的纪实，志怪故事里还有老虎文创作品，《太平广记》记载，唐贞元九年（793年）申屠澄从长安去四川任职，在真符县（今洋县）的山里人家住了一晚。家里有两位老人和一个十四五岁的漂亮女儿。女儿嫁给了申屠澄一同去四川几年，生了孩子。离任回长安的时候路过老屋，已没有人。妻子找出一张虎皮，披在身上，变成老虎就逃走了。

所以除了天坑飞虎，还有真的老虎以及熊等故事。刘荣清当年见到老虎的具体位置可以立个牌子，让好事者去寻找。找到且拍短视频发一下朋友圈者，回到镇巴找吴浩给奖励一块腊肉，或者找胡明富给一卷宣纸。

我们在刘荣清简陋的房子里将就了一晚。第二天一早我跟陈忠德和施安石在屋后的坡上去走了走，陈忠德拿个竹竿指四面的山坡山沟，说那儿叫阳坡，那边是上河坝，那边还有个望乡台，翻过去就是西乡，那个方向有个民国时候建的碉楼。后面有个中心寨，上去能把白天河看完。还有个地方叫核桃树。那边过去是板房子（代发全的狗和猫就在那儿）。陈忠德 1980 年二十岁的时候就来仁和工作，这里面他也来过很多次。八十年代这里面有好几个村和生产队，是一个封闭的环境。当时这儿是有个小学的。小学生不出白天河也能上学，但就是在这里面，从家到学校也是很远的。昨天刘荣清也说他是刚结婚那时候从凉桥迁过来的，大集体时白天河是个好地方，土地多，而且自留地可以多一点，没人管，你能开荒挖出来就是你的。白天河还有一个优势是从来不干旱，到处都是水。陈忠德说责任制实行后的 1980 年到 1986 年，仁和乡白天河也是全县最富的，他那时就在这儿工作。割漆的人多，很多女人都会割漆。

有一条山谷通向更里面，过去最远的那个太阳照亮的山头西面就是老硝洞所在，陈忠德说走过去还要四个小时。因为前几天下过一次雪，上面险要地段一定没有融化，所以这次去不成了，只有等来年开了春才能上去。

所以大家看出来了吧，口小肚子大的白天河极具纵深感——空间和时间上的纵深感。口那儿是休闲，只有山水美景，你什么都不用想。到孔家梁这儿是怀旧，怀生产队时候的旧，怀农耕之旧。而深藏不露的老硝洞，则不仅奇秘，而且奇险。陈忠德说过去差人押送犯人到大松坪，犯人跑了，差人也不追，原地点火休息，后来犯人自己找回来了，只因密林中无路可逃。

我非常想去老硝洞，但这次去不了也许是天意。这么大的镇巴山群里总得留一个悬念吧。我虽然还有许多地方要去，但先亮个底：以上面已经讲过的和后面还要讲的为证，如果要给巴山荔枝道选一个人文和自然都能代表的地方，我首选白天河。镇巴最奇秘的地方，非老硝洞莫属。百里镇巴第一谷，万山丛中最老林。

景家坪

关于白天河的名字，我听见仁和村的老人代发全说的是"白河"。陈忠德说在一本新西乡县志里见过王三春被民团打败，从三关堂逃往白瓞河的记录。刘荣清也说在白天河里见过一个碑，上面刻有白瓞河。由此看来白瓞河有可能是古名。查瓞字意思，最早出现在《诗经·大雅》里"绵绵瓜瓞，民之初生"，意思指子孙绵延不绝。《汉语大词典》举证瓞同𤬛，有藤蔓上的小瓜的意思，还指一种九叶草，清代一个学者认为就是"三叶九枝草"淫羊藿，而我在镇巴各地都见到野生淫羊藿，白天河里的长得大且多。这些信息让我们猜想白天河是药材等植物丰富的地方，也是一个能繁衍子孙的宜居之地。对了，说到《诗经》，别以为是遥远模糊的周朝皇宫的事，实际上《诗经》的总编尹吉甫就是同在大巴山的湖北房县人，封地和墓也在那儿。

白天河东西走向，开口向东，也就是仁和村这儿。这令我心

石头小树藤

情好，因为符合美学：汉代以前的皇宫正门朝东。王守荣说八里长，应该指的是走到刘荣清小屋那儿，往老硝洞等处还有不同延伸沟壑。但别的出口都不如仁和这个正门重要，只是这个正门在1973年以前进出相当不容易。

如果荔枝道过仁和，往镇巴那边先到青水，那往西乡走的下一个村镇是哪儿？景家坪。带"坝"的地名都在沟底河边，带"坪"的地名都在坡上高处，陈忠德在那儿驻村工作过，说那边有几百上千亩地，清末民初有著名的大户人家陈从仁家，还有个地方就叫店子，估计是当年荔枝道往西乡走的重要驿站。我后来得知1949年胡宗南的部队从汉中退往四川时走过青水，就专门问了王守荣，他听老人说大部队是从景家坪过来的。大松坪另一条梁上也有一条路，但不如景家坪仁和这条好走。一想到会仙桥曾承载过千军万马，我就对它多了一份崇敬。

而今天我想去景家坪，首先是想走一趟真正的老路。到目前为止我来仁和村都是坐车，而会仙桥到景家坪至今不通公路，还是过去的典型老路，上面还有人养马。而且那个叫荔枝塘的地方，还有个叫杨八州的地方，都在那个方向。

我跟陈忠德和胡述权一起去。过了会仙桥再过双拱桥，有小路曲折上坡，胡述权说这儿开始到观音崖之间的路，是西线荔枝道上唯一难走的路段，其他地方都比较好走。我看这个坡也没什么险要的，不十分陡，只是路像"之"字一样曲折上去。这样的路一般都是对山坡的攻坚战，意思是附近没有较低的豁口，也无法走坡度较小的长路绕过去。山坡是土石的，没有台阶，就是行人踩出来的细路，胡述权说叫九打杵，山里叫九打杵或九道拐的地方很多。

这一段路上最有趣的景致，是旁边的一片垂直光滑的石壁，好像是神仙放的石头屏风。一般的悬崖多高高挂在山上，到不了跟前，而这个不一样，十分整洁地站在你面前。

石壁上一人多高的地方有个小洞，陈忠德说叫打儿窝。我走到跟前去看，小洞口有杯子那么粗，手掌那么深，看似是天然的。我把里面的三四个小石头掏了出来。陈忠德说前面梁上从前住着两口子，对过路的人都很好，但没有孩子。有个过路的老太婆在他们家住了几天，得到善待，走的时候说去九道拐往小洞里扔石头，男人扔进去就生儿子，女人扔进去就生女儿。他们照办，男人扔进去两个，还要再扔，妻子说你想把老娘累死啊，于是没有再扔。回去果然生了两个儿子。我

打儿窝

怀疑这老太就是会仙桥打猪槽那位老人的老伴，两人四处变戏法做善事教化人，他们才是会仙桥的仙。打儿窝离下面的会仙桥很近，白天河如果人气上去，可以搞个打儿窝投石游戏：捡一堆小石子让游客投，投一次一块钱。旁边的绝壁还可以搞攀岩。这石壁不是很高，比较友好。

我在南郑县黄官岭的宝鼎山上也见过一个打儿窝。何江志在《送子洞》一文中讲述了盐场镇源滩一个与众不同的传说：一个媳妇因连续生女儿被婆家赶走，回家的路上看到对面山上一个山洞像眼睛一样看着自己，从而感觉怀孕，于是返回婆家，后来果然生了个儿子。于是那山洞被称为送子洞。这个故事中的"见山洞而孕"是神话传说中踏巨人足印而孕的翻版。踏足印而孕反映的是婚姻制度产生以前，孩子知其母而不知其父的现象，背后的现实是女子的"野合"。这个媳妇见山洞而孕，反映的是曾经有过的"暗中找另一个人生个孩子"的社会现象。送子洞和巨人的脚印一样，象征着某种遮掩。小说《白鹿原》中白嘉轩就安排一个不孕儿媳跟家里长工的儿子"私通"。

九打杵上去是观音崖。路旁一段石崖上有个凿出的浅窑，里面曾经放有佛像等。后来景家坪的黄开孝说，从前这儿每年过三次庙会，过往行人都可以免费吃，是景家坪大户陈家赞助的。我看这窑和窑前的平地，以及那头继续上坡的台阶，全是从连山石上凿出来的石梯子路。这段石梯子考古学家一定很感兴趣。平地的边上有树干铺成的加宽部分，从前这儿可能有向外延伸的吊脚楼。石梯子那儿的石壁上刻有文字，看似"阿弥陀佛"。由于荔枝塘就在这个山崖的下面，令人怀疑驮荔枝的马是从这条线上什么地方掉下去的。

过了观音崖，山上面的地势就比较平缓，田地较多，有柿子树、板栗树和核桃树，路在田间，果然好走多了。

下一个最有意思的景点是大崖窝。这是一个比打儿窝石壁要高大许多的垂直绝壁，路从绝壁下经过。一个缝隙里有泉水洒下，夏天走到这儿的人一定会喝水，这是老天爷赏赐。再往前走下到平处，一条溪流上有个小小的石拱桥，比会仙桥小多了，一头有个栅栏门，挡牛和马的，挡不了羊。桥下是鹅卵石河床，水很细。这是我见过的最小的石拱桥，虽然小但做工精致。而且这个

观音崖石梯子，这种路是古道的硬证据

河非常小，按理说搭个木头桥就行了。这更说明此地曾有大户人家舍得花钱。到了这儿，只觉得"枯藤老树昏鸦，古道西风瘦马，夕阳西下，断肠人在天涯"都消失了，只留下了"小桥流水人家"。"小桥流水"先出来欢迎你，"人家"还在前面的景家坪。

又往坡上走了一会，来到我们此行的目的地景家坪。高高低低的弧线形土地面积相当大，有玉米地、板栗林地等。我想用"窝沟"这个词来叫这儿，即指山势较高的山头之间的浅盆浅沟状地形。这样的地方一般耕地较多，光照充分。到这儿也想到"土地平旷，屋舍俨然，有良田美池桑竹之属"。所以世外桃源要么存在于

"山那边"，要么存在于"山上面"。

陕北常有在一面朝阳坡上建很多窑洞的情况，巴山里则以分散居住为主。这种居住格局是人跟着地走。明清两代朝廷鼓励往大巴山移民的时候，允许"插占"：荒山里的地你插个标记就可以占为己有，人自然不断向各处发散。集中居住则意味着人离地远，"通勤"时间多。如今景家坪是一个小组，属于仁和村。虽然在仁和村给景家坪的人也分了安置房，但还是有一些人住在原来田园的老房子里，比如陈忠德带我们来到的黄开孝家，就住在清末民初陈从仁的老宅里。

一侧的房子屋顶已塌，木头框架露在外面。另外两面虽破旧但能住人。前面的院子很大，院边有石头坎子是当年围墙的地基，坎子外面有个直径一米的老槐树，胡述权说叫金枝槐，说古代官要到一定级别才能栽这种树。

黄开孝一家都认识陈忠德。说一家，就是老黄夫妇和他们一个三十多岁的外甥。黄开孝七十二岁，是这个小组的组长，外甥招呼在院子里喝茶，端两碟核桃和生板栗子。四五条狗叫了一阵就不叫了，有一个黄狗还把头凑过来让我挠痒痒，十分享受。

有一个帮忙的妇女去房后面搭梯子拿竹竿打梨，我也跟去看。梨掉下来摔破了，说不要紧，还有猪。旁边还有个羊圈，里面十几只羊挤在一起。我拿了梨过去喂，居然没有一个羊吃，每个都闻一下不张嘴。妇女说因为都吃饱了。我又揪了点草拿来喂，也不吃。我还是第一次见到这么自律的羊，吃饱了坚决不吃零食。我印象中动物从来都是吃不饱的，有好吃的都能加点。但巴山羊例外，有自己的传统，值得外羊学习。

院子里有个倒卧的石碑，我们过去往上面浇了点水，字迹就变

2013 年的陈家老宅（刘荣清摄）

清楚了，是个朱家的双亲墓碑，立于乾隆五十四年（1789 年）。这进一步说明 1785 年苗族到来的时候，景家坪这边已经有这样的大户人家了。

而根据刘荣清说的，这儿本来住的是朱家，是从青水镇上的朱家岭搬来的。一个传说是，他们是明朝建文帝的后人。朱棣夺了皇位建文帝当时并没有死，而是化装逃出来落脚在青水的朱家岭。新皇帝朱棣追查，他的后人觉得青水还是不安全，就搬到了景家坪。此说比较牵强，一是建文帝朱允炆被烧死基本是定论，二是这样的传说川陕交界处好几个地方都有，南郑县碑坝镇的传说更有名。倒是下面这两种推测更有可能。

明末汉中有一个瑞王朱常浩，是崇祯的叔叔。根据《明史》第一百二十卷，崇祯十六年（1643 年）李自成占领西安后，瑞王逃至重庆。这就有话可说了：从汉中到重庆，走荔枝道比米仓道和金牛道都短，而且有可能走的是青水线，比镇巴线离汉中近。跟瑞王一起逃难的某个皇族人员留在了青水隐居，住在朱家岭。这就跟刘荣清所讲的接上了：清朝建立后，派人来调查反清复明可疑分子，朱家岭的明皇家后人觉得不安全，于是过了会仙桥来到景家坪这个宽敞的山上地块，顺便办纸厂，日子过得也不错，直到清末被收养的陈从仁夺了家产（这个故事后面再讲）。

　　还有一种可能性更大：陈忠德说镇巴有个唐家人口较多，自称先人是明末襄阳王爷的保镖。襄王被张献忠杀了以后，保着王爷家的人逃到青水。唐家的后人定居镇巴。他们忠于前主，但又无力反清复明，就拒绝当官，族里的优秀人才多教书或经商。

　　刘荣清还讲过一个流传的细节：有一次官府的人来景家坪调查，问主人说念过书没。"念过。""念的是什么书？""钱通神路。"

院边的金枝槐

于是那位官人不再追问，带人走了。刘荣清问我知道什么意思吗。我表示不知道。他说："钱通神路"意思是你如果放过我们，钱不是问题，后来肯定是私下给那位官人打点了钱。这是官员跟江湖人的一种黑话。白天河熬硝的杨师傅可能本来就跟这个朱家关系好，于是下山后连了宗，改姓了朱。

　　刘荣清还说，到了清末，朱家嫡系只有女儿没有儿子，就招了一个姓陈的上门女婿。这个上门女婿又带过来一个四岁的侄儿，就是陈从仁。陈从仁从小聪明过人，学四书五经过目不忘，他伯父（就是这个上门女婿）就请书童陪他去西乡念书。但后来他不想考试，只想经商。他伯父说家里不缺钱，想让他去考学当官。最后他伯父被气死了，他去跟姓朱的婶娘争财产。他知道自己不是亲生的，伯父没子女，他怕朱家那些侄儿子霸占财产，就买通了西乡县老爷。县老爷判他赢，但是说陈从仁你忘恩负义，婶娘把你养大，今天财产判给你，但你将来不得好死，活不过六十。他婶娘说既然老爷这样说了，我就把娘家给我的拿走，其他都给他。说完就回了西乡。陈从仁继承了家产后很会经营，开了好几个火纸厂，家大业大。为了躲过活不过六十的咒语，他乐善好施，做了许多修桥补路的事，人称陈大善人。而且出去留洋了几年。后来他接受了共产党的影响，回来后为宣传红军，曾给红军送过钱。这个做法给家庭带来了风险。他儿子是国民党的保长，于是两个儿子把他软禁在鸡公石山顶上的陈家寨山洞寨堡里，两年后于五十八岁死在那儿，应验了西乡县长的诅咒。

陈从仁出去留过洋这事令我好奇，只是没有信息说他去的是哪个国家。

主人家开始"设酒杀鸡做食"，我们坐在堂屋檐下喝茶吃核桃。一侧的瓦房顶上开始冒烟。这里的老屋没有烟囱，烟直接从瓦缝里出来。"人烟"是个典故词，旅客在山路上见到烟就知道有人家去投宿，还有就是来了客人房顶就会冒烟。看炊烟是一种享受，一种怀旧：山里没有风的情况下，烟缓缓升起，缓缓散去，没有一丝着急。我也第一次注意到炊烟是蓝的，很有艺术情调，所以 1978 年庄奴在台湾写出歌词《又见炊烟》。庄奴想的是小时在大陆的炊烟，

又见炊烟

唱给今天的城市回乡人也一样：又见炊烟升起，暮色罩大地。想问
阵阵炊烟，你要去哪里。夕阳有诗情，黄昏有画意。诗情画意虽然
美丽，我心中只有你。

吃晚饭还早，陈忠德说不远处有个银洞子，我们几个就去看了
一趟。没想到路程还挺远挺险。最险处是穿过一个从陡坡上延伸下
去的"溜溜板"，也就是雨水冲成的一条光光的石头"瀑布床"，前
后上下都没有能马上够得到的树木，所以我们只能手扒着不好抓的
石头，脚踩着微微凹进或凸出的地方慢慢过去。老黄是我们中间最
大的，但这"路"对他不是问题，他先走过去，一手抓树一手伸出
接应我们。那儿有三四米宽，坡度估计有七十四度，下面是几十米
高的悬崖（我们在那儿时看不到下面的悬崖，是后来到了侧面山上
才看出来）。原来我们刚才一直走在悬崖上方有土有树木的小道上，
一路上还说蛇。老黄说四五六月蛇多。秤杆蛇看起来一节红一节

黑，是毒蛇。还有一种一节黄一节黑的蛇毒性最大。纯黑的蛇有乌梢棒，远远感觉到人就跑了。黄喉蛇最大，见了人不跑。

最后到了银洞子，也是悬崖上的一个小石洞，约两米高，三米深，好像是人工挖出来的。洞前有一绺平地。原来悬崖在这儿有个错位，形成一绺平路，那绺平路过了洞口继续往斜上方走。这儿周围有树木，就觉得安全，是对到这儿来的人的一种奖赏。

洞里地面上墙壁上有白色晶状物，老黄说是硝，还说老百姓如果肚子不对劲，化一点硝喝了就好了，但只能放一点点，不能多。我尝了一下，是有点咸。地上只要刨开一层沙土，下面就是一层黄色的粉末矿物质，不是硫黄，没有硫黄的味道，我估计这就是硝土，熬了以后泥土沉底，硝溶于水，再用硝水来熬硝。

老黄从洞壁上凿下几小块石头，里面果然有银白色的闪亮晶体，我希望是银子。对了，淘金的事大家经常听说，却不怎么听说银子是怎么来的，我就查了一下。原来银子是要把银矿放在炉子里炼的，如果矿石里还含有铅或铜，就还要进行分离。而古人淘金是直接把金沙筛选出来，只要熔化变成大点的就行。《华阳国志》记载三国两晋时期四川有银矿，而且提到巴山里的梓潼等地都有银矿。元朝以后云南成了全国银矿开发最多的地方。我估计大巴山里的银矿主要是难开发，看看这个银洞的位置就知道了。我认为这个洞子是民国以前开挖过的，所以银洞子这个名字一代一代传了下来。洞壁上有用油漆写的"57102"的字样，应该是1957年10月2日的意思。老黄说当时国家地质勘探队来过。

梅可汗在《银洞湾的传说》中讲，永乐镇的星石村有个银洞湾，从前有个洞里有个老太婆赶着毛驴推磨，磨出来的都是银屑。后来来了一头猪把一扇门撞倒堵住了洞门，从此再也找不到那个洞了。汉中各地都有山里有人赶金马磨金子的传说，但那样的传说大同小异（说有人来到山洞里发现老人磨出金麸子。老人给了来者一些，但来者还想牵出金马，结果被关在洞里出不来），倒是这个银洞子传说更有幽默色彩，这要归功于那个猪的形象。这个传说也表明过去镇巴山里确实有开挖银矿的事。

站在洞口外可以远眺山谷和对面的山，山谷相当宽。胡述权说这儿下面的一个地方就是杨八州。八十年代有人在杨八州挖出过麻钱，他还去看过，有的上面有日本和韩国文字。当地人说钱是从前大户人家埋的，还留下了一个秘诀，后人破解了那个秘诀才挖出了麻钱。那秘诀里有两句他还记得：核桃树儿崖对崖，谁个找到谁发财。向成忠在《历史文物古迹》一文中说1986年6月县文化馆在这儿发现了这些麻钱的事，文中列举的钱币最早为汉武帝元狩五年（公元前118年）。还有王莽天凤元年（14年），唐高祖武德四年（621年）的开元通宝。还有宋、元、明、清的，包括张献忠和太平天国铸造的钱币。

我觉得这麻钱倒可能是个青水派荔枝道的证据。向成忠文中没有列外币。如果真有外币的话说明此道上曾有国际贸易。另外，时间跨度如此大的古币，说明其主人很可能有收藏古币的兴趣，也印证了这条商贸古道的重要性。

我们一人装了一点硝土和矿石返回了，我的是装在我喝茶的玻璃杯子里。回来以后还是觉得后怕，连胡述权都有点后悔，说一旦顺着"溜溜板"溜下去，下面可是悬崖啊。我也想，我们来是看荔枝道上的景家坪的，为什么要到偶然听说的银洞子去？一定是财迷心窍，想去找宝。但银子现在仿佛没那么值钱，只听有煤老板油老板，没听说有银老板。所以那几块石头我到现在还没有找人化验过。

板栗子红了的时候

回到景家坪黄开孝家后面的梁上，太阳还没落山，这是十月份，望出去满山遍野都是橙色树木，老黄说是板栗子树，这个季节正是板栗子熟的季节。还有无数核桃树，现在也是核桃的季节。板栗子不是水果，是一种粮食，也是最好吃的，我小时候在平原上只见过单个的树，没想到山里有整坡整坡的树林。理论上来说，景家坪的人靠捡板栗子就可以生活得不错，但老黄说主要是运不出去。这儿猴群多，还有黑子，现在由它们来庆祝丰收。

晚上坐在火塘边烤火，离冬天还早，但山上的人不管季节，只管温度，觉得冷就点火。老黄还叫来了另外两个人来吃饭，喝自己酿的包谷酒，那酒就是其中一位酿的。饭桌上他们把鸡头和两个鸡爪子都给了我，而且鸡爪子上缠着鸡肠，缠法也有讲究，像绑鞋带那样打了个结。我是第一次见这样吃鸡爪子的。

后来陈忠德给我说，鸡爪子是给桌子上最尊贵的人的，能吃出四方八面。爷爷当家，当父亲的就吃不成；父亲当家，当儿子的就

在那遥远的大巴山，仍有不看手机的夜晚

吃不成。鸡爪子是"抓钱手"，象征着权力。仁和曾经的一位老队长，每次吃鸡他就先把爪子夹了，说："这没啥吃的，我来吃吧。"后来经过子女劝说，才开始把爪子让给客人。陈忠德还说饭桌上一定要说吉利话。筷子掉了不能悄悄捡起来，而要说："这不好意思，滑石子（筷子）跑马地生财，二人躬身捡起来。有事有非挑出来，有财有宝挑进来。"这跟过去唱花鼓戏的一样，走到哪家唱哪家的事，还要唱得主人家高兴。

席间我还听见黄开孝把荔枝道称作荔枝路，这对我也是个重要信息，说明荔枝路一词是本地人的一个用语。

陈忠德说从景家坪继续往前走，最后到达西乡的杨河镇出山。八十年代仁村人到西乡卖牛，赶水牛的过镇巴去堰口，因为水牛上坡不行，只能走大路。赶黄牛的过景家坪去杨河。各自晚上都住一晚，第二天下午，赶黄牛的过了汉江到洋县卖了牛返回到杨河的时候，水牛才刚走到。

"是不是因为水牛走得慢？"

"不是，水牛走路比黄牛快。"

说的不撒尿就去爬坡念咒，实际上是一种晨练。不尿尿，意味着头一天晚上不要多喝水。如果是在山里打猎，也许猎人需要一醒来就去瞄准某个猎物，或者早上被野物惊醒立刻逃走。

王守荣说他的打猎师父也是漆匠，猎人一般都是业余的。他也跟那个师父学割漆。割漆也要祭山。他还遇到一个瓦匠，懂的咒语多，要三十三块钱才给你教。可见在长久的农耕时代，各类匠人在农村既发挥着传授技术的作用，同时又是故事等民俗信息的传播者。农民的日常活动除了田间，就是赶集和走亲戚。相比之下，匠人就总是在"旅游"，他们是见世面最多的一类人，咒语只是他们走南闯北学到的各种信息中的一个代表。

顺便说一下，我以前以为大巴山里最神秘的人是猎人，后来认为割漆才是最复杂、最能体现精轫的劳动。陈忠德在《苗区漆匠》一文中认为这儿的漆匠最早来自苗民师父，"漆匠忌讳也多，开山时师父们要烧香焚纸念咒语……。我们拜访了几位年长的漆匠，他们把割漆硬是说得神秘无比，但是谈论了半天，都不愿意透露半句割漆的精要秘诀。一位曾当过干部的老漆匠说割漆是一项非常严肃的工作，来不得半点马虎。山大林深，几个月时间在山上，必须经漆匠师父的专门传授指点，要避山险、毒蛇、毒蜂、野兽等。一个未出师的年轻人急于显本事，被熊从树上拖下咬残废；一个漆匠在自己最熟悉的山上迷路。漆树的香味吸引蚂蚁毒蜂。漆匠有一根用猫屎瓜木做的杵路棒（叫'降棍'或'禅棍'），上端套铁圈或铜钱1—7个。学艺一年师父给套一个，别人一看就知道你出师了没有。"文中还详细介绍了漆匠割漆的技术细节，那才是割漆最复杂最重要的部分："四月给树上钉漆钉（九巴子木楔），开辟简易道路，搭建窝棚，找出山上有多少母漆树，判断哪些树算一路，每个

万源三关场神龛"天地君亲师位"（李勇摄）

树上钉多少木钉以及割多少刀。五月刨皮开口，六月割漆，每天早上五点开始，按照固定的路线和割漆步骤及要领下刀安简，再从第一个树开始把简子里的漆刮入漆桶。每七天割一次，等等。"漆匠没有木匠、瓦匠常见，说他们是大巴山里的地方性"秘匠"一点不为过。

　　大巴山里除了风水阴阳师和端公，漆匠也是对地方神秘文化继承较多的人。他们对大山深处最了解，不割漆的时候自然最有资格当猎人。打猎和采药虽然也要拜师学，但没有成为匠人，一个原因可能是他们跟农业一样，是一种基本的劳动。木匠、铁匠在全国各地的劳动形式和行业文化区别不大，而漆匠则不一样，云南的漆匠与大巴山的漆匠就有较大的差别。前面说过大巴山里最具特色的劳动是背，而如果要问大巴山里最具特色的匠人是什么，我选漆匠。

村，真正的山里人是这几位养牛人，他们平时就住在山上，独来独往，我觉得他们是中国版的西部牛仔。他们到仁和村来办事，广文商店就是个落脚点，李配花则像新时代的阿庆嫂，把大家都招呼得很安逸。

到了晚上，炉子边围坐着几个妇女，包括代发全，她很喜欢说话，身材瘦小，很精神，不像八十的样子。她儿媳妇正好那几天也从西乡来看她。她说在白天河里有一个房子，有蜂箱，还养

八十岁的婆坚强代发全（在白天河）

了一只狗和一只猫。那狗有一次挣脱绳子来到村子，她去白天河时又叫了回去。从那以后它再饿都不来村子了。狗一定是看明白了：这新式村子里没狗气，但它自己有骨气，是个"狗坚强"。

我对那狗充满关心，问狗在那边的生活情况，她说隔天要上去一次喂一下。当然我也关心那只猫，希望它能抓住老鼠、松鼠，或者什么鸟类来吃，它也是个"猫坚强"。我非常想去她那个土房去看看。这白天河里除了"树坚强"，还有她和刘荣清、王守荣这样的"婆坚强"和"爷坚强"，他们就是不放弃白天河。"村干部都说叫我不要去白天河了，这么大年龄了，但我闲不住，还是要去。"我问她蜂糖今年卖了多少钱，她说四百多块。前不久我在会仙桥附近碰到她，跟一个中年媳妇刚从白天河捡板栗子出来，都背着背篼，手拿打杵子。

刘元霞和冯睿是村委会里的两个专职青年工作人员。刘元霞是刘广文的女儿，丈夫在外面打工，两岁女儿由父母管着。冯睿是刘荣清的外孙女，我听说她妈也在村里，她刚从西安某学校毕业后回到村里工作。我在大多数村委会都见到青年男女工作者，他们是留守青年，我给他们点个赞。

十月底的早晚已经挺凉了。从编背篼老小伙那儿出来，我看见冯睿穿着长呢子黑大衣从村那头的家里走来，去村委会上班。午休时，她和几个驻村的年轻人也在广文商店前的椅凳上晒太阳说话。刘元霞的两岁女儿通常也在。所以除了"婆坚强"和"爷坚强"，还有"青年坚强"和"孩坚强"。

明清到民国时期，仁和这一片地方的经济和社会比我们想象的要好。陈忠德根据刘荣清等人的口述写了《曾经仁和的三大狠人》一文，介绍了民国时期仁和白天河这一片地方的三大名人陈从仁、祝宪章和谭德美的恩恩怨怨。其中陈从仁比较宽厚，另两个都是他提携起来的。祝宪章接管了老硝洞的熬硝业，终因在白天河暗种鸦片一千多亩，且杀害来检查的官差，于1918年被判了死刑。陈谭两家都以开纸厂为主。谭德美当了区长，就以陈从仁通红军的事威胁陈的儿子，被陈的两个儿子反杀。1949年后陈从仁的两个儿子被举报曾经杀人和拘禁支持红军的父亲，也被判处死刑枪毙。陈忠德和范冬林另有一篇文章描述了仁和村民国时候的木脑壳戏的情况，说1930年前后四川谢才元和许汉成的戏班子逃到仁和，在富户王官钦和王顺全的赞助下成立了木脑壳剧团，把西乡单调、秦腔、镇巴山歌、孝歌的调子融合起来，形成了独特且易懂的木脑壳戏。剧团走街串乡影响很大。

祝宪章敢在白天河种鸦片，足见此地之隐秘性在汉中也是排得

丝娘洞，猫儿寨

陈忠德说青水镇外山沟里有个洞叫丝娘洞，传说好像是唐朝，有个公主逃婚出宫，带着丫鬟佣人，住在洞里，慢慢跟周围百姓熟了，后来教周围的姑娘媳妇养蚕、缫丝和纺织丝绸，深得大家喜欢。再后来朝廷来了人把公主等人带走了。这儿还有个丝娘庙，年龄大的都晓得这个庙。

我一听就说去看看。是一条小河的源头，有两个洞，一个里面有泉水出来，另一个洞口位置高一点，没有水，应该是丝娘住过的洞。当时是阴天，只觉得这个地方过于潮湿。我喜欢这个故事，是因为它跟黄道婆的传说很像。黄道婆是元朝末年人，如果这个故事真的是唐朝的，那公主能从长安到青水，自然要归功于过青水的这条重要道路。另一方面，公主来给大家教丝绸纺织，而黄道婆带回来了棉花，主要是教人织布。丝绸纺织要早于棉布纺织。在黄道婆以前织布用的是木棉树的纤维。丝娘的故事至少告诉我们当时这里的人还不会纺织丝绸，应该说只会养蚕生产丝绸。陈忠德顺便说了这么几句他听到的民间说法：蚕婆婆，听我说，一来趁天气，二来趁热和。做的茧子像扁桶，吐出丝来像裹脚。

在离青水镇朱家岭很近的猫

丝娘洞沟口的老人

猫儿沟寨

儿沟，陈忠德说有一个值得看的山洞寨堡，某年他听找"树围子"（果子狸）的老乡说的，说比雷家寨好。我就上去走了一趟，虽说规模上难与雷家寨相比，但还是相当令人惊奇：是坡上不高处一个小点的山洞，洞口整个被寨墙封起来，下面有一个小石门，上面有三四个方形瞭望口或者射击口，从外面看极具古寨堡的形象。从石门进去，大概有半个篮球场那么大，地面较平。里面石壁上有一洞，拐弯前伸，我走了几十米，不知道有多深，因害怕有树围子（甚至黑子）窜出，不敢再走。这个小洞倒是很有我小时候见到的地道的样子，一两人高，狭窄，干燥。

站在洞里望石门石窗，逆光效果另有一番怀古情调。这儿离公路近，往青水镇的公路上停车，下来往猫儿沟里走大约二百米，过小河沟上坡几十米就找到了。寨子被树木遮蔽，到跟前才能看到。至于建于什么年代，发生过什么事，就留给游客或者研学的同学们去老百姓家里了解吧。只要稍微砍点杂树，铺上一二百米的砖石小道，就可以生成一个草根网红景点。此景点属于我前面说过的"寨堡系列"。

仁村、洋鱼塘到李家坪

前面说过，《觅证荔枝道》里说荔枝道西线通过川陕交界处的虹桥镇。胡述权说从虹桥翻一个九元子梁就到镇巴的仁村镇，这一路只能走路，没有车路。

我们来到仁村镇，计划翻九元子梁去虹桥。先跟村支书去镇外看一个青花椒园，旁边有个花椒烘干加工厂，厂房高大，有烘干加工机器。村支书说这个项目还不错，重庆等地的火锅喜欢用青花椒。我开始不知道镇巴的青花椒为什么有名，后来想通了：它跟镇巴的绿茶有名有关。大巴山里青和绿掌权，自然就有青花椒绿茶等"青绿派"坐镇一方。宁夏新疆这些地方黄土沙土多，呈暖色，所以出产枸杞子这样的彩色产品。枸杞子是红的，我还见过紫色的，没有青的。如果能培育出青枸杞，一定是长在大巴山里的。我外婆家陕西韩城出一种叫大红袍的红花椒，也很有名，所以那儿就对应有很多枣树柿子树，也是暖色掌权，红枣红柿子坐镇。这些都是大巴山的灵气让我悟出来的知识，信不信由你们。

椒园的花椒树都只有杯子那么粗，陈忠德说大的直径有二十到三十公分，老百姓用花椒木做木盆，洗脸对眼睛好，不起雾。我知道古代皇妃住的房子墙泥里有花椒成分，驱蚊防虫，叫椒房，我估计也用花椒叶子，我上海的家门口有个花椒树，我有一次剁碎叶子炒鸡蛋，放点盐，极好吃，也能闻出什么叫花椒香，烙饼也极好吃。

古人正月初一有"椒盘进酒"的习惯，专门用椒盘端上花椒，喝酒时放几颗。贯云石《新水令·皇都元日》中有"梅花枝上春光露，椒盘杯里香风度"。这些信息令我高兴：文创操作得当，椒盘和花椒酒都可以重现。椒房知名度更高，在某个民宿里搞个椒房是最好的点子：这可是从前皇后皇妃住的房子啊！椒房里花椒的香味能让顾客马上体验到。吃饭时服务员再来个"椒盘进酒"。这叫物尽其用。从前文人本来是靠文章谋生，结果发现卖文章的人太多了就卖字。又发现卖字的太多了，那咱卖写字工具，文创一下，起个高雅名字叫文房四宝。万一花椒卖不动了，就打椒盆、椒房、椒盘进酒的主意。

然后我们开车来到洋鱼塘村，村干部老李说今天走九元子梁来不及了。那有什么奇特的地方可以看？李家坪山里有个红军写的"活捉王三春"的标语。哈，也好，王三春阴魂不散，无处不在。关于洋鱼塘这个地名，说有个井出鱼，老百姓抢鱼打架，县老爷就让拿锅把井口封埋了。我们在村委会说话的时候有个妇女过来请村委会的人某日到她家去吃庖汤，就是杀猪宴。镇巴人有时过年前还早就杀了猪，这样可以早点熏制腊肉。我十二月跟陈忠德从白天河出来，发现仁和村静悄悄地不见人，连广文商店都关门了。陈忠德说都去山里某家吃庖汤去了，刘广文会杀猪。"现在杀猪是不是也给送一块肉？""不，给二百块钱。"

沿着山沟往里走。两边的山都不高，路几乎都是直的，没有拐弯抹角，是缓慢的上坡路。沟底也只是个很小的溪流。

沟对面山顶上有一块凸起的石峰，一侧看起来像猴子后脑勺，另一侧像猴子脸，叫猴子崖。老李说当年王三春的人追李家坪一个老汉，那老汉上到猴子崖，然后胳膊下夹两个簸箕飞了下来，土匪在上面没法。后来腊月底我跟陈忠德、胡述权喝茶聊天，他们说不是夹着簸箕，是驾簸箕云，一种法术。一般需要两个人来做：点起香和蜡烛，把簸箕拿棍棍撑起，把香蜡放在下面。一个人负责招呼簸箕，另一个人飞。当然两个人都要念咒语，鲁班咒。那个人飞走以后，守护簸箕这个人过一会要喊一声问在哪儿，那边飞的人要回复一声，表示安全。守护簸箕的人一定要小心，不能让香蜡熄灭。法术高的人也可以自己飞，被王三春的人追赶的那个人应该属于这种。

庄子在《逍遥游》里说列子御风而行，十五天才下来。我一直纳闷他靠的是什么法术，今天终于猜到答案了，就是"簸箕云"。我还查了一下，鲁班的原型公输盘生活在公元前507—前444年，列子约是公元前450—前375年，所以列子比鲁班晚，御风术应是从鲁班学的驾簸箕云之术。我本来以为簸箕云是两臂下各夹一个簸箕进行滑翔，但看到网上一个人说他小时候听说《西游记》里的筋斗云就是簸箕云，于是上到房顶上，坐在簸箕里摔了下来。可见民间本来就有坐在簸箕里能减少空气阻力的想象。这比西方巫师骑扫帚而飞科学多了。

东汉的《风俗通》中有"风师者，箕星也。箕主簸扬，能致风气，故称箕伯"。所以到这时簸箕已经成了天上的星神，叫箕星，又叫风师，演化成后来的风神。感谢荔枝道上的猴子崖，让我了解到这个。

簸箕云是我在镇巴听到的最奇特的志怪之一，我在汉中其他县都没听过，可见平原地区老东西最容易失传。

第二个新奇是见到了虚楼，就是别的地方说的吊脚楼。不知为什么我在其他镇从来没见过吊脚楼，见到的都是前后一样平的房子。这说明我们来的这个山沟更加偏远，保留的老东西更多。虚楼的最大特点是少占土地面积，房子一侧架在柱子上，一侧建在坡上削出的平地上，从一边看是一层，从另一边看是二层。虚楼显然需要更多木料，这也是为什么它逐步被土坯房的平房取代了。土墙造价低，容易保暖，防火性能更好，使用年限也更长。我见到的三个虚楼里都住着老人，底层架空的部分是猪圈，上楼下圈。

这虚楼跟西方现在还有的半地下室民居建筑很像。我在美国就见过不少：平地盖楼，把房子后面挖深点，形成个半地下室，有小窗户。这样前面看是两层楼，后面看就是两层半（地下室只露出窗户部分）。

最后来到了目的地，相当出乎意料。我本来以为那标语就是白灰写在墙上的几个字，没想到这儿是山路上一个小小关卡，叫石门槛子，完全可以称得上一个特色景点：我们一路斜着往上走的土路在这儿变成了石头台阶，靠山一侧也成了岩石，有凹进去的空间，是个天然躲雨的地方，不到两平方米。上面也是石头，像房檐一样遮雨，就在那石头"屋檐"下的竖立石壁上，有白石灰刷成的"活捉匪首王三春"几个大字，下面写着"红三十四军宣，1934年"。这个标语就在路边，却九十年来都没有遭到破坏，相当不容易。这几个字看似从那时到现在从来没粉刷过，我在其他几个地方见过的

"活捉匪首王三春"（胡述权摄）

红军标语都是后来重新刷写过的。

从标语处往上的二三十米石路是最要紧的一段，因为那头就有个由几块大石头形成的小关卡，你必须从那一两米宽的地方过去。想象王三春的人在那大石头后面架了枪，要想闯过这二三十米是很危险的。我去过几个古战场，大部分地方看不出人家是怎么打仗的，但这个地方，即使不懂战争的人也能看出来。事实上，村干部给我们指那边就有个红军坟，就是当时追击王三春时牺牲的三个人。

我们走到关卡石头那儿仔细观察研究，讨论当年的战斗。这位村干部说王三春最后没守住这个关卡，逃走时没走通向河谷的那条主路，而是逃往一侧的坡上，红军顺着主路追了过去没找着。王三春跑到一个人家，钻进人家的晒席里才躲过一劫。晒席我在农家屋檐下的架子上见过，是卷成筒状的大席子，一人多长，展开铺在院子里可以晒东西。

在青水线的荔枝道上，除了会仙桥和观音崖两处有石梯子外，就是这儿了。

过了小关卡，继续往前走几十米，就与一路上来的小溪流相会，上面放了几根木头当小桥。河床是连山石的，夏天可以躺在晒热的水边石河床上休息一会，或者洗个澡。我常想拍一张"好看"或"浪漫"的古道照片给大家看，但看了很多老路，发现石梯子路虽特别，但只在很少地方出现，最具有代表性的实际是眼前的这个样子，古代的官办驿道在山里也就是这样。他们可以把驿站附近的路整好点，但大部分在山里的路是不可能人工铺台阶或石子的。今天是个阴天，要是天气好，这儿看起来也是很美的。再提醒一下：今天我们走的路是仁村青水线荔枝道的干道，往前过了九元子梁就到四川虹桥。

故板尚支桥

虹桥与井坝村

2023 年 3 月 6 日，我跟三位朋友开车去了虹桥，在九元子梁那边，去看看那儿有何方神圣，然后从那边走回到仁村这边，算是走完了九元子梁。

来到虹桥，我首先担心那边的人会像刘荣清不理万源过来的人一样不理我们。但我们还是决定先去找村委会。在院子里碰到一位女士，一问是镇上来的包村干部，我说明找荔枝道的来意，她打电话叫来一位村监委会的张波帮我们，张波又叫来了副村支书赵中信。虹桥这个地方从前叫板桥子，老板桥在那边山下。

孙家沟这个村在河边，河滩十分宽阔，铺满白石头。我的三位朋友都很羡慕，因为很多河流的白石头和沙子被挖沙的人挖走了，河床难看而且水也变浑。他们二位招呼我们去看小支流河上的一个石板桥，河中间有一个桥墩，是整个大石头雕刻成的，一侧是龙头，另一侧是龙尾。桥面由四个石板拼成。

这个桥的创意非常好，跟上面说的去景家坪路上见到的那个小石拱桥是一类的，但节省原料而且更有创意。石拱桥的建设要更费事，而这个桥只有一个方形石头桥柱，跟两边的河岸组成三个点，由这三个点撑起两节石板就成了。站在河底石头上看，石板桥面是由一个身体像牛、头尾是龙的独体桥柱背着的。

张波说有个"张飞一夜过六关"的说法，他只知道三个，就是竹峪关、九元关和永明镇的望兴关。没想到四川这边照样有张飞的传说。不奇怪，其实张飞虽然封为西乡侯，但大部分时间在四川这边任职。往川西北走到阆中，是他镇守过七年的地方，墓也在那儿。镇巴文人想从史籍中证明张飞来过镇巴，苦于找不到得力证据，但如果把这遍布各处的民间传说考虑进去，还是较有说服力的。

然后去路边跟一家人聊天，七十岁的何姓女主人说她娘家在仁村雪口坝，从前她经常翻九元子梁去仁村那边赶场，要是背着娃儿，要走七八个小时，到家天都黑了。她妈说大九元梁上往年有棒老二，会把人绑在树上干死。所以她以前背着娃儿回娘家路过那儿都走得很快。

"那儿有没有什么痕迹？"

"有个石碑写的四川陕西。还有个庙子，玉皇庙，有几步石梯子。"

"石梯子还在吗？"

"还在。"

另一家人门口放了一种五米长的小船，是由薄木板做成的，船底是平的，非常浅，我看只有一个茶杯那么深。我担心一站人就沉下去。我们还访问了一位八十多岁的老人，围炉说话。他说九几年他四十多岁时，跟三个人去镇巴买天麻，听说那边天麻便宜。第一天走到黎坝住下，第二天半天就走到了三元。这相当快，说明这条荔枝道不难走。他说三元那儿的木竹有杯子那么粗，我就想到可以做渔鼓。他说的最有意思的一句话是，当时有人给他们说："你们出去是两条腿，回来时就是三条腿了。"果然晚上回来时手里拄着棍子。这说明，埃及狮身人面兽那个谜语"什么动物早上四条腿，中午两条腿，晚上三条腿"，在大巴山里也有一个类似的版本。

吃完午饭他们回去开会，我们在孙家沟旁边一个非常有意思的老房子路上欣赏风景。这儿是最早的村子所在地，当年的老三合院居然都保留着，一绺排在河边的坡上，门前一条水泥路，路那边下去就是河滩。这些房子主要是木结构，都是三合院的，面对着开阔的河滩。我们去一家人院子里看，主人说以前开有染坊。还说这儿叫井坝，本来叫盐井坝。苟在江的《荔枝道探秘》一书中有这个村子的照片，是传统民居保护地。如此集中的传统民居在镇巴没见过，我估计在川东北万源一带也少见。

走进另一家人的堂屋，正墙的房顶下有个木头方框神位，像故宫等重要匾额外面的装饰框。中间贴着竖写的"天地国亲师位"大字的红纸。常见的"君"变成了"国"。左右分别有小字"文武夫子"和"古今圣神"，再往两边是对联"金鼎不断千年火，玉盏长明万岁灯"。

天地君亲师的说法出现在先秦。荀子说："天地者，生之本也；先祖者，类之本也；君师者，治之本也。"其中我最感兴趣的"师"，也在早期的儒家就有了极高的地位，因为圣人孔子本身就是"师中之师"。只是，官方对"师"的定义是给读书人的，而民间的

天蓝地黄，绿树红墙（赵中信摄）

蓝领阶层则有自己的师，就是工匠技术的传承人。过去民间穷人没有机会读书，但总有机会学艺。风水、阴阳、端公等民间宗教巫术等也影响到工匠师承，于是有了猎人漆匠等出门念咒的做法。"天地国亲师"的说法出现在民国以后。

家家门前有樱桃树，不是整齐栽的那种，看起来是自己长出来的。今天是 3 月 5 日，桃花杏花还没开，最早开的就是野樱桃花。事实上，我们这次出门，一路的山上，包括这儿望出去的四面矮山上，全都点缀着一簇一簇的野樱桃花。夏天的时候山都是绿的，看不出有什么树，这个季节可算是水落石出，野樱桃树的粉白花把它们的行踪都暴露了。我还是第一次知道大巴山里野樱桃如此之多。

我查了一下，樱花最早是野樱桃花的一种。汉代樱花进入宫苑，盛唐传到民间园林和日本。只是我纳闷为什么只赞美樱花，却从来没人说日本的樱花结不结樱桃。我查的结果是有些樱花不结

农家文创——抽屉蜂箱

果，有些结果。那就这样理解吧：樱花本来就是野樱桃，进入皇家和民间园林多年后，发现人们这么喜欢它们的花，就通了人性，逐步进化成花树，不再结能吃的樱桃。宋朝范成大有句：湘东二月春才到，恰有山樱一树花。院边是各种自制的蜂箱，有一个像个床头柜，上面盖着一大块地板砖，下面有三个抽屉，每个抽屉里住一家蜂。不错的创意。

我们平时喜欢用世外桃源来比喻环境优雅、远离城镇的村落。这有点笼统，如果能具体尽量具体。北方南方、平原山区各有不同的世外桃源。就大巴山里的民居村落来说，可以分为河边村、山腰村和山上村。河边村又有双河边村和单河边村，井坝是单河边村。目前的井坝村，虽然有些房屋陈旧需要维修，但仍不失独特：它跟虹桥镇隔着路程，是个纯粹的老房村落，没有新房夹杂其中。这儿的地形是一个由矮山围成的长方形"四合院"，左右长前后短。一条河从左到右穿过，三合院房子都建在缓山坡下，面朝河滩。河对面没有房子，所以村子前面开阔，左右纵深。四面的矮山基本上一样高，这也比较少见，美得让我都会写诗了："村舍岸边列，河床四山围。"

板桥到九元子梁

开车走了四五里来到小山沟底是老板桥子，有一条很窄的街，都是水泥房子。路边屋檐下有四五个老人。我们问板桥子从前是不是有个板桥，一个老人一指说就是这个。一看，有四五米长的小石拱桥跨在小河沟上。那条街很窄，地也不平，我们的车就没进去，而是沿着土路出村继续往前走。

土路不平，我们开了一会就把车停下步行。

路边有几乎残破的木头房子，两树樱桃花，三个人在地里干活，其中一位妇女问我们是不是镇巴来的，原来张波给她打了电话。于是过来给我们指路，她家也在前面，跟她来到她家。她说她丈夫刚才去板桥子小学了，儿女都在远处打工，四个上小学的孙子跟他们在老家。这个真正的山里人家有四个孩子，在今天真是少见，但我是赞赏的。他们很荣幸能住在这样的老院子里当一回"山野孩子"，大部分同龄孩子都住在镇上县上的水泥房子里。

这位妇女说她娘家也在仁村，说她家屋后的这座山就是九元子梁，她弟弟还在仁村，她经常走路过去。

华阳和周至的老县城，总是互相婚嫁。在华阳一问，总有人是从老县城嫁过来的。所以板桥子这边跟仁村的关系也是一样的。堂屋墙上也有个"天地君亲师位"，下面有个小木板，放着小小木头菩萨像。这样的神位在镇巴和关中那边没见过。

她家堂屋门口一个一米多的四方石柱，上面刻着"泰山石敢当"。我见过书桌上放的刻在小石条上的泰山石敢当，今天才知道这才是它的原型。胡述权说它的另一个名字叫"吞口"，立在这个地方是有讲究的，因为房子所对的外面左前方的那座小山是凶山，影响风水，所以它立在这儿望着那个小山，把它镇住。吞口有的口里有宝剑，有的没有，由不同的情况决定。我查了一下，吞口儿是西南一带的一种木条神兽形象，有的嘴里横着短剑，挂在门外辟邪，相当于汉族的钟馗。关于泰山石敢当，一说是泰山一个勇武镇邪的人，没法亲自去每个地方，就让人把他的名字刻在石头上发挥作用。在有些地方泰山石敢当跟吞口儿结合在了一起，眼前这个就是一个例子。

我们还请出她八十七岁的婆婆来檐下聊天。说 1949 年她虚岁十三岁那年嫁过来，是坐了花花轿儿来的。当时泰山石敢当就在这个位置。过门时她太矮，都跨不过堂屋门槛，是别人把她抱进去的。她指了一下，我们看那门槛大概有半米高。她也说了 1949 年阴历十月间那两个月胡宗南的部队从门口走过的事。看来他们是严格沿着西线荔枝道走的，过了景家坪、白天河、青水、长岭、仁村、九元子梁来到四川第一站板桥子。她们婆媳二人还几次说到大九元子梁和小九元子梁，都在她们家跟前。

老太太还说九元子这个名字是因为从前每三年把附近各县的官员叫来，一共来九个，在大九元子山上的玉皇庙开会，所以本来叫九员梁。这个信息十分重要，我们都佩服这位老太，还是挺有学识的。她说四九年后她念过一点书，还当过妇女主任。

四点半我们离开的时候，妇女说我们开车回仁村要绕到双河口，还没有直接翻小九元子梁快。这一下提醒了我：都到了梁下了，为什么不走一趟看看上面到底怎样？她说走过去不到一个小时。最后我跟陈忠德走路，胡述权跟蒋德军坐车回去。她把我们往山上送了一截，直到没有岔路，才交代好到前面往左边走，会看到一块田地，过去那边有个王家华家，然后回去了。

这是这些天走的老路里面比较轻松的一段。我跟陈忠德什么包都没背，一身轻松。四五点钟斜阳微照，惊蛰刚过，不冷不热，山里的一切好像都保留着去年深秋时的样子，地上满是枯叶。路比较容易走，最陡处也就像会仙桥上去的打儿窝那儿。没有悬崖巨石或深沟，不像是能藏棒老二的地方。棒老二一定是藏身远处，只是到这个川陕交界的古道上来打劫。我还在想四川和陕西的界限为什么要划在九元子梁这样的地方，这梁看起来也没有特别之处。其实如果按照虹桥镇的那条河来划似乎更有道理，就不用这么麻烦地在玉皇庙那个高处立界碑。汉中是从四川划入陕西的，不妨比作蜀国嫁给秦国的一个女儿，出嫁后仍然住在离蜀国近的地方，城口、万源、通江等四川的县市都是"娃他舅姨表亲"。

我们用了四十五分钟来到王家坡王家华家的房子跟前。我本来以为她说的王家华家在路途中间，万一迷路了可以问他，但实际上到这儿已经是翻过了山梁到了仁村。山里人给你的预估时间总是比实际的长，这也叫行百里者半九十。所以一路走来没有滚龙坡两省交界处的仪式感。王家华家处在下坡路上田地多的地方，地里种的是李子树。照例是土房，王家华站在院子里，见我们过来问去哪儿，陈忠德说就去你家，你叫王家华吧。对。于是招呼进屋，火坑里还有火，他妻子刚背了些柴进门，给我们倒茶。他说梁顶上玉皇庙那儿以前有个铜炮，这么大的铁蛋（他用手比划，大概有茶杯直径那么大），一炮能打到竹峪。哈哈，不错，先来点幽默。竹峪比虹桥还远。然后也说1949年国民党军队从这儿往四川走的事，当官的女人坐的是滑竿。1971年他去佛坪修铁路，龚家沟那儿红军跟大本团打了一仗，有个崖洞里还有这么长一个红鞋，是王三春女人的。他看见过，洞外头还有王三春他们写的字。然后带我去他哥王家兴家。王家兴说梁顶上有个背靠背的两个石碑，一个上面写着"四川"，一个写着"陕西"，是两省界碑。我想象着，这两个省分家很精细，界碑都你搞你的我搞我的。他还说界碑那儿有个石头地

停车坐爱姚家坝，霜叶红似二月花

基，还有栽的柱子、石梯子等，还有红军时候的战壕。

　　我和陈忠德刚才走的这段，并非虹桥到仁村荔枝道的主道，主道是从老板桥那条窄街穿过，上到大九元，过石梯子，走韩家梁、李家坪、洋鱼塘，到仁村。那位何姓妇人说她背娃儿走七八个小时，应该包括拐到她娘家的时间。就我们上次去红军打王三春标语那儿的速度来看，一般男的从洋鱼塘到虹桥估计需要五个小时。这一趟让我发现万源那边地势没有镇巴这边高。这支持我开始说的，镇巴更具有深山特点。但虹桥的那条白石河滩非常美，是适合居住生活的宽美；镇巴的河则适合寻奇探险，是窄美。

　　晚上回来的时候绕到赤南去吃饭，车沿着渔水河走，看见一片田园味十足的地方，一问叫姚家坝。

深○度○旅○行

天 坑 之 国

天坑是何方神圣？我就是汉中人，怎么从前没听过？还是世界最大的天坑群。原来我老家在平原上，大巴山里的人早就知道，只是不叫天坑，叫漩坑，也叫漩洞。如果不要求直径大于若干米，那镇巴的山里到处都是，它们说到底就是山里洞穴开向地面的天井。

我上网查了一下，汉中发现世界最大天坑群的消息最早是陕西电视网 2016 年 11 月 24 日报道的。官方媒体央视网、人民日报网等，还有一众民间网站跟进报道。这些报道中我喜欢的信息有：1. "喀斯特负地貌"。这个说法好，地上为正，地下为负。2. "Tiankeng" 一词被国际上选用，说明中国人让国际地质界人士意识到天坑值得研究，中国名称走向国际也不错。3. "飞猫" 和 "天坑溶洞群的特有动物鼯鼠"。当时我看到还觉得新奇，但现在心里偷笑：不叫飞猫，飞鼠倒是有人说，镇巴人叫飞虎。而且飞虎也不是天坑溶洞特有的，大巴山里都有。但这说明此前大家对这种小动物还不了解，是镇巴的天悬天坑让它出了名。所以现在我看开了，天坑就跟贾平凹写过的那个丑石一样，在不同人眼里就有不同的价值。

我看了科普书《汉中天坑群》，明白了天坑是地下河的顶部不断增高，接近地面，最后剩下的薄层塌了下去形成的。所以天坑下面都有一个水平的河洞。一开始塌下去形成的是个向下的小洞，小洞四壁不断塌陷，最后成了大坑。镇巴的天悬天坑和圈子崖天坑是汉中天坑群里最有名的两个，且离得不远，都在三元镇双河村。附近还有倒水洞、凌冰洞、黎溪坪、罗城等奇特地貌。

天坑飞虎与催生子

我二月份要去天坑，但三元镇的人建议我五月再去，现在树都没绿。我觉得不好：有人来相亲，介绍人却说现在是冬天，人家穿着羽绒服显得胖，等到六月份再来吧，到时候换上裙子，穿高跟鞋站在小河边，窈窕淑女在水一方。

所以我二月底还是去看了一趟。

但眼前的天悬天坑相当低调。附近的山是馒头形的普通形象，不是绝壁竖立的那种。山确实没有绿，但这没有关系。从县城到三元镇双河村两个小时车程，一路没什么车。双河村是路边七八家人家，有一个房子是村委会的。车拐入小路到坡底，下来走路。

很普通常见的山坡上有一圈树，外面围着一圈网子。但游客把网子不当回事，有地方可以钻进去，前面是一个深坑，因边上到处都是树木，一眼看不全整个坑口。

再往坑边走，扶着旁边一棵树就能探头往下看了。果然是圆柱形的，能看到底。网上说坑口直径一百八十米，坑深一百八十米，

天悬天坑（张富荣摄）

只是在这儿感觉没那么大那么深。在山里因为你总是跟大山做参照，所以一切东西都显得小。

山坡上还有点积雪。我想到这样一个创意：去双河村借一根长竹竿，坐在坑边树后面，把杆子平伸过去，鱼线上挂个网兜，把手机的视频录像打开放下去，这叫独钓天坑景。

三元镇双河村的村委会里有一位叫冯慧莉的同志值班，带我跟小吴去坑那儿看。她穿一件黑色风衣，小吴也穿的是黑色的，我穿个棕色皮夹克。在这荒山野岭里有一位女士陪伴我们走路是幸运的。西方的巫师好像喜欢穿黑的，我就当他两是巫师吧，增加一点玄幻感。

坑附近有几个人正在施工，修一条窄路，还立了个牌子，上面有文字和图片，图片就是 2016 年科考人员在坑底发现的那个飞虎。

物以奇为贵，奇物都能成精，那么天悬天坑这样的地方，一定会有一些文化元素附着其上。我问有啥故事，冯慧莉说好像有人说晚上在天坑边放一双鞋垫，第二天去看上面就会绣着花。这个故事虽然没头没尾，但还是有民俗信息的。后来我又看到几个关于这个天坑的传说，一个是梅冬盛在《巴山流韵》中叙述的：有一个狐臭女子被夫家休了，于是来到坑底不停地洗澡。另一个是向成忠在《生态奇景——巴山林》中叙述的，说一个殉情女子死后变成仙女住在坑底，并在周围栽花种草，期待与情人重聚。另有梅可汗在《鹰嘴岩》一文中叙述的一个关于大池镇胡家坪村的大池天坑的故事：坑边有一岩石看起来像鹰嘴。这个天坑下面有一大树，伐了以后三家人盖房才用了一半木料。坑底水草肥美，羊下去吃草，吃饱了就上不来了，后来牧羊人干脆等羊长大后杀了把肉背上来。（南郑县有剥牛天坑，意思是牛掉下去摔死的话就只能在下面剥皮取肉

动，只有长到跟妈妈差不多一样大的时候，才在妈妈的诱导下第一次从树上滑翔。

《定远厅志》里还有一个信息，就是"人夺取其皮以催生"。但具体是怎样用它的皮来催生的呢？是把皮挂在墙上？铺在床上？还是熬着当药吃？下面两个人的文章回答了这个问题。一个是湖北长阳龚发达写的《土家的

野保站的飞虎

宠物催生子》。长阳在湖北，也属于巴山。龚发达文中提到这么几个故事和信息：

传说有个媳妇要生孩子，被婆婆赶出家门，在一棵树下发生难产，幸亏有个催生子飞来伏在其肚子上，孩子就生下来了。所以接生婆每人都有一张催生子的皮，接生时盖在产妇肚子上。当地寺庙里有三仙娘娘的塑像：送子娘娘、催生娘娘和痘母娘娘，其中催生娘娘的手中有一张催生子的皮。

有个寡妇在树上上吊，催生子看见了滑翔过来把绳子咬断，寡妇得救。寡妇的孩子每七天给树下放一次野果祈求吊颈鬼留情，催生子以为是感谢自己，都给吃了。

一个老人吊在绳子上采药，催生子以为又有人上吊，咬断绳子，老人掉下去昏倒在地。催生子给他嘴里拉了屎，结果活了过来，原来催生子的粪便叫五灵脂，有奇效。五十年代有采风的文艺工作者见采药人悬绳在崖上找五灵脂时，不时开土枪，说是为了惊走催生子，怕它们看到绳子以为有人上吊而咬断。

当地土家人有"打猎不打催生子，砍树不砍马桑枝"的说法。

另一篇文章是戴箕忠的《民间奇珍共享三：催生子》，说一个女人遇到难产，坐起来抓起墙上一件衣服披在身上，结果孩子就生下了。原来那衣服是她丈夫打的催生子的皮。

我顺便查了一下催生子的粪便五灵脂，有活血和治疗女性月经不调的功能，那它的皮说不定像膏药一样，也有某种活血和助产的功能。

上面故事里催生子的形象相当鲜明独特：正当人们喜欢它时，它却以为人家要上吊去咬绳子。传统寓言里动物的善恶是一开始就设定好的，且寓言主题一般都比较直白。有着如此双重误解情节的悲喜剧寓言，在中国动物故事里还是少见的。

人民教育出版社的二年级语文教材里有一个寒号鸟的故事，说寒号鸟不听喜鹊让它为过冬做窝的建议，结果冻死在石缝里，其中的寒号鸟就是鼯鼠。这个故事是根据陶宗仪的《南村辍耕录》里的一个寓言改编的。

现在大家对飞虎刮目相看了吧。将来飞虎如果进一步走红，别忘了是镇巴的天悬天坑把它捧红的，所以我给它起个封号：天坑飞虎。

胡述权说金耳环是一种稀有名贵中药，长在人迹罕至的悬崖上，民间传说飞虎吃了金耳环，粪便才成为名贵中药五灵脂，他推断情况正好相反：飞虎的粪便尿液是金耳环的肥料。还有一个传说，说飞虎是因为讨厌攀崖采金耳环的采药人才咬断其绳索的。

《定远厅志》里关于催生子的记载，说明至少在清朝，镇巴所处的川陕大巴山与恩施所处的楚蜀巴山的文化是相通的。

飞虎真是中国动物中相当逗人喜爱的家伙，有时候被嘲笑，有时候被表扬，但最重要的是它的形象确实令人喜欢，应该把它打造成一个文创产品。到底把它叫飞虎、飞鼠，还是飞狐，这个事我自己都纠结了很长时间。此事涉及很多因素，考虑到登记地名时要遵守当地原来的叫法，不能擅自改变这一原则，如果你想让飞虎成为一个类似朱鹮的知名形象，一定要用当地的名字，把它们与飞鼠和飞狐区别开来才有利。据我看到的，飞鼠目前主要指一种小型的鼯鼠，是一种宠物。飞狐则是一种传奇的动物，现实中并没有。

我们打造飞虎文创形象的本意是让它代表大巴山独有的地域文化、地域特产。至于它在外面的知名度没有飞狐、飞鼠高，这不应该成为主要考量。我们不应该为了知名度而放弃自己的名字去用别人的名字。飞虎这个名字反而新奇，别人一看先会想看看是啥动物。其次，飞虎这个名字在讲故事方面很有利，因为所有附着在这个动物身上的故事都跟这个名字有关。如果叫飞鼠或飞狐，都会让其他地方更容易跟你竞争。另一个地方的飞狐可能真的是建立在当地一个会飞的狐狸的故事基础上的，那人家就更有优势。飞鼠则可能成为某个小型宠物的招牌。所以大巴山的人尽可以自信点，就用飞虎这个传统的名字。另一个名字催生子也要保留。

荔枝米的创意

黎坝是上山前的一个少见的大平坝子，椭圆形。青水镇有个重要地名荔枝塘，此地有一种米叫荔枝米。这是我在镇巴见到的仅有的两个跟荔枝有关的地名和物产名。

黎坝的房子绕着椭圆形田地的边缘而建，也就是在田地与山脚相接的圈上，从而最大限度地保留了土地：房舍四散，田园居中。这儿是怎样产生荔枝米的？康述钧收集的传说中说：地方官员曾用黎坝产的大米招待送荔枝的差人，走的时候再给带点，没处放？就放在装荔枝的筐子里吧（我估计可能直接灌进装荔枝的竹筒里，把里面的水倒掉）。结果到了长安贵妃发现有的荔枝味道独特，一问才知道是米的功劳，于是黎坝荔枝米也成了贡品。其实我看是荔枝也让米好吃了，而不仅是米让荔枝好吃了。

镇巴这儿不是也产荔枝吗？黎坝干脆开发一个荔枝米饭吧，这个文创简单，蒸米饭时里面放上剥好的荔枝就行。

义乌陈邦军想在大池镇搞小木屋的想法暂时实现不了，我就想建议他另找个地方。这黎坝的花田看起来不错，我就在这儿找了一番土房。几年前我在秦岭的宁陕县见过一位提倡隐士生活的人打造的几个山坡土房，相当精致，里面的木头柱子都用土漆漆得紫亮。我在国外也见过小镇上的咖啡屋或者小饭馆非常舒适惬意。黎坝镇的人大主任马玉波带我在坡上村里到处看，我们像是从前的风水师，观察研究房子的朝向、日照情况，背后是否靠山，是否便于客人过来。

最后见靠田园北端的那栋房子不错。一排四五间，立柱撑起宽宽的房檐，院子前面就是田地，视野开阔，一眼就能看穿整个田野。房子独立一处，不跟别家相接。这个房子经过翻修，或许可以变成一个为游客提供餐饮的休闲场所。可借鉴麦当劳肯德基提供轻食品，比如小孩可以直接拿手抓着吃的某种东西。饮料里除了茶，还可以开发点新的，用上天麻、蜂蜜、党参等本地特产。

这个土房后来我又看了两三次，还把陈邦军和妻子虞丽丽也叫来看了。正是油菜花时节，我叫虞丽丽靠着檐柱，拍了一张荔枝道艺术照：重回老屋想从前，再依檐柱望花田。

上一次来黎坝时，镇党委书记杜晓琴带我们参观了新盖的搬迁房，说了一件有意思的事：群众刚从山里搬下来的时候，有老婆婆把山里的习惯带了下来，在楼前架起木柴烤火，受到了她的批评。我心里暗中同情和支持这几位老婆婆，她们很有创意，把小区空地当火塘。如果没人批评，就再挂个罐儿来熬肉做饭，说不定能搞出另一种"小吃一条街"。对不起，本美景家本来就喜欢凑热闹，唯恐天下无聊，如今又受了巴山志怪的影响，主张三十六计奇为上。当然我也不主张在小区随便烧火，倒是觉得镇上划定一块烧烤草坪，专门做几个火塘，周围摆上矮凳。既然大城市的郊野公园有烧烤台，游客开车自带无烟煤来烧烤，那为什么在山里镇上不能来个特色烧烤的地方？如果怕木柴烟大，可以让他们买木炭，让附近山里的人就近烧木炭卖钱。就烧日本人喜欢买的那种九巴子木炭，沉水。此计我越想越觉得可行：说不定还可以把火塘和吊罐这两个巴山宝贝捧红走火。

对了，上次来的时候油菜花开得正好，我把陈邦军在那个老屋前给我拍的一张照片发到朋友圈，不少人点赞。有一个没见过我的人还说我长得帅。我说，到了这诗酒田园的地方，平时看着不顺眼的人都顺眼了，你不想美都不行。

凌冰洞

过了五一我又来天悬天坑的时候，发现这个天坑应该放在整个大环境下看，才是正道。如果你来只看天坑，是一种浪费，不合乎道。这就像大自然这个厨师做了一个套餐，你却只吃其中一样，是对厨师的不尊重。须知厨师那套饭不是随便做的，是行家准备的。天悬天坑周围的另外几处美景也都是老天爷为大家定制的，而且是非常好的一套，包括倒水洞、凌冰洞、黎溪坪、圈子崖天

荔枝米田园——黎坝

坑、罗城、神葱园等。来了要走走坐坐，野餐一下，也到农家去看看。

　　山坡上的树草都绿了，我跟从城固上来的韩平夫妇和儿子王柏涵来看这坑，看完坐在坡上说话。有三头牛就在几十米外的地方卧着休息，放牛人的东西也放在那儿，不见人。有一只公鸡和几只母鸡在草地上觅食。附近看不到人家，没想到山里的鸡居然离家出走这么远，我怀疑它们已经野化，晚上也不回去。那只大公鸡来了个金鸡独立，旁边正好插着一面小三角红旗，看来是五一时插的，跟鸡一样高。王柏涵趴在草地上仰拍了一张，那鸡昂首挺胸，一腿独立，旁边就是旗子，很有某种独立精神。我们都觉得这张好，除了天坑飞虎，还有天坑鸡独立。

　　然后去看倒洞和凌冰洞，离得挺近。倒洞是一个比较随和的石洞，洞口大概三人高，进去可以往里走好一截，而且地上是河流冲积成的厚厚沙土，沙土中间有个河道刻在下面。河里不见水，但这河道一直伸到洞外的田地里，那儿也有个水渠一样的河床。梅冬盛在《巴山流韵》一书中写了他和几个人游览倒洞的情况，说他们看到了一场大雨后，山上下来的雨水先是流入洞中，但雨停后又来看的时候，只见洞外这一片小盆地变成了汪洋，原来水又从洞里吐出来了，这才是叫倒洞的原因，也叫倒水洞。梅冬盛文中的解释是，进去的水携带了泥沙，等泥沙沉淀后，泥沙把水位垫高了，所以水流了出来。

但是我请教了镇巴中学的化学老师官良飞，他说溶液里的溶质沉淀后，总体积不变，所以不会出现泥沙沉淀后水位变高的情况。真正的原因应该是倒洞里的暗河还有其他入水口，从那些入口灌进去的水从这儿流了出来。这也能讲通。《汉中天坑群》一书说倒洞外面从前也是个天坑，只是四周不断塌陷，形成一个小盆地，一般人看不出来是个天坑。倒洞是曾经的坑底的暗河，如此看来，这倒洞虽然看起来低调，里面却四通八达，是水的地道。

开车走大概十分钟就是凌冰洞，比倒洞大多了。实际上不仅洞，附近还有一些奇特的岩石稀落地排在小道两侧。那洞口像个巨大的鲶鱼嘴，开在相当大的石壁下，宽八十三米，中间最高处十二米，而进到里面则是六十米高的一个穹窿①，下面是足球场那么大一个斜坡，左面高右面低，低的那边一直斜向下伸去，仿佛通往地下世界的一个溜溜板。我见过的其他洞洞口都比较小，进去得拐弯抹角地走。凌冰洞很直爽，一进洞就把最大的空间展现给你，你想探

---

① 所引数据来自洪增林等：《汉中天坑群》，陕西师范大学出版社，2019 年。

索再往里面去找小洞。

站在如此巨大而凉爽的空间里，我一时觉得手足无措，过了一阵才总结出：现在你明白什么是地下世界了吧，原来可以如此开阔巨大。洞里没有河，不见水，但看这个大斜坡，它的形成一定跟水有关，历史上某个时期是有一股大水从左边的高处流向右边的低处的，这个斜坡就是那水留下的河床。能有这么宽的河床的水，一定是大水，而你看到的只是这条大水流经的地下河的一小段。谁能保证往左右两边延伸，这地下没有一条巨大的暗河？这种让你联想的空间，才是凌冰洞最奇特的地方。所以欣赏凌冰洞，要能从"其有"看到"其无"，窥一斑而思全豹。

我往左边的溜溜板高处走，那儿有几个人工修的池子，都干了，走到最上面好像有小洞进去，我没敢再走。向成忠与刘庆贵文中说此处曾有几段寨墙，进去有狭窄风洞，过去有足球场大小的沙坝。

十二月份我跟老施又去看倒洞和凌冰洞，居然又有新的发现：每个洞的左上方都另有一个洞。我忽然明白了为什么很多寨堡都有上洞和下洞：这巴山里的暗河真有意思，每次出山的时候开一个门和一个窗子。凌冰洞的上洞不高，很容易上去，里面比较干燥，没水，地面斜向上走。向成忠与刘庆贵的文中说老百姓把这个上洞叫"九个庙"，因里面曾有九个台阶，每个上面都有庙（我估计是神龛）；洞最高处四十米，宽约二十五米，上行一百五十米有钟乳石。九个庙的信息让我们知道了当地民间对凌冰洞的崇拜。陕南山里群众一直有崇拜自然奇物的传统，凌冰洞这样的地方如果没有小庙才是不可理解的。另外，也能看出当地人并不轻易进入凌冰洞，而是另开辟一个纪念和活动的场所。这个上洞显然更干燥，也不冷。

凌冰洞

天坑鸡独立（王柏涵摄）

向、刘文中还说据《镇巴县志》载，1955 年巴山林纸厂曾有两人在洞中见一薄木棺材，打开实体如生，腿肌有弹性，装束如道人。数年后政府医务人员考察，尸体一触成灰。这个道人是凌冰洞科学功能的实验者。

县人大退休干部肖刚顺给我说，他一九六几年十几岁的时候，到附近的屈家坪走亲戚，来了一次凌冰洞，只见洞口有好几个大树，好像是铁坚杉，大的直径有两米，还有其他树木，把洞口都遮住了。他还说见到了里面石头上的小面积冰，听老百姓说冬天没有冰，有气冒出来，只有夏天有冰，因为夏天洞顶渗出水形成冰凌子。胡述权也说 1982 年七月份他来过，说洞口除了树，还有爬墙类植物把树梢跟洞顶上的石壁连起来，所以远处看不见洞口。他走到跟前就有冷气穿树而出，让你发冷，能看见洞口里的冰。

有冷气出来，为什么不是热气进去？我本来还想问镇巴中学的那位化学老师，但一想，还是把这个问题留给研学的中学生吧。对于研学，老师不妨让学生自己发现问题，自己研究，不一定要给他们一个统一的题目。研学，首先要锻炼孩子们发现问题的能力。

胡述权还讲了个十分有趣的传说：老百姓说我们这儿太冷了，高寒地带，夏天都冰天雪地，无力交赋税。县令不信，于是有人拿棉被裹了冰放在背篓里背到县上，县令一看大惊，于是免了赋税。

凌冰洞夏天的冰，在那个年代可真是珍稀土特产。县令和大户人家可以包裹起来当礼品送，或者制造点冰水什么的品尝。但我估计它还发挥过一个重要用途：镇巴县令让提前把冰运到青水放在地窖里，运荔枝的人马一到，就给竹筒里加冰。

肖顺刚说凌冰洞深处他自己没有进去过，但他岳父曾经在巴山林哨所工作多年，进过里面，据他讲要过几道暗河，走到最里面地上有个漩洞垂直向下，他们扔了一个火把，像流星一样拖着尾巴下去了，不知多深。

他岳父还说在漩洞那儿听到鸡叫狗叫声，这说明可能有别的洞通到山那边，鸡犬声顺着洞子传了上来。刘荣清也说了老硝洞里喇嘛听到鸡叫狗叫的事。这也解释了古代一些洞穴故事的原型。比如唐代志怪故事《梯仙国》就是发生在大巴山里的湖北竹山县，里面也提到鸡犬鸟雀声。故事中的打井工人到地下见了仙人，最后仙人让他从"房州北三十里孤星山顶洞中"出来，但已经过了三四代人了，找不到家乡。他找到了当时打井的位置，"唯见一巨坑，乃崩井之所为也"。由此可见，这篇小说的写作原型就是巴山里的地下洞穴。而故事中提到的"忽闻地中鸡犬鸟雀之声"，原型就是老硝洞和凌冰洞中有鸡叫的民间传说。其中"唯见一巨坑，乃崩井之所为也"说的就是天坑或者漩洞：崩塌的井。《汉中天坑群》一书说凌冰洞外面本身就是个天坑，如今洞里面又个天坑。真是：天坑里面有天坑，漩洞中间有漩洞。

我的另一个大发现，是凌冰洞还有个弧形的"双眼皮"。凌冰洞的洞口远看本来就像个眼睛，这个眼睛就从石壁下睁开，下面是平的，上面是弧形的。那个双眼皮从眼睛弧形的地面开始上行，实际上是洞口上面石壁上横着凹进去的一个天然槽子。我跟老施还是上去走了一趟，就是从右边的"眼角"沿槽子往上走，只见上下右三面是石头，左边一面是空气，空气下面就是二十多米的洞口，掉下去可不得了。凹槽下面有两米宽可以走人，于是我们像走在七八层高楼上的一个长条阳台上，只是阳台没有栏杆。虽说路还算平整，但心里还是挺紧张，所以我不建议其他游人走。当然，加个栏杆应该是个不错的点子，让游人享受一下走凌冰洞

凌冰洞上的"双眼皮"

双眼皮的乐趣。

　　我还有一个发现：用无人机航拍，或者站在一定的距离外拍摄，会发现上洞和下洞组成一双绝壁下的眼睛，我来叫作"大地之眼"吧。想象如果没有那些树和小屋的遮挡，右眼会更明显。所以不妨把凌冰洞上洞和下洞一起宣传。既然天悬天坑被称为心形天坑，不妨再来个大地之眼凌冰洞。

　　别忘了凌冰洞也是个天坑，坑就是洞前的那个小盆地。这个小盆地也非常美，还有小石林零散分布。凌冰洞口外有个废弃了的小土房，极具古朴沧桑感，只有小小一间，门窗已无，屋顶上长满深草，把房檐都压弯了。屋顶居然能长出那么多杂树，我每次从它前面过都多看几眼，觉得它十分美。但后来我看照片，忽然觉得它像是在怒发冲冠：你们怎么只关注凌冰洞而不扶持我一把！我说对不

大地之眼凌冰洞（右眼是下洞，被小树遮挡）

起亲爱的，我现在给不了你实质的帮助，就把你写在书里吧。希望有人能像四川人保护猪坚强那样把你也保护起来，做点加固。你有着无用之用，形象不亚于欧洲古典油画上的小木屋或小草屋，一定会受到网红人士的喜欢。你先坚持住，千万不能倒：房是人建的，只要你还在，凌冰洞就还有人气，你跟它是绝美的搭配。白天河有"树坚强"，今天我封你为"屋坚强"。

我跟老施看完凌冰洞回到公路上，一家人刚杀了年猪，路边停了好几辆车。男主人说肉已经卖完了，他们自己另有一个猪。说因为三元这儿的猪不用饲料，所以杀猪前就被人预定完了。二十八块一斤，比山下市场上的贵，但这儿的猪肉口碑好，喂的是粮食和猪草。他说当细娃儿的时候，跟小朋友往凌冰洞里面走过，有个坑很大，看不到对面，也不知道多深，走到那儿就不能走了（这应该

愤怒的小屋 ——屋坚强

就是肖刚顺岳父所说的那个漩洞）。洞口进去左边原来是石头寨墙，传说是白莲教搞的，后来有人投资在里面加工竹笋，建了池子，把寨墙拆了。

我看，如果要在凌冰洞开发旅游，不妨把里面那些人工池子挖掉，从别处再移来一些树木，最好是原来长在这儿的那种铁坚杉，让洞口重新被树遮住，看看是不是会有冰重新生成。

镇巴除了凌冰洞这样的洞，还有许多小漩洞。我跟陈忠德和胡述权在仁和村附近的火石沟走路，陈忠德指路边石壁下的一个开口说这就是个漩洞，像个不规则的大井，朝下望也不是直的。我们每人扔石头下去，只听见几次碰井壁的声音，最后咕咚一声掉进水里。这样的小天坑更好玩，你可以跟它互动。向成忠与刘庆贵在《生态奇景——巴山林》一文中说原凉桥乡西北六公里处有个洞子梁，"山洞密布似蜂房"，有个洞中有通往上面的天窗，叫"天星眼"，直径两到三米。这样的天星眼其他洞里也有。刚才我们往下扔石头的那个漩坑，有可能就是地下某个山洞的天星眼。

我看到地图上三元镇有个"阴司洞天坑"，就发现老百姓最懂黑色幽默：阎王就在下面。陈忠德说仁和村委会对面的山上有个仰天窝，里面有个双漩洞，人走到跟前有被吸进去的感觉，还说双漩洞很多地方都有，还有三漩洞。我就想到《山海经》里说的"巴蛇食象，三岁而出其骨"——巴蛇就是巴山的蛇，我估计其原型就是这样能吸人的漩洞：大象掉进去了，三年以后骨头从另一个水洞子冲出来。上次在赤南跟中学胡校长吃饭，他也是青水仁和村人，说皮窝铺东边不远还有个双漩洞，两个洞口，但下去以后是一个洞，他放牛时和小朋友们每次去都往里面扔石头，周围的石头都捡完了。胡述权说山里娃儿见了两个东西喜欢扔石头，一个是漩洞，一个是蜂包。打漩洞我理解，我都喜欢打，但是打马蜂窝可是自找麻烦。

阴司洞，还有陈忠德和胡校长他们说的那些小漩洞只是阎王王府的天窗和烟筒，凌冰洞才是大门。

鸡声双河村，人迹圈子崖

黎溪坪本身像个天坑，或者火山口，四面也只有一个入口，就是我们走的这条路，从低处进来，绕半圈从另一边的高处出去。有一个抖音号就是在这儿制作的。里面的年轻女子住在装修舒适的木屋里，窗前品茶读书做点饭，或者领着狗出去走一趟，附近是一片绿地，又有大树等，四季不同，风花雪月，非常美。我劝我的孩子跟我回老家，就用这个视频：看看，有人点评说这儿像小瑞士。

过了黎溪坪继续开车前行，半个小时就到了圈子崖。

一条木头步道从路边伸出去，通往圈子崖，于是我跟老施停车步行。两边是两周前下的雪，走了半个小时到步道尽头，到一个山梁上走土石路。只见两侧各有一些断续的天然"石墙"，一人多高，仿佛是在夹道欢迎。我扶着右侧一节石墙往外看，老天爷，透过稀疏的小树木，下面是垂直的万丈绝壁，原来我们到了圈子崖天坑周围最高的那一面的顶上！镇巴人做事真实诚，请你去不提前说会有什么款待，到了才会发现惊喜。这条路修通以前，人只能走山路到圈子崖底下，仰望这儿。

此刻从坑边沿顶上最高处俯视，圈子崖天坑是个巨大的山窝，能看出有个缺口，老路就过那儿。梅可汗在《圈子崖》一文中说圈子崖曾名"圈猪崖"，野猪被赶进这个山窝，就只有那一个缺口可

圈子崖底（张富荣摄）

以出去，猎人只要埋伏在那儿"坐交"就行了，且赶进去的小猪第二年就成为大猪。这儿也像我在夏威夷见的火山口，只是火山口是喷发形成的，天坑是塌陷形成的。火山口的形成靠的是火，天坑的形成靠的是水（地下暗河冲刷）。

返回到双河村屈国荣的农家乐院子，屈国荣说冬季基本不开，他妻子去了镇巴招呼孙子，没人做饭，叫我们和冯慧莉去他老家屈家坪吃饭。

黄昏开车走土路一路颠簸过去。屈家坪这一块地方点缀着好几家老土房，没有一个水泥小楼。如果要在镇巴选一个不通好路，土房集中，且在山上坡地上的"世外"，除了景家坪，我首选这儿。冯慧莉丈夫的老家也在这儿，他从北京回来，做了一桌饭，我们跟五六位男女长者围着沙发一起吃，旁边一小铁壶里热的是放了蜂蜜的包谷酒。我曾在西安服务学校学摄影，隔壁烹调专业的隔三岔五做好吃的，端给老师，老师夹一筷子点评几句，他们就端到院子里围圈蹲吃，我们隔着窗子直勾勾地看。今天美景家遇到当美食家的机会，别提多高兴了。天坑寻奇脚不停，今夕且醉屈家坪。

晚上回到屈国荣的院子住，在放柜台的那间房里的炉子上烤火说了一会话，然后我跟老施住一间房子。房间挺冷，只有电热毯。没想到那蜂蜜包谷酒后劲很大，喝的时候让你忘记醉酒的难受，醉的时候让你忘记喝酒的爽快。早上四点我肚子和头都难受，就起来喝热水，还好昨晚来的时候我把火炉旁的开水壶提了一个过来。我的带盖玻璃杯是上次楮河茗饮茶园给的，我昨天正好放了点本地党参。一杯接一杯，这党参似乎敌不过包谷酒。我想找屈国荣去开有炉子的房间烤火，但不知道他住在哪一间。一院平房有八九间，除了我们三个，还有四个开挖机和平板车的师傅昨晚也来住店。

圈子崖：中国最北及海拔最高的超级天坑

六点左右我出了院子大门，沿着水泥路走，又拐入小道来到田间。天上月亮星星还都在，蒙蒙亮，没有一个人。我忽然想，上厕所这件事也是有讲究的。上海最大的购物中心里如今基本实现了厕所高雅化：装修精致，冬天有热水，有卫生纸，还有人随时打扫。看一个饭馆的品位，首先看它洗手间的档次。但此刻我想发表另一个高见：对乡村来说，无人的田野是最有情调的厕所，宽敞无边，附近的树木庄稼能保证隐私，你还有给土壤贡献有机肥的荣誉。

贡献完有机肥也不急着回去，回去那间房子还是冷，就在水泥路上走走吧。古代赶路的人是讲究早早出发的，以便早点赶到下一个店子，不能晚出发晚到达。今天，城市和农村的一个重要的区别就是城里人不再早起了。古代和今天人谋生都不容易，只是古人从早上挤时间，现在人从晚上挤时间。我父亲说，他小时候早上三点多父母姐姐就起来搭锅蒸馍，五六点我爷担上走二十里路到汉中东门去卖，得走近三个小时。今天的人下班后还要应酬或者管孩子，做家务，加班等，到了十一点才是属于自己的时间，于是上了床看手机，聊天，到十二点一点才睡，这实际上是透支自己的时间。

此刻我歪打正着地体验了一把古人早行的感觉：鸡声茅店月，人迹板桥霜。我以前觉得这两句是唯美的，但现在才体会到一丝无奈：毕竟是离开焐热了的被窝，穿上冰凉的衣服，用铜盆或木盆里的热水洗一把脸。应该是不吃东西的，确认没有忘下什么，挑起行李出门上路。那温庭筠是诗人，想诗写诗就是他的工作，但此刻他还有一个赶路的工作要做，这就是那丝无奈的来源。闲居的白居易写的诗是这样的：已收身向园林下……谢绝朝中旧往还。唯是相君忘未得，时思汉水梦巴山。

此刻，最适合我的两句是：今宵酒醒何处？杨柳岸，晓风残月。

罗城

在屈家院子吃完泡面，一个开挖机的人说今天不开工，跟我们一起去。到马家坝停下车，叫上村里的老李往罗城走。我还请老李烧了一壶姜汤灌入我的党参杯子里。

去程走了两个半小时，一路没有陡坡，都是沟一侧的缓坡路。前面说过，三元这个地方已经是镇巴最高的区域了，既然能上那么多坡来到这儿，老天爷就对客人好了点，不再刁难。路两侧的竹子虽然也是木竹，但比青水那边的要粗要高。我一路还是头疼难受。过去此地都是这种酒，喝了这种酒还能上路的人，才算厉害人物。

来到天池，里面已经没水。老李说曾经水很大，那时扔一个石头到水里十几分钟就会下雨。"你亲自见过吗？""见过，我还扔过石头，过一会就有雨。"

这也是个志怪，不可当真但也不必否定。我关心的是这样的故事为什么会出现在这儿。可能是高山地带不见河水，老百姓有雨水的需要。白天河那儿水多，就不会产生这样的故事。七十年代有人炸鱼，炸漏了天池，也炸下了倾盆大雨。后来秦巴刺绣的周兆林给我说八十年代襄渝铁路换枕木，他跟伐木队来过这儿，拖拉机上不来，是拆开以后抬上来再组装的。因为这片水挡路，就用炸药包炸排水道，结果把下面给炸漏了。

最后来到外罗城，是山间一个小山包上的平坦地块，周围有高点的山头围着，也没有特别惊人的特征。从那儿开始下个坡，再上一个小坡过罗城垭口，就到内罗城了。所以外罗城像是内罗城门外的一个院落。垭口指的是两个山峰之间最低的地方，罗城垭口是我见过的最小垭口，由一小撮棱角分明的石头夹成，挤挤卡卡，拐弯抹角，得手扒石头抓小树挤过去，然后斜向下再过一条狭窄的石间过道。周兆林说这儿八十年代长着很茂密的大树。

内罗城跟外罗城大不一样，是山间一连串形状各异的迷你山窝山沟，又布满了石头树木。走了一段，我就发表美景家感言了：景点里也有超现实主义派别，就是这个罗城。这儿的实景也倒可以描述，但有一种整体的奇特感却不好说。首先，这一大片地方虽然有土地有林木，然而这儿就像是《西游记》里某个深山怪石的地方。这儿不是深谷，也没有很高很密的树，树的高低有点像杏树桃树，身上还披着前几天的雪。这儿还有个名字叫巴山石林，我还是觉得石牙比较贴切，因为没有林子那么密。

这些石牙有的高如小山，但大部分比较矮，一米到十几二十米都有，形状有的像犬牙，有的像门牙，还有百十米的犬牙山峰垂直站立在后面远处，你不必去惹它们。跟前的这些石牙之间的空隙地

比较大，你可以比较容易地
往前走。

　　一个像城的元素是，这
些石牙之间有一条通道，有
时直有时弯，但基本朝一个
方向走，只要你不离开这个
主路就行。如果你离开它往
旁边拐走，可能把你引到另
一片罗城里。梅冬盛的文章
里有这样一个说法：一头小
牛放进罗城，等走出来的时
候已经成老牛了。

　　逛罗城要有品鉴古董
文物的兴趣，观察圪里圪

内罗城门

垯每个细节。比如我就看到有两排石牙之间的一个能过一个人的缝
隙，是真正的一线天，就挤进去让老施照了张相。另外有个牙下有
个往里的凹陷，口上有一块像柜台一样的石头，我就走到柜台后面
也照了一张。可以把这儿当成一个只有店铺，没有店家，也没有货
物的小城。

　　最能代表这儿特点的，是奇石异树的组合。这儿所有石头和树
身上都披着一些棕毛，是干枯的苔藓。如果不是冬天，它们都是绿
的：我们这儿是绿毛国。这儿也没有挺拔高大的树，仿佛只有一种
树，不太高，最大的有水桶那么粗，一般的都是碗口粗，而且所有
的树枝都有很多弯曲，没有直树枝。这种弯曲造型仿佛就是为了配
合这个地方弯曲不直的路，以及各种石牙弯曲的轮廓。下面是几个

奇树和石头的例子：

最高大显眼的一棵树，是快到外罗城的一棵极大的奇松，直径大概有一到两米，主干在一人高的地方分出两杈，但一个杈被人给平锯了，另一个则成了参天大树，但锯了的那个绝不服输，平顶两侧各发出一个水平树干，像一个人平举双臂站在那儿，而那两个手臂上又有几个树枝垂直向上，发得非常高。所以整个树仍然是一个雄壮的大树。其他树的枝丫都是曲线形的，这棵树则有明显的横线和竖线，讲究盆景的人一定喜欢，就叫"松坚强"吧。

外罗城边小山顶上有一石，一人高，方圆两米左右，上面有一树斜着向上长，树干很直，像小坦克上面装了个高射炮。我在洋县时听说朝阳山上炎帝建过天表灵台，从没见过实物，原来在这儿。

内罗城里两排较长的石墙之间有一条"巷子"，地面出奇的平，真像是人造的路（忘了说，内罗城里一切都是天然的，没有人工台阶或道路，也不见伐木工人留下的踪迹）。巷子宽约两米，地面挺平，白雪点缀，有一个碗口粗的树长在路的正中间，但躯干是弯曲着长上去，不像其他的树干是直的，上面的树枝都是凑在一起往上往高长的，不往两侧发散，好像是双臂向上立起在舞蹈——它知道不应该挡住别人的路。

左边靠山谷的一侧立起一段天然石头墙，大概两米高，墙上一人高处忽然有个小孔，像个小窗。窗下靠墙正好长起一根碗口粗的树，到了窗口拐个弯钻了过去，所以这边只能看到树干，枝丫都到那边发展去了。我改变了主意，选这个树做罗城树的总代言，刚才那个大松树仍然保留"罗城树坚强"的荣誉。

这儿最值得细品的是石头。我不知道那次我们为什么不停地往

树长在路中间　　　　　松坚强

前走，应该花一个小时休息，谁想拐入旁边的旁门左道去探究，仔细观察石头的皮肤、棱角、形状都可以。

我们是 12 月 14 日来的，前几天下过一次小雪，双河村那儿都化了，这儿却没有化，地上、石头上、树上，基本上还是白的。陈忠德说年前最早的一场雪一下，阴坡上的基本就一个冬天都不化。这里春天、夏天和秋天的景色都不一样。春天我不知道会开什么花，夏天树都绿了，要么会很凉爽（因为这儿地势高），要么是树木都不动的温热（因为光照好，加上周围的山挡住了风），但应该没有蚊虫，因为没有河流水塘。只要自己带够水，即使闷热，走一趟也值得，如进一趟桑拿城。我估计不会闷热，你可以往两边的高地上走一点，那儿没有树，去一个石壁下面乘凉，阴凉地带多得是。

如果让我选镇巴两个"小众秘境游"最好的地方，我首先选罗城，第二选白天河。罗城这样的地貌在其他地方见不到。白天河虽然奇，但属于峡谷一类，可类比的还是有的。白天河有路，但不

穿墙树的穿墙术

好走，有危险的地方。罗城这儿没有路，但"奇而不险"，既让你有探险感，也比较适合人走，甚至带小孩来也可以，他们一定最好奇。看似险峻的几个地方是属于诈唬你的那类：走到跟前你发现前后左右都是树木，就是滚落也有抓手，而且都在山坡上，没有白天河那样的悬崖路段。罗城里没有河，所以不用担心滚落到悬崖下的河水里。但在这儿不建议让孩子捉迷藏——藏起来容易，找到就不容易了。

这儿这样不高的石牙给人一种亲切友好的感觉，可以很容易接近，你就在它们中间。再说一下：如果说景观以奇为贵，如果以奇特性为标准来比较，那这儿应该是镇巴第一，因为至少在秦岭和巴山里我去过的地方，还有在镇巴其他地方，都没见过这样的景观。

内罗城里走了一个半小时，到了一个小山头上，下面是一个相当大的平川，平川那边有一排造型奇特的石头山，很陡峭。从小山的坡上踩着雪抓着树下到平川，就算出了罗城。下这个坡大概走了二三百米，坡有近四十五度，但是个普通山坡，两边都是小树。

老李说这个地方叫三湾。我一看，眼前这儿三面有山，另一边没有，我们就朝那边走回到马家坝，跟来时的路不一样。这儿非常宽敞，如今有雪覆盖着，但春夏秋会像一个小草原。沟的一面小山下有一群石头，形状胖胖的，顶上是尖的，像头，我感觉像是一群穿着袈裟的胖胖僧侣站在那儿恭候顾客：祝贺你们游完了罗城，欢迎来到城外。

我们找了几个小石头坐下休息，草地上雪还不少。如果要发展罗城景区，不妨把这儿当成入口。这儿比外罗城那儿开阔多了，有足够的地方盖木屋土屋这样特色度假民宿房子。只要在刚才那个四十五度的坡上修上步道，游客就可以很容易上去进入罗城去玩。想象一下一家老小住在三湾这儿，想进罗城可以随时去，不去的，则这一片草地，以及附近山后面还有足够的地方让你去探索。老李说往前回去的路上还有几道像这样的湾。

三湾这儿石头和树都很少。地里不时冒出几个不到一米的石头，有趣的是，一些不高的树都长在有石头的地方，它们仿佛知道把土地留给需要种庄稼的人。有一个石头像个卧着的大羊，身体两侧各发起两个小树，碗口粗到水桶粗。这些树显然是从同一个根发出来的。有两种可能：先有四树，一石羊来卧期间，将树挤成两组；先有石羊，下冒出一树，无法直长，于是分家为四兄弟各自发展，将石羊裹在中间。附近还有一段弧形石头，像个天然花坛围栏，半米高，一尺宽，弧长两三米，绕着一棵树，树有水桶粗。这弧形石墙有可能本来是一圈，像个镯子把树围在中间，不知为何镯子打坏了，另外多半圈被人捡走了。

从三湾往马家坝走，一路上没有险要的地方，跟去时的路不一样，但地貌类似，我们都是走在比较平缓的坡上的矮树林里。出来走了两个半小时。快到马家坝的时候，老李让我看沟对面一排小山顶上，有一个像宝塔的尖石头，说那叫石金瓜。这样的山顶景观确实少见。后来我在《定远厅志》里看到关于它的记载："石金瓜在中华嘴山下，有石瓜对立，高丈余，锤柄悉俱。"

我一直不知道为什么叫罗城。这里面看似也不曾有村落，附近似乎也没有罗姓人，更不曾有过城镇。在2019年出版的《镇巴县志》里的地图上标的是"落城"，可见罗城本来就有争议。梅冬盛有文说罗城的"罗"来自阎罗，如果此说有足够民间传说支持则好，如果是一部分现代人的猜测，我就想有无可能是螺城或笭城。螺城寓意地方狭小盘旋，正符合罗城的地貌。福建惠安县就有个螺城镇，江西永丰县有个螺城书院，都可能因地形跟螺壳类似而得名。笭是农家常见用具，四周一圈高边，下面有细密网格，也符合罗城地处山间，有网状小道的特点。古代有写螺城的诗，下面这两首尤其适合引用来描述镇巴罗城：

> 奇山怪岫赴螺城，欲注南湖浸未成。
> 突屼洪崖插汉立，森罗列嶂拥云横。

> 闲随杖笠绕晴川，翘首螺城天际悬。
> 长短苍藤穿暗石，浅深丹嶂落寒泉。

回到马家坝，只见这儿土地平旷，人家不太多，如今是双河村的一个组。但这儿在历史上应该是个重要的村镇，因为《定远厅志》说凌冰洞的位置时，用的参照地就是马家坝："凌冰洞在马家坝西南。"所以不要被这儿现在的冷清所迷惑，以为自古如此。罗城，还有下面要说的神葱园，实际上就在西线荔枝道的一个分支上，历史上人来人往，比现在人气高多了。

韩湘子与神葱园

老李说从马家坝出发往另一个方向走两个半小时，就到镇巴最高的山光头山，也叫小终南。这儿最大的传说是韩湘子修行。然而只说这是韩湘子修行处也太简单了，一定还有别的说法。陈忠德说他知道青水有个姓李的人，他父亲去光头山挖药，在一个寺庙遗址上见到一节柱子，黑色的，就锯了一节拿回去。有人看了说是沉香木，说能治病，于是你要一点他要一点，他把最后剩下的一节用红布包了供奉起来，说那种木头非常香，锯末也非常香。沉香并不是一种树，而是一些特别树种经过病变后长时间自然凝聚而形成的香料，是百香之香，真正是成了精的树木。这说明当年那个寺庙还是相当有规模和档次的。《定远厅志》说："光头山又称小终南，古刹阶础尚存，山腰有大葱园、小葱，四季生长，后被土人开垦锄去之。"所以这个沉香木说不定就来自文中所说的那个古刹。既然文中还说有大小葱园，那就先说这个吧。

上次在黎溪坪的李永观说是韩湘子种的。胡述权说他见过那儿的葱，有点红，开的是黄花。在大葱园里有一股香味，拔出来带走就不香了。用菜油炒有点葱味，用猪油就没有葱气气。马家坝老李说那边有个石头缸，随便揪一把草扔进去都能淹成盐菜。这个故事洋县的四姑娘山也有，我在《远山古道：秦岭行走笔记》里写过。回县城时有个人搭我们的顺车，说他也去过神葱园，说那个石头缸还在。向成忠与刘庆贵在《生态奇景——巴山林》一文中说那是个出泉水的石窝，不干不溢。韩湘子化作老人，见一背老二坐下吃干粮，就说往里面放些草，背老二照办，结果变成了泡菜。后有另一背老二给里面尿了尿，从此不再灵验。看到镇巴有这么多志怪类民间传说，我认为有理由相信洋县的故事是镇巴传过去的。我在洋县华阳镇见到的女民歌手汪弟兰和文化人董云光，最早都是从镇巴移民过去的。这些故事沿着荔枝道传到洋县，再沿傥骆道进入秦岭。

我觉得石缸腌菜的故事可以考究一下，如果最早起源于汉中，则可以用来宣传汉中盐菜。如果最早来源于四川，则可以用来宣传四川泡菜。当然我最关心的还是那葱。那个搭顺车的人说那葱他吃过，很好吃。因为太远，没人专门去拔葱，只有上去干活的人顺便带点下来。他还说那葱挖回来种不能施肥，即使是粪肥也不行，一上肥就死了。这葱看起来很有骨气：就要生长在故园里，换了地方就不食此地粪肥，一定要保持原来的信念。

《定远厅志》里就说葱园就遭到开垦土地者的破坏，但那葱硬是坚持到了现在，我就封它作"葱坚强"吧。搭顺车人说如今上面散放的牛踩坏了不少葱（我估计牛也喜欢吃葱），但我还是有信心，这葱坚强跟韭菜一样，下面有根，年年生发，会坚持下去的。

洋县也有类似的故事传说。比如我去过洋县汉王山，说那儿长豌豆，别的地方都不长，最早是刘邦在那儿驻军，把喂马的豌豆掉在地上长出来的。问题就来了：为什么这豌豆不往别处扩散？这神葱从唐朝到现在也一千多年了，为什么不往别的地方扩散？既然好吃为什么至今没有变成树花菜这样的知名特色植物？我们是不是忽视了一个宝物食材？我说这个的意思不是说应该把那神葱开发成商品。如果开发，只应该在别的地方培育栽种，而把原来的神葱园保护起来。

我是来做田野调查的，不能听人说就相信，很想亲自尝尝。我后悔当时没有去一趟神葱园，今天已经腊月二十了，天气阴沉，窗外飘起了小雪，小终南那儿一定是大雪封山。但我还是不甘心，真想搞点来包一顿神葱饺子。饺子里面葱饺子是最好吃的，葱最贵。

顺便说一下，饺子在镇巴地位卑微。所到之处不论午饭还是晚饭，不炒两三个菜就不算饭。这不怪饺子，是"水土异也"。但要发展旅游业，在饮食上就要照顾外来游客的饮食习惯，比如万一关中游客被菜板肉坨坨肉给吓住了，不妨上一盘神葱饺子。上次的"天坑飞虎"文创没搞成，今天我又开始打神葱饺子的主意。这次有韩湘子在背后撑腰，估计有成功的把握。

向成忠和刘庆贵的上述文章中说光头山这儿还有花椒园、盆景园、三口井。花椒园可以用于宣传镇巴青花椒，"韩湘子青花椒"要比神葱容易市场化。首先应该把神葱园和神椒园恢复起来，让网红们开始宣传。中国盆景最早的图画出现在陕西乾县章怀太子墓（701年）壁画中。我们可以假定晚唐时期的韩湘子来到光头山，还把在长安见到的盆景雅兴也带了过来，在这儿进行栽培。所以卖盆景的可以打"光头山盆景"的主意。大巴山里的稀有植物是不能挖的，但如果政策允许，可以在这儿人工栽培。实在不行，干脆投资搞一个"大巴山稀有植物园"。

历史上的真韩湘是韩愈的侄孙，韩愈的名诗《左迁至蓝关示侄孙湘》就是写给他的。韩愈的生卒年是768年到824年，唐时的洋源县存在于624年（唐高祖李渊时期）到825年。期间在776年时洋源县"为狂贼烧毁"从而迁到离西乡二十里的地方。所以在韩愈的年代，镇巴县作为洋源县还存在，韩愈去世后第二年洋源县就撤了，并入西乡。可以说韩愈见证了荔枝道时代的兴衰。我顺便考虑到另一个问题：既然洋源县624年就设立了，我们就有理由相信从那时开始，官道就往洋源修。到天宝元年（742年），过了一百多年，其间经过了贞观之治和武则天时期的经济发展，完全有可能完成至少西乡到洋源这一百二十公里。就是说只剩下镇巴到万源这段，而万源到涪陵这段官道很可能本来就存在。所以等贵妃开始吃荔枝的时候，只需要把镇巴到万源这一百公里的深山荔枝道修好就行（这段路官道也许早已经通了，多少能送荔枝，只是路况不够好）。总之不可能是想吃荔枝了才开始修路。即使以盛唐的国力，要修通横穿大巴山的官道恐怕也得几年，贵妃早就忘记荔枝了。

真韩湘是中了进士的，政府官员，到了宋朝才有人把他变成了八仙之一。八仙之一韩湘子的最早原型是晚唐志怪《酉阳杂俎》里的一个故事。酉阳在今天的重庆市东南，也在荔枝道上，有缘分。《酉阳杂俎》的作者段成式也在四川生活多年。故事是这样的：韩愈有个远侄从江淮到长安上学，常欺负同学，韩愈很生气，准备把他送回去。这侄子说叔叔别生气，我给您表演一个栽花术：他冬天在七天之内栽出了五色牡丹，花瓣上还有字，连起来是"云横秦岭家何在，雪拥蓝关马不前"，韩愈大惊。但那侄儿不想当官，回淮安去了。到了宋朝，此事被传成了韩愈的侄孙韩湘子。

向成忠和刘庆贵在《生态奇景——巴山林》中写过这样一个传说：韩湘子是仙鹤，林英是天河边上一根竹子。有一天仙鹤落在竹子上被闪落水中，于是仙鹤说"你闪我一时，我闪你一世"。王母娘娘让他们下凡到光头山来了结此事，林英变成了木竹，韩湘子变成吹笛子的出家人。如果这个传说真的原产于光头山，全国其他地方没有类似的，则意义就重大了，它有可能是《红楼梦》中贾宝玉和林黛玉爱情悲剧的原始素材：贾宝玉原本是赤霞宫神瑛侍者，林黛玉是绛珠仙草，前者曾用露珠浇灌后者，投胎人间后，后者只能用眼泪报答前者，而不能成为夫妻。

顺便说一下，一个地区民间传说跟本地其他传说以及其他文化元素组成一个系统，就像一个地方的生态圈。民俗学者要像考古学者一样，先把原始的版本完整地挖掘出来，再供文创人员加工改编。调查了解民间传说，还需分析叙述者是从其他地方带来的，还是从本地前辈听来的。上述传说中竹子闪了仙鹤这个细节，是符合镇巴木竹的情况的，因为木竹确实细而矮小，仙鹤站上去难免被闪落。当然，此故事是不是镇巴原产，还需要证据。

陈忠德去西乡要回来一本手抄本的《湘子宝传》借给我，说是仁和村一位叫郝成才的人 1984 年抄的。这是一个民间唱本，是从前歌师几个夜晚才能唱完的那种长故事。有的是一句七个字，有的是一句十个字。抄本里韩湘被说成了韩愈的侄儿和养子：韩愈的哥哥韩休去世时把幼子湘子过继给韩愈做儿子，韩愈无子。韩愈很重视湘子的教育，请来了两个人当老师，一个是吕洞宾，一个是张果老，但他们把湘子教育成了道家高人，最后坚持出家修行而不愿意跟妻子林英过日子。林英是韩愈给他选的名门闺秀，但韩湘子出家已定，最后还说服了父母和妻子一起出了家修行。

这个故事的思想性并不高：家人都跟着出了家，然后呢？但其中含有有价值的民俗文化信息，比如说林英父母请了木匠做嫁妆家具时是这样的：

> 八仙桌子真好看，紫檀印心乌木边。
> 椅儿做得真体面，雕的刘海戏金蝉。
> 洗脸架儿盘龙缠，沐浴盆中白虎眠。
> 衣柜凤凰牡丹站，箱上白鹤戏彩莲。

小器小皿难尽叹，唯有牙床更可观。

前后修的对合面，中间修的洞中天。

梭罗门儿安两扇，自己开来自己关。

上有朱雀朝下看，下有玄武往上观。

左有金乌把翅闪，右有玉兔将身翻。

上安二四天花板，不安一个草蒲团。

后头牙床安一面，使个手脚不团圆。

四角安起分离板，中间一线分两边。

织女隔在河西岸，牛郎又隔河东边。

七月七日会一面，还是颜欢意不欢。

夫妻同床难会面，阴阳差错守孤单。

　　注意里面说木匠在牙床上做了手脚，所以这对夫妻难以圆满。民间常有这样的说法，木匠、石匠、泥瓦匠一定要招呼好，否则给你在关键地方做点手脚，要么坏了你的风水，要么让你用起来有问题。镇巴文化馆的郝明森就写过一个故事，说他一个木匠舅舅给他一个堂弟做结婚家具，但主家没把这个舅舅招呼好，结果做好的床总是响，后来又把舅舅请来看，在某个地方敲了几下，从此不响了。

　　这个手抄唱本对上面那个湘子和林英的传说有印证作用，起码印证了林英这个角色在镇巴韩湘子传说中的存在。这样的民间故事如果真起源于镇巴，则是荔枝道对韩湘子这个传说人物的丰富。

　　八仙在现代民间文化中的影响力下降了，但历史上曾经很大。我看他们最大的特点是幽默，个性化和多样化，每个人的形象都不一样。一般神仙都是严肃的宗教形象，要烧香磕头，虔诚地拜。世俗化了的八仙是对正统文化强调一律、强调整齐的一个矫正。明代以后的八仙定为铁拐李、钟离权、蓝采和、张果老、何仙姑、吕洞宾、韩湘子、曹国舅。八仙里有了一位女仙，这十分重要，对应的是佛教里的观音。

蓝采和是四川大英县人，唐进士。我看了地图，在涪江中游，所以他跟涪陵人同饮一江水，也算跟荔枝道有关，他的知名点在于会酿酒喝不醉，估计是个酒神。

曹国舅手里拿着笊篱，但元朝以后笊篱被何仙姑拿走了，他拿着檀香云阳板，出现在过事的场合。我觉得他是大巴山里支客师的祖师。

跟荔枝道最有关系的是何仙姑，她成仙后回了一趟老家广东增城，把绿腰带挂在了一根荔枝树上，从此那儿的荔枝上都有一条绿线，叫挂绿荔枝。

托韩湘子的福，蓝采和和何仙姑也出来为荔枝道站了一下台。感谢光头山、神葱园和罗城这些地方，让荔枝道跟名人韩愈和八仙联系了起来。

游历了三元镇（包括天悬天坑，圈子崖天坑，罗城，神葱园），我就觉得这些地方如果要开发旅游，应该跟西乡县连成一片。它就在西线荔枝道的一个支路上，历史上镇巴和西乡本来就是一个县。如今我这个游客来旅游时，总是不自觉地以镇巴为界思考，觉得这个地方在镇巴已经算偏远了。如果把西乡地图加上，这儿就成了"物极必反"——离西乡近。老李说不远处那个山梁叫黄杨岭，有个垭豁过去就是西乡，当年有很多人翻那个垭豁去西乡，一路人家也不少。在过去背老二的眼里，这一片都是通的。《定远厅志》把石金瓜、凌冰洞、神葱园、光头山放在同一个段落里介绍，这也说明此地古时有主要道路经过，是荔枝道的一个分支。

深 ○ 度 ○ 旅 ○ 行

云 居 巴 山

面山居

镇巴县城在两个大山梁之间，一边的叫安垭梁，另一边的叫黑虎梁，县城长条状铺开在下面的河边，河叫泾洋河。河两边沿着山根的狭长地带上是房屋，还有一些人家住在山脚坡地上，这是山区县城的标准样子。再大的山间平地两头都有山头封住，形成一个盆状或槽状。在山里直线永远是偶然的和短暂的，曲线才是普遍的和长久的。

我二月份刚来时住的艾尚酒店暖气比前几天在汉中住过的都暖和，一进大堂就是热的，可见山里人冬天把取暖很当回事。再简陋的房子，甚至山洞，有了火就无比美好。我先把平板电脑放在小桌上拍个照，碰巧成了我照过的宾馆照中最喜欢的一张。我知道镇巴人是不会喜欢这张照片的，窗外天空和山灰蒙蒙的。已经有不止一

月上洋河桥

个人给我说三月份以后就好了，仿佛我的早到是他们的错。我知道这县城外的无数山里的景致都还没绿，有的上面还有雪。那天是二月十日，刚立春，离惊蛰还早。但我喜欢这个照片是因为我自己也需要蛰伏，蛰伏也是镇巴人生活的一部分，你不能因为喜欢春夏秋就嫌弃冬。

后来我搬到云玺嘉年酒店，相当惊奇。你在街上走觉得这山县显得拥挤，到了稍高一点的楼上从窗子望出去就完全不一样。朝东的落地窗正对着一座绿山，站在窗前抬头才能看到山顶，是安垭梁。山根离我大概三百米，感觉就像比较宽敞的小区里对面一座楼那么远。开春以后，早上九点半太阳照过来，山上的树就有了层次，一些树梢被照成了浅绿，照不到的地方保持着暗绿。朝南的落地窗望出去是县城，四五层的居多。楼下的市场和杂货街上人声不断。小隐在山，大隐在尘，我既当小隐也当大隐。

"北山愚公者，年且九十，面山而居。"愚公要是在今天，可不想把山搬走，倒是智叟想搞点工程："上海智叟者，年且一百，面楼而居。聚室而谋曰：吾想把那座楼搬走，搬来一座山。"我住的这个地方就叫"面山居"吧。

2022 年 3 月，城里静默的时候我请原镇巴剧团团长、民歌前辈刘光朗来面山居，他带来一个渔鼓。就我们两个，来点自娱自乐。然而独乐不如与人同乐，于是我把手机放在墙围上，定时拍个视频分享一下。我们斜对面坐在落地窗前，一人一把椅子，相距两三米，落地窗外是安垭梁。

我本想渔鼓是渔舟唱晚时拍打的小鼓，比如在漓江上戴斗笠披蓑衣的渔人的小船上。见了以后发现渔鼓这个名字虽好，但没反映出它的清秀，更合适的名字应该是竹鼓（事实上还有个名字叫竹

面山居（云玺嘉年 1108 室）

琴）：一节二尺长茶杯粗的竹筒，一头蒙着羊皮（刘光朗说从前蒙鱼皮），说唱时左手抱在肘弯里，右手拍打羊皮面，左手还拿个比筷子长的竹子敲打竹筒。鼓声是中音，竹击声是高音：

> 一根竹儿啊，轻悠悠，
> 生在深山哪，老林头。
> 张郎一见噻，他不敢砍哦嚯，
> 李郎一看哪，面带愁哦嚯。
> 只有我的师父胆儿大耶，走进那竹林哎，
> 把竹收，把竹收哦嗨。

这几句歌词很符合今天的气氛：我们没有什么重要事，歌里也没有什么奇特的事。老林里有一根轻悠悠的竹子，不知为什么张郎、李郎都不敢砍，只有我师父敢去砍了回来。

居不可无竹琴

　　视频发出去，点赞的人很多，包括几位平时深藏不点的人。北京的刘志青让我问刘先生好，有个陕北朋友居然也喜欢（陕北说书在那儿更风靡），洋县的杨文闯请我给搞一本刘先生签名的《镇巴民歌集》。我忽然意识到，狐假虎威这个成语是在赞美名人：跟他们在一起，不想出名都不行。

　　在有关八仙的戏里，张果老都背着渔鼓。韩湘子在终南山修行也唱渔鼓。渔鼓也分江湖，长江以北叫道情，这道情，那道情；长江以南，包括汉江叫渔鼓。四川叫竹琴。

　　就凭竹琴这么好听的名字都应该买一个带回去，当艺术品——一节翠绿的竹子挂在墙上多好看啊，有空的时候拿下来拍打把玩。有一年我在延安看了花鼓（也叫腰鼓）表演，就买了一个回去。我还想如果把四五个渔鼓绑在一起立在地上，像拍打非洲手鼓那样拍打，说不定效果也可以。我看到镇巴县文工团排演的渔鼓舞的照片，演员手捧渔鼓做出的造型也相当优雅，这也是文创：渔鼓本身

镇巴县文工团的渔鼓歌舞

就是个很好的工艺品。对了，当年装荔枝的竹筒可能就这么大。

后来我看到郝明森在"陕西非遗"上写的一篇叫《追忆打渔鼓的老人》的文章，其中的民歌呼应了上面那个不敢砍竹子的问题——原来他师父是砍回去做渔鼓的：

> 一根竹儿青油油，生在青山老林头。
> 张郎执斧来砍倒，李郎拖它出山沟。
> 鲁班用锯截两头，中间留下二尺六。
> 做出渔鼓咚咚响，连拍带唱喜悠悠！

郝明森在文中还说到了他七十年代见到的走村串寨的渔鼓老艺人：

> 村里的孩子们光着脚丫子，呼朋引伴地跑来，挨着渔鼓艺人围成一圈坐下；得了闲暇的农夫和村妇们也趿着鞋、端

着矮凳来了。渔鼓艺人四下看看，估摸着人来得差不多了，清一清嗓子，挺直了脖颈唱起来："屋里没得柴，抱个渔鼓跑出来，讨点打发就回来！"如果有结伴而行的老艺人，下一个就会接着唱："懒人无懒命，裤子当枕头，哥俩出来跑码头。"然后抱拳向四周拱拱手，苍凉质朴的曲调，间着鼓声和简板声，悠悠荡荡地飘在乡野……

我查了一下，看到渔鼓在湖南、四川等地仍然有唱的，人气还不错。我关注了一个微信公众号，还看了好几集。

下面这首歌是刘光朗演唱的录音，我把衬字都打了出来：

> 背二来哥来耶，拉（那）个背二哥吆嚯嚯，
>
> 拉个舅子叫你噻，背拉么多嗷嚯嚯。
>
> 今晚啰歇在耶，奴家里吆嚯嚯，
>
> 让我拉男人噻，给你背上坡嗷嚯嚯，耶（音往上拐）。

上面这个文字记载，多少能反映出演唱的特点，因为那些表音的衬字能帮助读者想象音调，表示唱歌人在边唱边编词。如果写成前面的诗歌样，就只有诗而损失了音乐。刘光朗说这样的歌一般很短，背老二在歇气时的一点时间里唱，他们不会一边走一边唱。

如果说"就是这一溜溜沟沟，就是这一道道坎，就是这一把把黄土，就是这一撮子秃山"表现的是陕北人对家乡的"远视角笼统描述"，则下面这首歌反映了陕南人对家乡的"近视角精细描述"："红鱼河来二道岩，男人女人穿草鞋。出门一排山歌子，进门一捆丫丫柴。红鱼河边茅草房，都是篱笆门门泥巴墙。包谷饭来洋芋

果，茅草房内嘎嘎香。"（嘎嘎香指腊肉）

下面这首宁强县的男女对歌（周凯收集）反映了汉中一带较少见的男女即兴对唱的情况：

男：

我们二人比山歌，你的没有我的多。

屋里装了几囤子，外面还有几岩窝。

女：

我们二人比山歌，你的没有我的多。

前面唱到广元县，后面唱到横现河。

男：

要比山歌你就来，唱上三天不歇台。

如果你要唱输了，就给大哥做双鞋。

女：

要比山歌你就来，唱上九天不歇台。

如果你要唱输了，天天给妹来背柴。

男：

比不赢了快走开，回去叫你嫂嫂来。

如果她要比输了，叫她给我解腰带。

女：

唱不了了你走开，回去叫你老爹来。

养儿不教谁的错，教他替我提花鞋。

这样的赛歌跟《刘三姐》里的一样，要求比赛的人即兴想出歌词，还要根据对方言语做出机智的回应。上面第一个回合是中性的，是预热阶段。第二个回合男的自称大哥，女的自称妹妹，有亲切的成分，渐入佳境。第三个回合男的有所挑逗，结果被女的反击，没占到上风。

短视频跟我们写匠是"卖面的见不得卖石灰的"——大家都去看短视频了，没人看书了，但它们对传统戏剧、民歌、民间说唱，以及所有从前难得一见的民间技艺的发现和传播起到了重要作用。很多民间歌唱和说唱艺人都有了展示的机会。短视频的一个技术优点是配有字幕。别看这小小的字幕，有它没它区别很大。传统戏剧、民歌和说书等由于受方言的影响，大家没法听懂。东北小品之所以能走向全国，一个原因是语言优势，他们说的是接近普通话的方言。短视频和直播为每个地方的民歌手提供了表演机会，我今天就看到田洪涛在芳悦茗茶的直播间唱歌，后面的大屏幕上展示着茶园风光，桌子上摆着土特产。

镇巴民歌属于巴山民歌，我在汉江中游的湖北十堰和陕西安康都看到民歌的宣传。巴山民歌也包括四川达州重庆那边。川东巴山的民歌是唐诗里竹枝词一派的重要发源地。竹枝词，简单来说就是采取民间歌谣用词简单的写法，而不是注重典故用语复杂的那种。这样的诗很容易看懂，也很容易传唱。此派代表人物刘禹锡的"杨柳青青江水平"一诗最有代表性。宋朝范成大有《夔州竹枝歌九首》，其一云：赤甲白盐碧丛丛，半山人家草木风，榴花满山红似火，荔子天凉未肯红。夔州在三峡那儿，属于巴山南端，居然也有天凉才红的荔枝，跟镇巴荔枝是一个季节的。说不定贵妃一年吃两次。既然"巴省"的民歌早在唐朝就被主流诗人再创作了，今天要学那时的做法，想个法子再提高一下关注度。可以考虑把汉中的镇巴民歌、安康的紫阳民歌、十堰的吕家河民歌、竹溪民歌等打通宣传，都放在"巴山竹枝歌"的名下。元朝张养浩有句"牧童齐唱采莲歌"，咱就不妨来一个"巴山齐唱竹枝歌"。

沈尹默三代与王世镗的"巴山精韧"

2023 年大暑时的一天傍晚，我跟周孝德去党校看正教寺，看到了一棵老桂花树，还有藏在拐角的一截早年的老墙。1860 年到 1862 年的定远同知沈际清曾于秋天来赏桂花，还在墙壁上写了一首诗。周孝德是县书法协会会长，说沈际清的书法当时就有名。1892 年，沈际清的儿子沈祖颐又来任镇巴同知，而且一任就是十年，沈尹默十岁到二十岁都在镇巴，有一天他的"厅长"父亲曾让他去正教寺临摹爷爷留在墙上的字迹。

浙江湖州吴兴县有个沈氏家族，历史上出了不少名人，包括明

1945 年镇巴报纸上的插图（固县坝即镇巴县城）

今天的镇巴老街

初江南富可敌国的沈万三。沈际清（1807—1873 年）曾是浙江乡
试第一名。他先是去北京，投奔在四朝元老潘世恩门下做秘书门
生。潘世恩是乾隆五十八年（1793 年）状元，一生仕途成功，四
朝元老，官至吏部户部工部尚书，太子太傅。按沈尹默自述，祖父
是随左宗棠到陕西的，再没有离开。沈尹默的父亲沈祖颐（1854—
1903 年）生于宁陕县，七岁随父迁至汉阴，在那儿结婚成家立业，
任汉阴抚民通判，生了三个儿子三个女儿，后被提拔为定远同知，
在任十年，他的子女也都在镇巴生活十年，接受教育。后来三个儿
子到北大当教授，二儿子沈尹默还曾任北大校长。沈祖颐何以能在
大巴山里教育出三个杰出儿子，成了后人乐于探讨的话题。

　　1903 年，沈祖颐在镇巴任上去世后，沈尹默先是去西安生活
了两年，1905 年和弟弟沈兼士去日本留学一年，其间师从章太炎。
1906 年回到西安，住在外祖母家，因生活所迫，带祖母及夫人等
回到浙江吴兴老家。由此看来，一年的东洋留学并没有给沈尹默带

来学术界的实质名望，以至于他回来后没有在北京上海落脚，而是回到西安寄居。1906 年到 1913 年他在浙江老家的时光，倒是为他后来进入北大奠定了基础。他在这段时间里写了现代诗，在杭州的陆军小学堂任教，结交了重要朋友，也受到了进步思想的影响。

1906 年，沈尹默从日本留学归国，全家返回故里湖州，以书写诗文小补家用，不久就写出了名气，很多商店争相请他书写商号，杭州的浙江陆军学堂就聘请他来执教。……沈尹默微醺，即兴写了《题刘三黄叶楼》的诗："眼中黄叶尽雕年，独上高楼海气寒。从古诗人爱秋色，斜阳鸦影一凭栏。"刘三得了沈尹默的好诗，马上亲自铺开宣纸，要沈尹默写下来，贴在书房里。几天后，刘三在日本成城学校的同窗陈独秀来访，看到墙上沈尹默的诗和字，便向刘三索要沈尹默的地址。沈尹默在 1966 年 1 月为《文史资料选辑》所作《我与北大》中回忆：隔日，陈到我寓所来访，一进门，大声说："我叫陈仲甫，昨天在刘三家看到你写的诗，诗作得很好，字则其俗入骨。"沈尹默吓了一跳，未睹其人先闻其声，闻的还是刺耳之声，但沈尹默性格平和，转念一想：是啊，我用长锋羊毫，又不能提腕，所以字有习气，确实不算好字，陈君此言如当头棒喝！从此他就发愤钻研书法了。后来，三人都在杭州，沈尹默和刘三、陈独秀夫妇时相过从，徜徉于湖山之间，相得甚欢。……沈尹默因为陈独秀的一语惊人，立志改变写字的坏习惯，把自己当一个初学者，从执笔做起，"指实掌虚，掌竖腕平"，每天临写汉碑，兼临晋唐两宋元明清各家精品，兼收并蓄，转益多师，终至脱胎换骨，其书俗气滤尽，风骨挺立，成为一代大家。[①]

徐惠林在《沈尹默的诗书人生》一文中说，沈尹默三兄弟能进入北大，一部分原因与当时浙江籍文人群体的影响力有关，章太炎、蔡元培、鲁迅、陈独秀就是其中的领袖人物。而我认为另一个重要原因是，在蔡元培主政教育部及北大的那个时代，中国刚废除了科举制度，新的高等教育体系尚未成熟，当时有眼光的蔡元培等，看到中国需要的是有实学的人才，而不是有知识的人才。科举制度强调的正是知识的积累：谁看的书多，谁记的经典多，谁就有知识。而清末民初，需要的是有能解决当下问题的实际本领的人才。当时文化圈里对人才的判断也是如此，我们从许广平在《鲁迅和青年们》一文中所说的能够看出："我初到北平时，就听朋友说，北平文化界之权威，以'三沈''二周''二马'为最著名。"许广平初到北京是 1923 年前后，这个时期国内还没有引进博士学位，所以蔡元培这样的校长就有较大的空间按照自己的研判聘用人才。当时的名士，虽然没了科举制度的衡量，旧学功底都相当深厚，足够当老师教学了，而此刻北大看重的是有新思想，有社会影响力，能够解决问题的"实学"人才。1917 年，沈尹默任北大教授时向蔡元培推荐陈独秀，蔡元培即委托他前去游说，沈尹默成功劝说陈独秀把《新青年》杂志从上海搬到了北京，陈独秀自己也入北大任教。人品当然也是沈尹默三兄弟受到尊重的原因。1927 年李大钊被逮捕后，沈尹默把他的儿子李葆华藏在哥哥沈士远家，并为他争取到公派留学经费前往日本。

---

① 刘世炎：《沈尹默与我党领导人的交往》，《虹口报》，2019 年 3 月 4 日。

沈氏三兄弟二十岁以前的教育似乎完全依靠在镇巴的私塾。当时镇巴的名门大户已经开始把孩子送往汉中府接受教育（沈尹默祖父和父亲任职镇巴时，胡氏庄园的掌门人胡高学在世）。沈尹默的母亲是西安人，所以去西安上学也可以是一个选项，但沈尹默实际上是在镇巴结婚以后才离开的。杨盛峰在《北大"三沈"与陕西镇巴》一文中指出，沈父从湖南请来一位严师胡夫子教育他们，还有这个花园一般的山县环境以及镇巴县城的各处美景对他们的熏陶。看看沈尹默的自述：

> 我幼年在家读私塾，父亲忙于公务，但于无形中受到薰育。定远原是僻邑，而官廨后园依城为墙，内有池亭花木，登高远望，则山野在目，河流湍急有声，境实静寂。每当课余，即往游览，徘徊不能去。春秋佳日，别无朋好可与往还，只同兄弟姊妹聚集，学作韵语，篇成呈请父亲，为评定甲乙。山居生活，印象至深，几乎规定了我一生的性格，直至二十一岁父亲见背，始离山城，返居长安。

这个近山近水的"官廨后园"对他们来说俨然是一个大观园。跟城里的学校比起来，这样的环境显然更利于舒展天性。而从"春秋佳日，别无朋好可与往还，只同兄弟姊妹聚集，学作韵语"一句，又可以看出沈家的家教相当严格。作为一县之长，让孩子跟县上其他门当户对的子弟交往，也不为过，而这位浙江吴兴沈家出来的同知却选择不让孩子们跟外人交游。文学戏剧作品中时有被惯坏了的"衙内"到处惹事的形象，但出身进士的多数文人官员还是保持了严格的家教传统的。

山城镇巴（孙仕华摄）

　　杨盛峰文中还列出了其他沈祖颐为人严谨的例子，比如别人求字，如果写得不满意，一定要另写："为人书，字稍不称意，必改为之。"所以至少沈尹默的书法功底是在镇巴打下的，书法也是他步入浙江籍文人群体的重要原因。目前看到的对沈尹默的介绍是："五四"新文化运动的先驱，中国现当代书法泰斗，著名的诗人、学者、教育家。实际上，沈尹默到了北大以后书法的名气很大，有"南沈北于（右任）"之说。上面引文中说陈独秀看到沈尹默的字就求见写字人，说明已经被诗和字打动，见了面其所以说"诗作得很好，字则其俗入骨"，其实是一种激将法：欲擒故纵，欲褒故贬，挑一点瑕疵来个踢馆，不打不相识。而沈尹默因陈独秀能看出自己的不足而视他为知音，且认真对待，进一步提高了书法水平。

　　沈尹默临摹过的那首祖父沈际清的诗载于《定远厅志》，从题目《偕闵游戎赏桂正教寺》看出，是跟定远厅"武装部"的领导去赏花喝酒的。诗中称闵游戎（游戎为官衔）为"儒将"。诗中"时

和尤幸逢中稔，偏陬无事戢戎装"两句说和平的时候又碰上了收成
不错，偏远山区没有动乱，所以把戎装收了起来。沈际清在任的
1860 年至 1862 年，正是清廷在陕南剿灭太平天国余部蓝大顺部的
时候。沈际清的另一首《庚申夏初下车值川匪乱赴滚龙坡督筑关堞
设防感赋纪事用润之前辈韵》，说的是他刚到任时白天在云雾缭绕
的山里驰驱，夜晚在月下弹琴遐想。题目中的匪乱似乎还在四川那
边，只要守住这"层峦高矗"的关卡，所以虽有"艰难"但问题不
大，仍然有时间当情怀诗人。

1912 年，另一位书法名人王世镗（1868—1933 年）来镇巴任
县长。汉中地方志网站对王世镗做了如下简介：

> 天津人，戊戌变法前与谭嗣同等有所来往。维新六君子
> 被杀后，于 1902 年避难来到陕西，曾担任过镇巴、西乡、
> 褒城县知事。早年多摹龙门石刻，来汉中后游览褒斜栈道，
> 观摩崖石刻，潜心研究书法。

王世镗 1918 年开始定居汉中，苦研章草写作十余年。甲午海
战之后，日本人认为其章草水平已非中国人能及。作为一种古老的
书体，章草在国内确已沉寂。

1928 年，由汉中道尹阮贞豫主持，王世镗的《稿诀集字》刻
石，嵌于哑姑山宝峰寺壁上，后遂有拓本流传于世，王世镗声名鹊
起。1933 年，于右任获知汉中有位不仅擅长章草，而且深通汉魏
六朝书法的王世镗，派人邀请，荐举为南京国民政府监察院秘书。

在南京的一年中，于右任常与王世镗谈诗论文，交流书法，评
之为"古之张芝，今之索靖，三百年来，世无以并"。由此，王世

锃名声大振。南京名士都希望拜见这位"在世的古人"，接连举行的王世锃书法展，展品均被一抢而空。王世锃不幸在南京去世，于右任写下："三百年来笔一支，不为索靖即张芝。流沙万简难全见，遗恨茫茫绝命词。"王蓬在《墨林风云》一书中对王世锃的书法做了深入的介绍。

通俗地说，章草是草书的早期阶段，出现在秦始皇改革隶书以后到东汉时期。东汉以后出现的草书叫今草。章草保留有隶书特点，而隶书是秦朝建立后的官方字体，比此前的篆体要简单易写易认。有人说章草是有章法的草书，明朝以后写章草的人越来越少。依我看，章草与今草的区别，犹如古体诗词与现代诗词的区别。今草里的"激进派"叫狂草。于右任提倡一种标准草书，是希望草书不至于草到大家不认识的地步。我就想，现代诗里能不能也有一种标准现代诗？每个行业里都有自己的门派脉络。我再做一个不太确切的比喻：王世锃仿佛是现代诗流行起来以后仍然坚持写一种叫"古体自由诗"的人，而且写到了于右任这样的新一代宗主都服气的境界。

周孝德就是写章草的，我问他章草现在的情况，他说还是重要流派。我看这就得感谢王世锃了，他重振了一个书法门派。他的功劳犹如陕西洋县发现的最后七只朱鹮，它们挽救了这一物种。

沈尹默与王世锃都因书法出名，虽然情形不同，但都反映了在那个时代书法对于文人，有着诗词对于文人一样的意义。历史上文人因诗词出名而引起权贵人士的注意，从而考上进士的例子不在少数。书法与诗词类似，严格来说没有职业书法家和职业诗人。绘画则不同，历史上是有职业画家的（民间称画匠）。画得差不多的时候就开始卖画，一边挣钱一边提高。书法家跟诗人的情况则是：你先写好写出名，得到大家的认可，社会再给你回报。可以说书法和古典诗词是中国人传内不传外的艺术。

沈氏三兄弟和王世锃是荔枝道上深度旅行的大师。他们把景观和文化融入了自己的人生，在巴山里"善养吾浩然之气"。他们把巴山人的精韧带到远方，有所作为。

以农村包围城市

2022年上海三个月的静默管理时间里，我在山里游走，拍照拍视频替大家春游解闷。

第一个视频是2022年3月22日拍的，在简池镇的李塘村，这儿是今年镇巴县油菜花节的主会场。我是跟县融媒体中心的马孝波团队来的，四五个年轻人，还特地根据他的建议买了一件颜色鲜亮的红外套。

一来我就明白这儿是今年办油菜花节的最好地方，因为它离县城较远，出了村十几里路就是四川通江县，有"山高疫情远"的优势。村子刚实现了一个乡村振兴的小目标，提升了人居景观。

视频拍好后是这样的：一个访客跟驻村干部李博边走边聊，李博穿着雨靴，正在工地帮忙。他们穿过正在施工的传统民居院落，来到家里，二层小楼。里面相当舒适，沙发、桌子、装修跟县城人家无异，二楼有个露台，上有很多花盆植物，站在那儿可以看到后面的菜地和山坡。访客对深山小村如此优美的环境和家园表示惊奇，问了好几个问题，了解到县乡村干部都在尽力找项目资金，改善村落居住环境，发展旅游。比如这个村子的改造施工就使疫情期间在家的人有工作可干。

然后访客和李博在花间小路上聊天走路。在家上网课的小学生已经放学，四处跑动。河上有个吊桥，过去那边的山梁上有简池包谷酒等土特产展示点，喇叭放着歌曲。那三个巨大水车像齿轮一样传动。河上的小滚水坝拦出一片水面，一个穿黄马甲的撑着竹筏子，大人孩子站上去走一遭。放眼望去，田间游春的人似乎以本村和附近的为主，因为县上和汉中那边的人目前还行动不便。

视频的主题叫"逛新村"。以前的农村人逛新城，现在的城市人逛新村。巴山升起红太阳，李塘村里闪金光。照醒城里春眠人，纷纷出来逛新村。

访客就有了一个感悟：发展乡村旅游，不同的草根景点可以是针对不同人的。李塘村这样的村子就可以首先针对本地和附近的人，也可以延伸到通江和镇巴，但不必主要针对汉中等较远的地方。就像装修好的房子，首先是给自己的，其次才是为了客人。

那就再看看还有什么老旧建筑。有，符先辉将军故居。这是一个刚修复的传统三合院，是此地山家的典型风格。符先辉是李塘村的，1934年有一支军队从鄂豫皖过来，叫红四方面军，领头的有李先念、徐向前等，十四岁的符先辉加入了他们。他们在这儿建立了川陕根据地，在通江万源一带打仗，后来转移到川西北，最后上延安去了。符先辉打到朝鲜时已是副军长，新中国成立后是二炮副司令，少将，老家人有理由以他为骄傲，借他的威望发展旅游。

我在将军故居拍了另一个视频，马孝波是导演。我坐在黑八仙桌上假装用笔记本打字，土墙上挂着毛主席去安源的画。一位老人进来，在条凳上坐下，搪瓷缸子放桌上说四川话："已经被围困了。"我抬头做吃惊状："那农村的形势怎样？"

"农村形势一派大好。"

"我看，这抗疫也要以农村包围城市，最后夺取城市。"

"要得。"

"那我们集合人马！"我手一挥说。

来到刚才的吊桥头，那儿竖着架了大小三鼓，一人多高。县上的陕南民歌非遗传人田洪涛穿一身演艺服装，跟一个穿蓝花衣裤的女演员在那儿，他们刚表演完一个节目。我们走过去叫上他们，又叫了旁边的几位群众演员，包括四个小朋友，在大鼓前站成两排，对着镜头大声说："同心抗疫，春天送给您！"视频封面上的字是："让春天包围城市，最后夺取城市！"这个视频成了我那少数几个视频里点击量最高的。

今天的中国还是在做"以农村包围城市"的事，只是此时的包围是在文化方面。大家已经夺取了城市且定居那儿，但长期农耕时代积累的民俗、历史、村落等必须以记忆或实物的形式存在下去，以便为解决城市里的新问题发挥作用。政府的乡村振兴，企业的乡村投资，文化人来农村行走，都是在说：你们拖家带口去夺取城市了，我们要来个文化抄底，对你们实行一个反包围！

城市化以后的中国，按照天人合一的祖训，应该和乡村是绑定的，不应该是分离的。一个家里如果妈妈不在，孩子就容易跟爸爸发生矛盾。今天城市里的很多问题，正是因为乡村的缺失，所以有影视匠、歌舞匠、戏剧匠、写匠等人在把乡村里的趣事美景展示给城里人。还有一些大人物也在发力，比如政府的乡村振兴措施，还有乡村旅游的市场力量。上次访谈中县长贾晓伟还提到，镇巴县全县现在有七万多人在外务工，十四五期间的目标是减少到四万或五万，这个目标的实现主要靠旅游。他还提到减少外出务工人员就等于减少了留守老人、留守妇女和留守儿童。在此，我想把上面那句口号发展一下，变成"让旅游回归农村，最后稳住农村"。

以农村之美包围城市（李塘村）

　　李塘村这条河是往南流向通江的，最后入嘉陵江，我立刻重视。我在宝成火车上见过山间小河嘉陵江，也在重庆朝天门见过它汇入长江时的磅礴气势，没想到眼前这条小河也是它的远房亲戚。而且论辈分这小河还要高，因为它是源泉，《水经注》里有"祖源"一词，就是说小源泉才是大河的祖先。

　　红四方面军的川陕根据地实际上就是大巴山根据地。大巴山在川北，汉中又在大巴山以北。古蜀国的时候汉中离成都太远，蜀王懒得打理，就"嫁给"了秦，成了北方土地上打的一个南方补丁。这意味着西北人可以就近看南方，是离西北最近的南方。如今汉中经过韬光养晦，可以"挟秦巴以令游客"了：朝南跟四川打亲情牌说咱可是有荔枝道的亲人啊，我们最南的镇巴县就在荔枝道深山。朝北对关中婆家说镇巴是我带来的嫁妆啊，而且是压箱底的嫁妆，远远藏在那儿，山里全是宝，茶产量不大却都是精品，比其他县的茶都贵，从来不愁销售。

李塘村在简池镇。简池的包谷酒有名，而包谷酒是秦岭巴山最具代表性的"土酒"，我就乘机研究一下。土蜂蜜如今身价很高，土酒的身价也不应该太低。我想搞一个包谷鸡尾酒沙龙，如果参加的是文人，就叫包谷酒清谈会。这个点子跟另一件事有关。围圆桌吃饭走圈喝酒很费时间，吃很多，喝很多，私下都知道弊端但下次还得去。如果有人真能改变这个习惯，那意义不亚于黄道婆改良纺织技术。亲戚家人围桌吃饭没问题，古今中外都这样。结婚过事的，如果是在村子里自己办，也没问题，至少浪费不大，吃不完的肉菜要么入冰箱要么喂猪。社交聚餐倒也罢了，麻烦最大的是餐馆的婚庆过事和商务聚餐，既耗时又浪费。如果能在吃饭上省下钱，就可以冬天搞室内健身房，夏天搞户外活动。要策划好，做成可持续的活动，就这么定了。

有一天我悟出了吃饭难改的原因：上了饭桌你就不容易脱身，还有好酒让你放松，客人陪你说笑，这就等于把你圈了起来，让你在这两三个小时里只跟我和桌上的人说话。现在我有个办法可以照顾这种"圈住客人"的心理：饭不吃了，在温水游泳池里漂个木头桌面，放低度的包谷鸡尾酒、镇巴毛尖好茶，还有水果饮料等，大家在雾气腾腾中说话，圈他四五个小时都没问题。

因为目前还什么都没有，我就先搞个简池包谷鸡尾酒沙龙，先在我们文人圈试行。于是我在面山居里请了老 A、老 B、老 C、老 D、小 E、女 F 聊天，聊民歌，聊荔枝道，到吃饭的时候叫了几个盒饭，拿出我在楼下小店买的五十块一斤的简池包谷酒（包谷酒一般的十块二十块，五十就算好的），特地说明今天算是包谷酒沙龙。大家都很高兴，很幽默。但过了一段时间我联系老 D，想咨询从前师父使法的事，却联系不上他，电话打不通。我估计他给我使了个遁身法。但对于他这个法，我也能对付：在孙二娘火锅店设一个局，拿出二百八一瓶的古秦洋，一下就破解了他的法。实在不行还有假茅台。

土房的生态圈

西线荔枝道跟镇巴荔枝道基本平行，中间有一段连线，九阵坝就处在这个连线上。九阵坝是河滩两岸的坝子，相当平坦，面积也相当大，两边的山又不高，光照好、视野好，所以张飞在这儿一列就是九个阵。

三月我刚来镇巴不久，还搞不清地形方向。有一天我跟经营土产电商的徐静，开火锅店的孙艳和她妹妹，还有拍短视频的邱涛等三个员工，来到河边一个村子。我很是新鲜：这是我在镇巴见的唯一一个像关中村落的村子。瓦房都建在一起，之间有小窄道相连。村里的土房砖房大多都是状态挺好，不少仍然住着人，还有一个是相当不错的三合院。最主要的是，这片河边地很开阔，光照充足，就在路边。县上打算把这儿打造成一个传统民居特色的民宿旅游点，道路和房子周围的田园菜地都已经整治得不错了。

土房是秦岭巴山和北方最常见的草根民居，但不可貌相。我把在宁陕写过的一篇关于它的文字罗列出来，大家看看有没有道理。

2020年4月25日，我在陕南宁陕县广货街镇一个叫牛圈沟的地方，看见一栋土坯房正在翻修。里面的梁柱经过打磨，用土漆漆得紫红光亮，墙皮用跟土墙颜色类似的水泥，工人说还要装地暖。我这两年在秦岭巴山里见过许多荒废的土房，还听说扶贫搬迁有规

土房的生态圈——九阵坝

定，从山里搬下去以后原来的老房就要拆掉。怀旧派觉得可惜，但也没办法。看到眼前这个工程，才知道土房也还有贵人相助。如今秦岭里不让建别墅，发展民宿就翻新土房，这个可以有。老房不能都像博物馆那样保护，跟市场结合派上用场，才是更好的办法。

这些土房多建于五十年代到八十年代，称不上古建筑，但也是一方水土养了一方人的老屋，是当地原生态的一个重要组成部分。它们承载着进城一代的怀旧心理，也符合乡村旅游的审美观，即"以土为美"。

村支书给我说，这个山沟约八百亩地，被一个公司购得，开发民宿康养。"康养"是这几年出现的新词，应该是"健康保养"的意思。不叫"乡村旅游"而叫"康养"，似乎是说城里像公路，人像汽车，山里土房像是车库。公路虽好，但不是停下来休息的地方，你见谁把车停在路边"康养"？这土房车库才是你康养的地方。

村支书口中的"八百亩"是按照耕地面积算的，如果加上沟里的荒地林地，实际面积要大好几倍。这附近就这么一栋房子，是真正的山里人家。山里人家彼此相隔远，是一种散居。跟游牧一样，牧人跟着水草走，山民跟着田地走。山里的田地都是小块的，分散各处。陕南人家也不建北方式的四合院，而是一排瓦房三四间，一头拐出一间做厨房，从空中俯视就是个L形。没有围墙，这是一种开放式民居，更能体现人与环境的合一，是真正的开门见山。

前阵清明节我在平利县女娲山一个土房人家围铁炉子烤火喝茶，主人让我看窗台，说这老屋土墙有近六十公分厚，这才能保证冬暖夏凉。土房不怕烟熏火燎，我在洋县山里就见过一老人直接在堂屋地上架柴点火，梁上垂下一个吊罐。墙上可随便钉木橛挂东西，春天燕子也飞进来做窝。吃肉时骨头直接扔地上，桌子下面就卧着狗。

土坯在民间叫胡基，造法我小时候见过。关中和陕北的胡基跟砖头一样大，加水拌湿土铲进木头模具里，用带木把子的石头砸实晾干。陕北靠近内蒙古的地方沙多土少，有人就挖长城和城墙上的土。陕南的胡基要大得多，像一方石块。我见我爷直接从水田里挖出泥，搅上铡刀铡短的稻草节，铁锹铲进模具。对陕南人来说，夏天消热比冬天保暖更重要，所以房子都盖得空高，外面看是一层，走进堂屋就见上面还架着一层，放杂物，端了梯子才能上去。陕北则相反，主要考虑冬天保暖，所以房子低矮，还有许多"半边房"，里面的炕又占了一半。陕北雨少，连房顶都不用瓦，直接用泥抹成。

我在关中礼泉县的北山上还见到过一种地下窑洞：在山坡上削一块平地，先往下挖三人多深的四方形大坑，再在四壁上挖窑洞。这是一种四合院式的窑洞，只能在干旱少雨的地方。土房土窑，万变不离土，这才是真正的人法地。

　　保护一个地方的老建筑要有整体观，因为它们已经形成一个生态圈。最好把一个老建筑附近所有的老旧都尽可能保留下来，包括地形地势、田野树木、附近的老式人家，乃至动物昆虫、生活方式。

　　中国有一个"土"和"洋"的问题。比如土蜂——陕南山里有许多土蜂蜂箱，就那样放在一个石壁下，或者无人老屋的房檐下就行了，它们能自己谋生。土房的生态圈里还有土狗（另一个更好听的名字是"中华田园犬"），土鸡（另一个名字叫"走地鸡"。我一熟人在广东一饭馆见此说，心想哪个鸡不走地，一问才知道养鸡场的不走地），土特产等。这些词应该是现代词，是在"洋"字出现以后产生的。"洋"字一来，原来所有的东西就都变"土"了。其实这些"土"才是正宗原产的，是金木水火土之一。如今，带"洋"字的词不用了，但带"土"的却保留了下来，也许是因为城市里土越来越少，我们离土越来越远，于是物以"土"为贵。

　　现代人往前看，古代人往后看。对古人来说，更古的时候才是他们的未来，所以陈子昂说"前不见古人"。古人往下看，贴地盖土房，现代人往上看，空中起高楼。我有恐高症，对建筑公司敬而远之，但眼前这个土房翻修的公司我得问问，要一些名片替他们宣传，以后看到土房就往门缝里塞一张，见到政府拆迁办的人尤其要发一张。

树花菜之恋

　　孙艳在县上开有"孙二娘火锅店"，来看这儿是不是适合开"农家乐"。徐静是来看树花菜的。过了一会孙艳姐妹走了，说去搞隧道爆破项目，我跟徐静和三个员工来到里面一个没有整治过的荒废院子里。一边是一排土房，另一边有一棵矮树，一人多高，上面开着青白小花，就是树花菜。这种菜跟春芽是同时的，汉中一带主要在镇巴有。徐静说还有一种菜叫叶上花，在青水镇，也是镇巴稀有，是一种花开在叶子中间的树。

这树花菜和叶上花又给我无限遐想。首先，物以类聚这事本身就奇特。比如汉中这么小个盆地里，城固产橘子，洋县产黑米，茶的名声被西乡占了（在茶这事上，镇巴人认为其他县的茶是螳螂捕蝉，镇巴茶才是黄雀在后）。如今树花菜和叶上花又是蔬菜里的冷门，套用白居易赞美杨贵妃的话，就是"巴山有菜大如树，长在镇巴人未识"。

邱涛来给徐静拍采树花菜的视频，我就想能不能再搞个文创。这个院子在村子里头，靠近山下田地，荒芜而僻静。院边长满杂草杂树。瓦顶土墙，宽檐木柱，老而硬朗。堂屋门锁着，是老旧的木门。我忽然计上心头，走到老屋门前，拿个土块在一扇门上从上往下写字，叫邱涛过来拍。

所以最后邱涛做出的短视频是这样的：一男人在没有围墙的土房房门上写字"去年今日此门中，人面桃花相映红"，写完转身看见一女子在外面小树下采摘，就过去问这是桃花吗？女子说不是，是树花菜，于是介绍了树花菜的特别之处。男人也摘一个树花菜，放在嘴里品尝，然后镜头对着采摘女子。画外音说：我爱你，树花菜。

我把这个短视频发在朋友圈，得到很多点赞，后来好几个镇巴人都说看过那个视频。徐静的人面桃花自然是主角。我的孩子说我演得猥琐，但我自我感觉良好。短视频时代全民都可以当演员，也都应该当一次演员。

树花菜依旧笑春风（邱涛摄）

我就借这个视频说说文化创意吧。文创这个词是近些年兴起的，指的是如何把某种文学或者文化素材改编成艺术产品，包括演出等。我在微信上看到一个秦腔演员演唱人面桃花的视频，是穿着剧装化了妆在真实的桃花林里演唱的。他能把这四句诗谱上秦腔音乐，以这种实景方式来演唱，本身就是一种创意。那我就想，这个九阵坝开发土房民宿，能不能把这个老屋和院子保留下来，修旧如旧但不一定要住人，院子里放上桌椅阳伞，用镇巴民歌演短剧。

文创的核心是审美。事实上审美是所有艺术创作的软核心，表现技巧等属于硬核心。能被大家接受的创意需要多年的美学功底及一定的灵感。比如你非常喜欢某人的小品，他的表演都是公开的，但为什么没有人能达到跟他一样的水平？书画文学作品也一样。艺术作品不需要申请专利而又不怕别人模仿，核心就在于那个人的创意审美你仿不来。中国传统景观艺术讲究赏心悦目，但赏心悦目是一种静态审美和隔离审美，也就是人与景观保持隔离，而不是融入、参与和互动。与之相对的是特色化、多样化、融入化和舒适化。其中舒适化指的是以游客为本，而不是以景观为本，否则可能万事俱备，只欠游客。某国把古诗里默默存在了两千年

九阵坝老屋

的花木兰用动画片捧红了，如果你想用动画片让贵妃吃荔枝这事也走红，一定要先研究他们的创意审美。

九阵坝

九阵坝是个四山围起来的长方形平坝子，九阵河从中穿过，四边的山都不高。有一次黄昏时我见太阳从长方形一边的背后落了下去，说明这个坝子是严格的东西—南北走向的"山围城"，东西长，南北短。对了，跟虹桥的盐井坝那儿一样，只是九阵坝稍显大点。

王冬梅和田逢坤带我们去看龙池。进了龙王沟，在半山腰上。田逢坤说有一条龙在这个区域活动，想找个地方钻下去，选了两个都不行，第三个选的是这儿就钻下去了，成了真龙。这个龙池常年不干，山洪暴发的时候下面的水不停地上来。解放军扎个竹耙子吊下去七十米绳子还没到底。我估计下面是个漩洞，有暗河能涨水。这个龙池跟去罗城路上的天池都经不起震动，也就是经不起人类的折腾。哲理也许是这样的：自古水往低处流，所以处在高处的水池都是奇迹，不能随便碰。即使在大巴山这样地下水丰富的山里，高处都缺水，所以遇到这样的天池一定要有崇敬心理。

我们还去看了个碗厂沟，能看出当年烧碗窑的遗址。我去过景德镇，怎么偏偏没想到还有烧碗的窑应该关注？景德镇是给皇家烧瓷器的，一窑里烧好几套一样的，烧出来挑出最完美的一套，其他的不论好坏全部砸碎，因为皇家用的东西必须是独一无二的。中国有灶神，还应该有个碗神，碗跟喂饱肚子有着更直接的关系，所以"饭碗"一词就表示工作。宁文海在《儿时的故乡》一文里提到一个补碗匠，也修补坛坛罐罐和大户人家的花瓶。他有一个钻杆，说有金刚石，平时插在绑腿里。"没有金刚钻，别揽瓷器活"，小小的补碗补坛坛罐罐活路，居然真的需要金刚石钻头，让我们知道这样一个道理：不能小看不起眼的东西，只有非常起眼的东西才敌得过它们。我小时候吃饭大人说要把碗端在手里，如果放在桌子上吃显得懒。后来发现西方人吃饭不端碗，因为他们主要用碟子。所以中国人说洗碗，西方人说洗碟子。但今天中国人碗也越端越小，越用越少，有的人也不吃米饭，桌子上全是碟子菜。

有一件事情我要当着碗厂沟的面说一下：现在的碗厂把碗底做得很薄，端着烫手，这是对碗神的大不敬。他们一定是为了节省原料，我能买到的唯一不烫手的碗是搪瓷碗。

《定远厅志》里有个我最喜欢的传说之一：九阵坝的河边有个巨石如牛，对面山上有个圆石如月。本来月石在半山上，因为牛总是看着它，于是渐渐移动到了河岸，被雷给击了。这个故事相当独特。关于石牛的故事在汉中很多，大多是因为成了精偷吃庄稼被砸坏，而这个故事里它居然通过看而让另一个石头移到它跟前，难道它们产生了爱情？那也是好事啊，雷为什么要击呢？这个雷是法海和尚一类的，看不惯人家相爱。只是我在九阵坝的河滩里没有看到这个犀牛石。书里只说被雷击，说不定没击破。这倒是个应该而且容易做的创意：在河滩里找个地方放个巨石，在对面坡上放个大圆石，恢复它们的存在。

　　一个地方的民间故事往往有着内部联系，反映着某一共同主题。月石被雷击，就属于成了精的自然奇物受到制约这一类。洋县牛岭上的石牛和镇巴陈家滩上面的石海螺被砸，都是例子。朱广录还曾给我讲过这样一个故事：大池镇去西大池的路边有个看起来像

青檀皮先加工成面条状，再打成米浆状（胡明富摄）

佛的石头。一个小媳妇摸了石佛的头，结果每天晚上那佛就来梦中与其幽会，后来她受不了告诉了丈夫，丈夫去砸了石佛的头。这也是个相当少见的故事，看似属于志怪，实际上已经到了寓言一类，有着象征性的寓意。

九阵坝村委会附近有个厂房院子，胡明富说是安徽以外中国唯一的宣纸厂。大巴山里曾经遍布的纸厂，如今就剩下这一个了，而且如今纸备受冷落，稀为贵，我得去看看。

有一处地方存放着好多袋青檀树皮，说要拿石灰水泡，然后捣烂，放在直径两三米的锅和笼里蒸，出来磨成纸浆。纸浆在大池子里，我看见两个工人拿一个竹帘子做成的东西从池子里捞起薄薄一层纸纤维，像半透明的棉絮，贴在竹帘上，然后翻扣在桌面上，扣成泡沫塑料板那么厚一摞子，二百张，也不怕黏在一起，放在后面靠墙晒干。烘烤室里，有一堵里面烧着火的特殊土墙，表面光滑，一个女工把那摞子干纸泡湿，湿纸一张一张剥下来，贴在墙上，烘干后裁边就成宣纸。

我还明白了，这样的纸跟蒸面皮的原理是一样的。

今天宣纸是非遗文化产品。非遗文化像是濒危野生动物，先划定个保护区保护起来，到了一定数量再放虎归山，适者生存。历史上大巴山里造的主要是那些粗糙的黄纸。胡明富说当年用竹子做的叫毛边纸，用构树皮做的叫提纸，更精致的叫雨伞纸，粗糙的叫火纸。毛边纸用的是枝枝没长起的竹笋子，火纸用木竹竿竿。我看它们是用竹子蒸成的"纸面皮"，完全可以拿去给熊猫改善生活。

郝明森说火纸当时并不便宜。抽水烟、抽大烟的都用这种纸做捻子点烟，一吹就灭了，再一吹就燃了。没有火镰的人家如果断了火，需要走到有火人家，拿火纸捻子点燃，再吹灭明火，冒着烟一路走回

捞纸——稀纸浆里捞出超薄的"青檀面皮"或"木竹面皮"（胡明富摄）

家，一吹火就着了。从前的火纸用于上坟烧纸，糊灯笼，糊顶棚，学生练字写字。白色的纸用作上坟时的挂青纸。看来有些纸（黄表纸和冥币）造出来只是为了烧的，这反映了纸发明国的一种奢侈。别看这些粗糙毛纸不起眼，但原料和劳力都不是其他国家能提供的。

如今用竹子做的纸都退出市场了，用高贵材料青檀皮制造的宣纸传了下来。除了卖给书画界人士，给韩国卖了不少，胡明富说他们用来糊窗户，韩国现在还用纸糊窗户，档次比玻璃高。糊窗户的糨糊是用魔芋做的，这样糊的窗户纸拉力好，下十天半月的雨都不会皱。

　　胡明富还有个偶像，是巴庙镇老丈梁上的一棵最老的青檀树，他说直径有两米，估计有两千年了。他每次去看都要烧香，奉为神树。"你去看它的时候千万不要说它长得不好看。有一次我带几个朋友去看，有一个人说：这个树长得好撇呦。结果过了一会跌倒，手脱臼了。"传说从前有两个大户人家，一个住在天上，一个住在地下，春末秋初经常在黄昏械斗，树里传出哭喊声。我看过一个印度尼西亚神话，说有人顺着一棵树上到天上，也有天上的人顺着树下到地上。如今我第一次听到中国有类似的，研究神话的学者应该对这个感兴趣。我看到一篇国外学者写的论文，比较了日本著名神话月亮仙子（从竹筒里出来）和世界各地与竹筒相关的神话，得出的结论是它最早起源于中国藏族的一个传说。所以不能小看貌似土气的民间传说，它们可能揭示历史上的文化传播路径。

　　安徽宣纸的代表地方泾县用的也是青檀皮，没想到大巴山里出来个挑战者。这听起来奇怪但也符合逻辑：曾经是"一条黄龙出山来"的巴山纸业总得留下点什么吧。如今不仅火纸、毛边纸用量少了，连现代白纸都用得越来越少。而主要为书画领域使用的宣纸，自然应该是大巴山纸业的转世灵童。巴庙那个青檀树就是镇巴宣纸的代言树。

草坝

　　还有一个地方也处在西线荔枝道和镇巴荔枝道之间，叫草坝度假区，离镇巴四十多分钟车程。九阵坝在沟底，草坝则在山里的高处，跟前面说过的景家坪比较像，是几个山头之间的弧形地块，有田地、草地、大片的木竹林，其中一块地上建了一些木头做的红房子。我这次来是 2022 年清明前后，景区刚刚重新开放，工作人员刚回来，整理园林准备迎接周末的客人，只有我和少数几个客人。

我住的一号楼在一个椭圆形水塘旁，那水塘据说是韩湘子路过时踩出来的。前面屋檐下有个宽宽的阳台，上面有个躺椅，阳光照着十分暖和。房子里面中间有个客厅，两边各有一个卧室，楼上是由屋顶形成的三角形空间，窗子也是三角形的。有一张榻榻米式样的床，一切都是木头的。我估计孩子最喜欢楼上那个空间。这儿没有围栏，跟山上山下是相通的，所以没有一般景区里的那种局限感。

我在草坝拍了些照片发了个朋友圈，收到了许多点赞。我发的照片里有阳台上的躺椅、室内桌上的笔记本、窗户、床铺等，以便远方的朋友看到真实的细节。我的大女儿在美国上学，给我发校园的远景和宿舍楼的外景照，我就请她发点日常生活的真实瞬间，比如教室里的情景，或者老师讲课的视频，以及住处的厨房、书桌、床铺、窗户等。远景照片是雅的，日常瞬间是俗的。我看电视上新闻联播前的城市旅游宣传片，解说员大都用同一种声调说话，景象也都是经过美化的远

民宿是城市人的山林之梦

景。这就是雅的一类。但如果都是这样的风格，就应该适当调整，可以尝试从"远大"向"近小"，从宏观到细节的转化。

在这儿有一种闲适感。管理人员都是本地和县城的，景区创办人周国顺的老家就在观景台坡下的沟里。早上工作人员吃饭的时候我也去，大锅炉灶上冒着烟气。每人端个搪瓷碗去锅里舀汤面，然后到门口或蹲或站，说着闲话，在朝阳的照耀下吃。一位妇人给我说面里放了腊油，就是像腊肉一样熏过的猪油，我觉得味道果然不错。吃完饭四散干活，修剪花木，打扫卫生，准备食材。我也开始干活，就是品鉴风景。如今天下太平，让日子真好过。像我这样的人，只要说来品鉴景观，写点什么文字，人家就管吃管住。那些拍视频的人也一样，不管是马孝波他们的官方媒体，还是摄影爱好者，只要来到草坝木屋，渔渡溶洞，楮河茗饮茶园，或者镇巴宣纸等这样的"大户人家"，都会受到款待。这也是过去陕南常见的一种传统：不宽裕年代总是有人到大户人家门口走走，不是来要饭，而是带点娱乐，比如说春，说随口编的吉利话、顺口溜，或者见你家过事就来问要不要帮忙抬个什么东西。主人家一般不能拒绝，根据情况管个饭或者给点钱。出力的人脸上有光（是出力帮了忙，而不是要钱），东家显得大气。

草坝最有名的景点是在观景台上看云海日出，还有万亩木竹林。观景台就在吃早饭的厨房外面二三十米处，是个四周有围栏的木头台子。凭栏望出，是一个宽深的大沟。今天太阳已经升起，但没有云海，我就看这个大沟。

不要小看这个大沟，镇巴的山多，沟也多。山是景，沟也是景。只看山而不看沟，就像只有儒家没有道家。最大的山是少数，最大的沟也是少数，眼前这个沟就是镇巴最大的几个之一。之二是

日出云海（周国顺摄）

青水的东沟，在青水去仁和村的路边。之三是我跟吴微在星子山上遇见的一个大沟，说过去是兴隆。要像崇敬大山一样崇敬大沟。大山被云海包围，大沟包围云海。这事有点奇，难道说云不喜欢到小沟里去独来独往？我只能这样解释：沟里的云和天空的云不一样。天空的云被风一吹就到别的地方去了，沟里的云是从沟底部和四周的山林里出来，聚会完以后又渗到山林里了。

草坝有什么好玩的事吗？有，鼹鼠的故事，这儿叫瞎老鼠。

离开木屋区就有一片土地，地里一个人正盯着地上看，我也去盯。"是瞎（读作哈）老鼠打的洞。"他说。后来我查了，瞎老鼠就是鼹鼠。这人叫周国福，家在县上，但常回老屋子这边，在这地里种了包包菜。我本想问他如何对付这个洞，但他有事要走，就说好下次去他家老屋见。

第二天中午吃饭时，饭桌上有个周国庆，从前擅长挖药，还去太白县专门拜师学过。挖药也要拜师，否则天麻这样的药材你就是

开门见竹 ——万亩木竹林

从旁边走过都看不见。我跟他在林坡上走了一阵。他从地上摘个小植物让我尝，说是野黄瓜。那是个小叶子，果然有黄瓜的味道，只是不结黄瓜。他又从路旁挖了几个能栽养的植物，叫海螺七，也叫灯台七，我问是哪个七字，他说你不管写哪个七都行。后来陈忠德说这是云南白药的主要成分。我看这灯台七细细一根秆上去，有韭菜那么粗，空心茎秆，一尺多长，花在最顶上，跟向日葵一样，一根只有一个花。花也是绿色，我就给它起个号，叫"一身绿"。

我问他瞎老鼠的事。

"瞎老鼠跟那个竹牛一模一样。竹牛你见过吧。"

"是不是竹鼠？"

"啊，对对对对。"

原来竹鼠的另一个名字叫"竹牛"。我在洋县华阳镇的农家乐吃住时，墙上有个牌子上写着竹鼠，我从来没见过更没吃过，但记住了这个名字。今天才知道它还有个名字叫竹牛。估计是因为胖乎乎的，行动缓慢。

"大小跟竹鼠一样吗？"

"嘿，那不一样，竹鼠好吃哟，瞎老鼠不能吃。你看那个草哦，蒿子，它黑油油的，乌叽叽的，你挖下去就是它的窝包。它的洞里有粪，上头的草就长得黑油油的。你去撵它的洞，那一天能把你累死。"

我在网上看了，鼹鼠就十几公分长。眼睛退化藏在深毛里几乎看不见，但它能通过嗅觉判断出什么东西在哪儿。网上说它实际不是老鼠，最喜欢吃蚯蚓、蜗牛等昆虫，碰到庄稼根也吃点，给农民带来的麻烦主要是在地里拱起小土堆。它的肺很大，可以储存氧气，在地下挖土时可以依靠体内储存的氧气。我估计乌龟等两栖动物也有这个本事。

另一天我跟周国福去他家的老屋，就从观景台那儿往下走，有一条小路去沟底。说沟底，千万不要以为有什么底，下面沟里都是小山。他家在一个山坡上，一排土房，前面一个院子。他说他祖爷爷湖广填四川的时候从四川马桑垭过来，来了三弟兄，会栽秧的两个分到离县城近的七里沟，会打猎的一个分到草坝黄泥坡这儿。看来当时来开荒的人也懂得人才的合理分配。然后我在火塘边听他讲榨漆蜡油的木头变龙的事。

"盘龙湾那时有两个队，早晨六点钟就架势干活，盘龙湾那片地很长，从这头犁到那头就到吃早饭时候了。有钟鼓楼，一个锣挂在墙上的，人去背犁得打那个锣。下面有个榨漆蜡油的木札，有两三丈，是一对，是木匠用墨斗量了做的。木札到了一百年那天就要变龙了。那天那些人一去就打了锣，一打锣就把龙给激活了，木札就变成了龙，给老百姓托梦说几点要走，就走了。路上

盘龙湾的故事

画一个弧，把一个石崖都碰垮了。走到圈湾，有个龙洞大得很，就钻了洞。"这也是一个山龙的例子。今天最有意思的部分，是他讲故事的样子。民间故事首先是一种表演艺术，包括语调、口气、表情、手势等。民间故事的文字记载和歌词一样，都不是完整的。他说得一板一眼，口气和手势都十分生动有趣，我被吸引住，仿佛这事真的发生过。同样的故事，从职业说书人口中讲出来就是不一样，而民间也有许多非常善于说话的人。他们有时候比职业说书人说得还好，因为职业说书人都有路数，有标准，而民间则全是个性化的。

我问他草坝景区的游客有没有走到他家这儿来的，他说有。看来游客里跟我一样喜欢探索小景点的人还不少。

骑龙师徒

我对仁村吆牛老汉念念不忘，因为他掌握着青水派荔枝道的得力证据，就是从仁村吆牛到西乡，走青水比走镇巴快。具体线路是：仁村—长岭—青水（仁和—白天河会仙桥—景家坪）—入西乡境。

从青水去仁村的路沿着徐家河走。路过长岭，就发现了另一个证据：荔枝道栈道遗址，是镇巴县政府认定的县重点文物保护单位。下车，站在河这边往对面看，石壁上的两排栈孔，相距不到一米，长约五十米，平行排列，每个有杯子那么粗。

哓牛老汉（渔渡大河口）

一般栈道都在比较险峻的地段，因为绕道修路太麻烦才修，而这些栈道孔所处的石壁高度不过几米，在河边很常见。况且河这边没有石壁可以走人，所以在河那边建栈道似乎说不通，也可能是为洪水季节用的。后来我问了带我们去看张飞脚印的马老人，他说他小时候那儿就有，那堰槽是个沟，给田里灌水。还说上面有个大庙，1912 年或 1913 年垮的。我就想，即使是堰渠的孔，也可以是荔枝道的证据，走人的栈道和架渠的栈道都是古代重要工程。我很想到河对面去近距离看看栈孔上游的河边坡上是不是有水渠。后来没去成，就留个悬念，让有兴趣的人去进一步调研吧，对了，这可以是个学生研学的好题目[①]。

我十分喜欢这个地方：两边都是小山，这河看起来也十分友

---

① 向成忠引述《定远厅志》，镇巴有堰渠二十八条，并列出其中九条，包含"九阵坝堰"，应指的就是这个堰渠。

老人与镇长（马家河）

好，宽二三十米，铺满白石头，水面宽两三米，青蓝而浅，人完全可以在河床里走路。当然，雨季涨水季节河床可能满都是水。

　　然后我跟长岭的镇长王冬梅开车继续往上游走，来到马家河的联勤村。我认为这个村子也极其好玩，人家房屋较多，王冬梅像孙悟空召土地爷一样瞬间请来了两个人，都姓马，一位七十多岁，一位五十多岁。老马招呼去家里喝茶，我说不了，就在院子里坐坐就行。我知道家里的环境一定比不上院子，而院子又比不上田间树下。

　　这儿就有个旅行美学的窍门：城里人家的室内一般比农村人家的好，所以农村人招呼城里客人要用孙膑赛马的策略：我到城里你请我坐你家的客厅，你到乡下我请你坐在温暖的小院里；我到城里你请我逛小区花园，你到乡下我请你逛田间树下，这样我永远胜你一筹。

然后我们过了河上一个小桥，沿着羊肠小道往上走一点，去看那一排六个娑罗树，每个直径有一米，彼此相距四五米。老马说三百年前马家一个秀才去北京赶考，回来路上捡了七颗种子种的。第一棵是会开花的母树，后面几个是公的不开花，有人砍了一棵，现在还有六棵。这几棵树每年掉下的种子能捡几百斤，能卖。我听到他把"六"念作陆地的"陆"，原来用"陆"字代表"六"是有发音根据的。

几十米外的田坎上有一棵树，他说叫老鹰茶树，我就过去看。这树被人砍了，剩下的桩子有一人多高，水桶粗，顶上又长起来细高的一枝。新枝干树皮是灰白色的，而下面的老树桩是深灰色的。"新发出来的是九巴子树，过去烧木炭用得着。前面有一家人有个桂花树，修房子把桂花树砍了，这个茶树就死了。茶树另一边隔着一片地也有个桂花树，所以老鹰茶树在靠这个桂花树的一侧又发起了这个新枝。"

一棵被砍的树可以被另一棵树引活？这是最近听到的最奇特的民俗信息。蒲松龄如果听到，会选入聊斋的。老鹰茶树这个名

单臂擎天，跟苗子寨那棵漆树有一拼

字也有苍老厉害感。老马说树叶能解毒，谁喝了磷化锌，马上熬了水喝，能解毒，但平常没人当茶喝。往年开的花有指头那么大。老鹰茶树必须跟桂花树共生。

"山上有个黄龙洞，跟山那边的木竹沟相通。洞附近有两座坟，还有这么大一根松树，庙修在那儿。有两师徒过路，师父先进洞去骑龙，徒弟在松树下的庙那儿等。师父给他说等会我出来你不能喊师父，要喊天兵天将。他骑出来的头一个龙是黄龙，黄龙跟青龙脾气不对。他看见是师父，就喊天兵天将。第二次骑了个青龙出来。师父得变脸，变成青面獠牙才骑得出来。出来他一看不是师父，心想不得了，就喊了一声师父。龙一听是凡人，身子一转，尾巴一摆，摆到石坝上，那石头上现在还有多深一个脚印，把师父给摔死了。这个徒弟就把师父葬在梁梁上，徒弟又走了去学法去了。学了三年回来要杀这个龙，龙给我们这儿的李会水托了个梦，说我有难，明天午时有个人背个黄包来要杀我，你们要保我。你们保我一次，我保你们永远雨水调和。会水就找了一二十个小伙子在那儿等，午时就来了。这就给他下话，左说右说都不行，要杀。最后说好了不杀，但要斩它一只脚，还要再给他师父打一座坟，树个碑，把这个过程说清楚。所以又搞了个坟打了个碑，碑是同治年间打的，碑上把这事写得很清楚。我最后一次见是1972年，1972年把那个坟挖了平成了地。"

这是近期听到的第二奇特的民俗信息。汉江流域我听过不少龙的传说，最有名的是一个孩子或者两个双胞胎变成龙游下汉江，所以汉江黄金峡那儿有二十四个望娘滩。关于龙受到惩罚的故事，我在洋县小华阳也听到一个，说一个洞里有个石头很像龙，是因为没管好水被天神变成石头关在那儿。中国人把龙神化以后，既崇拜它，又认为它的权威也应该得到限制，犯了错也应被上级惩罚，而且可以被老百姓惩罚。当然老百姓要左右龙需要学会法术。

这个故事独特的戏剧性在于，我们不知道那师父为什么要把两条龙骑出来，人家在洞里好好的，估计有些情节遗失了。师父变得青面獠牙才能骑出第二个龙，说明师父学的法术可能就是变脸，走荔枝道去四川学来的，现在还保留在川剧里。徒弟回来报仇，那位龙的反应也有戏剧性：居然求助于当地百姓，真是强龙斗不过地头人。这个故事也跟风水徒弟救师父一样，反映了古代师徒之间如同父子一样的关系。

败军与流寇

几个月以后，我跟胡述权、陈忠德又到徐家河来，在栈孔对面一个水泥新房人家去找一位八十多岁的老人，他正在后面的土房里喂猪。看来人搬进新房后，老房成了猪的卧室。

老人回到新房来招呼我们去客厅坐，那儿有沙发，但我知道冷冰冰的，于是我说还是去厨房火塘边最好。所以我把上面的那个孙膑赛马的智慧再补充一下：冬天如果有城里客人来你家，一切整齐干净都不重要，重要的是火塘，一火遮百丑，而且火塘的火力是任何现代火炉都比不上的。我走了镇巴这么多地方，最美好的记忆就是火塘边上喝茶听故事。我到城里你请我享受地暖，你来乡村我请你享受地火。

这个火塘里烧的是碗口粗的树干，这是我见过烧的最粗的木头。火苗的力度显然跟燃料的大小有关。

"这个地方以前有个何家坝店，有个火烧店，先住的是个姓杨的，后来叫火烧了，从那以后叫成了火烧店。我们家也是个店子，住店的有一毛二毛的。我们出去逃荒，把店子写给（租给）人家。我们是 1946 年搬到这儿的。1949 年十月到冬月间，胡宗南的部队经过这儿往四川撤退时，我们家里人都躲走了，到青水的亲戚家。当兵的到家里来找米，找酒，找盐。我才七八岁，过了几天跟狗回去看，见五七个当兵的在家里找东西，我在院子外看，说要杀我，我一家伙跑了。"

"他怎么说要杀你？"

"一个人把枪拿起，我吓忙了，赶快就跑。"

我们几个都笑，最后分析说那家伙可能只是在吓唬他，这些人毕竟只想找吃的，没必要杀无辜。我问那条狗怎么样，他说狗也跟着跑了。

"那一两个月里白天黑夜都是往四川退的部队，马不停蹄。一开始还可以，到后来就不行了，见到人就抓你去挑担儿。刘国顺他爸叫抓去挑担担，挑到渠县趁上厕所跑了。"

上次青水皮窝铺的那位八十多岁的老人也说过胡宗南部队过那儿，说走了两个多月，是十一月份，下了雪。今天这位老人还说七几年他去四川，走的是九元子梁，翻过去就是板桥子，到板桥子有几步石梯子，板桥子过去到竹峪。他提到的那"几步石梯子"值得寻访。石梯子就是古道上人工打造出来的石头台阶路。

从他家出来，又去另一家问另一位八十岁的姓马的老人，带我们沿着路往上走一点，左拐入小路上坡，说从前有个石头上面有张飞踩的脚印。走了五六分钟去看，指一个地方说这儿原来有个大松树，那个石头包在树根里，张飞往树上拴马的时候脚在石头上踩了一下。

"你见到的时候有几个脚印？""两个。"

我估计拴马的时候踩的是一只脚，解开绳子准备走时另一只脚也踩了一下。这个老人耳朵比刚才那个好，说话也清楚，总是笑笑的。

没话说的时候问王三春的事，一定能引出话题。"王三春来过这儿吗？"

"怎么没来过？我们家是当时的大户，我爷叫马爱章，是省官，又是个教学的，跟王三春都是一个什么会的结拜弟兄，我爷是那个会里的大爷。有一次王三春捎信说某月某日部队要从这儿过，请给买百十头猪，给做个饭。"

"最后给准备了吗？"

"准备了，杀了几十头猪。那些人过了十天十夜，还留了钱。我爷一开始给王三春说：你来了我拿筷子把门别住。"

"此话怎讲？"

"意思是我不可能把你挡住。那时我们家大绅大，白天晚上十个二十个人大锅给做饭，他们吃了饭给留下银元。我们家门口有个棍棍有三个杈，插在门口，过路的王三春的兵就知道这是他们大爷家，不能抢。那次是从镇巴来的，国民党把他撵走了。"

我和胡述权分析他们加入的可能是袍哥会，民国在四川流行。可见王三春拓展人脉的一个办法就是拜把子，但这种拜把子其实看来就是为了敲诈熟人。没拜把子还得去抢去抓，拜了把子只要打个招呼他就自动送上门来。他说王三春的人吃了猪肉还留了钱，我怀疑那只是象征性的一点，图个名声。

"王三春，人家杀他的时候，他说别忙杀我，叫我跟老庚见个面。给潘八字说：老庚你把我尸收一下，莫叫狗吃求了。就把一副眼镜子拿下给老庚。老庚就是同年同日生的结拜兄弟，比亲弟兄都亲。比方说如果两个人都姓李又是老庚，就算老老老的外家，三个老。"

"潘八字最后怎样了？"

"六几年死的。有眼病的人，那眼镜戴一晚上就好了。有个看眼科的，说从师父传来的，我把镜子拿去，他不信，我说你戴了不好我给你当儿子，结果一戴果然好了。说出十万块钱给我，我说给一百万都不卖。那是五八年左右的事。老庚是我女人的父亲，我又送了他一副棺木，我老挑是我女人的姐姐的男人，叫我买一副棺材，我就送了他一副柏木棺材，他就把那副镜子给了我，那时就值一千多块钱。"

"你戴了吗？"

"戴了十几年，后来我老挑有眼病，我把镜子给了他，他一戴果然眼睛就好了。"

"镜子最后呢？"

"老挑死了以后再找不见了。"

哎呀，我对这位老人刮目相看，他居然戴过王三春的眼镜。我又问潘八字是在哪儿给王三春收的尸，他说在镇巴。这让我失望。按《巴山枭匪王三春》一书，1939 年 12 月王三春在户县的秦岭里被抓，"轰动了西安军政界，省保安司令徐经济等一些高级幕僚纷纷到留守处会见王三春。有消息说蒋介石还要召见王三春……。陕西省主席蒋鼎文意见：想将王三春留下，万一将来战局演变，在秦岭山区发动游击战争，这号人还是有用处的。又有可靠消息说监察院长于右任不同意留……报经蒋介石批准，于民国二十八年（1939 年）十二月三十一日把王三春、邓芝芳夫妇枪毙于西安西华门外"。

看来潘八字是给另一个人收的尸，说成了王三春。不过那副眼镜看来真是好东西，可惜不见了。

王三春的女人

2022 年 9 月 21 日下午四点多，我出去散步。在镇巴，散步意味着你可以散到黑虎梁上或者鹿子坝那边。但今天我决定去南边朝向柳林沟的地方，那儿没去过。

沿着一个上坡的路走，两边都是人家，是县城边缘的村子。提到村，平原上和山里大不同。实际上村是个北方平原的名字，南方山里历史上没有，是个现代的行政词。大巴山里人过去散居，即使人多的地方也不一定是一个街道两侧是房屋那样，而是错落在坡上、沟渠边，呈不规则状。这跟山一样，给你留有想象空间、变化空间，让你猜拐过下一个房子前面，或者上面下面是什么。

拐了几拐，似乎就要出村道上到坡上的田地了。路最后引到一个人家的院子里，一位老人坐在院子边上的圈椅里。我本来想问走过了他家院子还有没有路上去，他却招呼我坐。反正我上山也没什么目的，就坐在旁边的塑料圈椅里。老人戴个蓝帽子，椅子摆的是朝向房子而不是朝向山下。按理说转个向，背朝房子面朝山下景色更好，但我估计这老人看了一辈子山，已经参透了周围的一切，不是我的境界能比得上的。所以对他来说朝向哪儿已经不重要了。

我请教他问题。他说这个地方叫赵家梁，他姓张，跟老伴两个人住在这老屋里，1941 年出生的。这老人说话清楚，耳朵不背，而且说起话来语气和表情相当有表演性。我说的表演性指的是农村人聊天时特有的那种拖腔和语气词，配上表情和手势，转头，多少有一种说书人的特征。

我一听他八十一岁，就先问背东西的事。我几年前在洋县的时候，总结出了一条：如果问这儿有什么传说故事，人家说没有，那就问这儿从前有过什么庙，对方说有，那下面的访谈就一定能发现故事。到了镇巴这招不灵了，因为镇巴的庙几乎都消失了。但我又发现了新窍门：只要问背老二和王三春，一定能打开话匣子。我倒不是只想了解背老二和王三春，而是通过他们可以带出其他话题和信息。

果然，这一问就把话给问出来了。1957 年他十七岁的时候，"跟十几个社员从三元往长岭背粮食，一人背一百斤，是给路工背的，修长岭到三元的路。六十里路，给你发个背架子，咦，拉（那）把人背狠咾（了）哦，把我都背哭了，我记都不敢记。背到飞虎岭那个坡上，那是陡坡啊，路拐过来拐过去，背到大转弯那儿汗都虚起来"。

我很高兴听到"飞虎岭"这个词，说明飞虎在镇巴的影响力相当大，已经进了地名了。这给我们的宝贝飞虎又加了人气分。我更加坚信：如果要搞文创，就用飞虎这个名字，不是飞狐、飞鼠等。

"一天到不了吧，要歇店吗？"

"歇店啊。"说到这儿老人好像已经是吵架的口气，仿佛是在跟我的问题吵。"我们到三元坝坝梁一村根根脚底有一家店子，姓冯，我们就在那屋里去歇。没想到还碰上了个火婆子，把罐子给打了。我们的背子（我估计是背架子和上面的粮食）摆在火塘那里，老婆子一不小心把罐子给打破了，白米饭倒在地上。老婆子怪我，说因为我的背子放得不对，她才绕了路，才打了罐子，你说日嘛地。"

"吃饭有肉吗？"

"嘿，还能谈得上肉嘛！一个人有二三两菜油。走路上七下八平十一。"

"上七下八平十一"这个说法我以前在《秦巴古盐道》一书里就见过:一队人出去,一起按照节奏行动,上坡路七步一歇,下坡路八步一歇,平地上十一步一歇。现在老人一讲,我忽然明白了,这个"平十一"不是指在平原地带,而是山坡上相对平的路段。山里的小路不是永远是往上或往下。另外,这儿所说的歇,是指用打杵子撑在背架子下面,人站着歇。我又问从前背二百斤有没有,他说有,手一指说他家田坝就有一个这样的人。

如果说巴山里火塘是原始炉灶的活化石,那背东西就是原始劳动的活化石。我在关中、陕北都生活过,陕北有马、驴、骡子,还有马车,关中有架子车,可以人拉人推。推架子车无论如何比背都是一种更科学和省力的劳动方式。南方水乡则撑船,那也是比较省力的。在大西南的平原地带,担比背更常见。我老家南郑县在汉中平地上,那儿就主要是担。如今重庆常见的棒棒军就是用一根粗竹棒担,只是如今的担都是短距离的担。但是山里,如前面所说,担都不行,只能是背。

"还有啊,你给人家背锅、背罐子、背碗,你要知道人家行当的规矩,你说话说得不对,影响了人家,还有你的麻烦。知道人家的规矩。那吃饭不叫吃饭,筷子也不叫筷子,都是改了名字的哦,你不能随便说。尤其是背锅、背毛边锅、背罐子,人家踩滚了就记得你说的那句话,那你不敢乱说话。"

哈哈。老人的话相当幽默。我忘了问为什么背锅、罐子、碗的人更讲究这些。只能猜测这些东西一旦"踩滚"就容易摔碎,则赚不了钱还要赔钱。背粮、背盐、背茶的,踩滚了一般不会有大损失。而且大锅的形状不规则,固定在背架子上相当不容易。罐子指的是火塘上做饭炖肉的生铁吊罐，里面是空的，要像背好些气球一样鼓在背上，头重脚轻。胡述权在《青水最后一个背老二》的文章里就说过一些背老二的专用词，出发叫"踩"：早上吃完饭，领头的说"踩咾噢"，就是"走了啊"的意思。

"去过万源吗？""去过的嘛，也有个洞子。六几年。""你们走的哪个路？""走的源滩子。"

源滩河我知道，我跟宁文海走过。"过不过滚龙坡？""拉么不过滚龙坡？都过滚龙坡。"老人说。

太好了，找到一个背着东西走过五里滚龙坡的人了。"路不好走吧。""是不好走，拉没法。我们倒回来的时候就没走滚龙坡，走的是响洞子，走核桃河，大箭包。这个路好走。走源滩子完全是小路，但是近。"

说到这儿老人的老伴从外面回来了，身材矮小，但看起来健康。她给我倒了一塑料杯茶，提个小椅子放在我面前，放上茶杯，坐在老人另一侧的椅子里听我们说话。她也八十岁。

"这山上以前有庙吗？""有，那边上去，以前有八间房。""叫什么庙？""方龙寨。现在只有瓦片。"

"王三春来过你们这里吗？"

"王三春咋没来过！嘿，我们家一条猪就是王三春的人给我们拖走了。把我们挂烟的那个绳子拿来套在猪颈项上，猪一家伙奔脱了跑求了，跑到山上去。我婆把猪食盆端上去放在一个地方，第二天见吃完了，不见猪。最后在一个崖洞里找到，每天把猪食放在洞里喂，过年杀得吃了，一百多斤。"

哈哈，没想到一问王三春就有话了。而且那是个勇敢的猪，忠诚的猪，绝不能被土匪吃掉，知道从此以后应该住在山洞里，以免下次再被抓，是巴山猪坚强。

"狗日的王三春，四川达州人，我父亲经常给我们摆啊。""他见过王三春吗？""我父亲拉么没见过王三春！"老人又开始用训斥的口气跟我说。"王三春在长岭，给他背猪蹄子去。我父亲叫拉夫拉去的，给我们父亲整了一背篼，有醋，有醪糟麸子，日嘛里头撂的有公鸡、猪蹄子，把我们父亲押去，他们跟着一路。背到长岭，王三春有大婆子小婆子，给我们父亲整了一冒碗饭，连萝卜和大坨子肉，白米饭，父亲把它吃了。"

哎呀，不仅见过王三春，还近距离见过他的两个老婆。

"那两个老婆长得怎样？""大学生，两个都是大学生。"

我想再确认一下，又问："你父亲见过那两个吗？""拉么没见过！"老人声音又大了。"大婆子给杀了，王三春派人杀了，话说错了：'明天打春了'，就是这句话说糟了啊。妈的哄她说我明天给你派个轿子，回娘屋去看一下。她欢喜忙了。抬到梁台上给打（死）了，就是陈家滩带点田的那个口口上。"

这是王三春最为人所知的一件残暴事，《巴山枭匪王三春》一书里也说了。王三春的第三个女人是大家闺秀，上过学，本来被汉中市派到镇巴来当老师，却被"镇巴游击司令"王三春强占。过了年立春那天她无意中说了句"明天打春了"，犯了王三春的忌。阴险的王三春问明天想不想回娘家，她一听自然高兴。于是安排了轿夫，又安排了人埋伏在半路上枪杀了。但这事从老人口里听来还是不一样。

"你爸爸说王三春长的啥样子？""个子不高，有点点胖，又不见得胖。东王庙里有几个大柏树，他们的人去想砍了烧柴。老和尚九十几了，派了两个和尚去问王三春，说你们的一堆人要砍我们庙里的树，王三春出了布告说砍树的就地正法。那几个树现在还在，就是现在党校那儿。王三春贴了告示，七里路以内不许抢。王三春疑心多，手下第一个团长田秀顿在他老婆床铺上坐了一下就给撤职了。我父亲把东西背到长岭街上，还有一个戏班子在唱戏。给爸爸整了冒冒一碗饭有萝卜有坨坨肉吃了，他那个女人说你明天早上走，我们给你找个地方歇了，给你个证据，没哪个敢拉你。她就叫爸爸去看戏，戏班子是王三春的，老班子唱古戏，爸爸跑去一看，日嘛地爸爸心里焦麻了，那时候镇巴城里点了火了，城都烧了起来，爸爸焦麻，这个样子还有心去看戏？他就跑去看戏，就在现在有个学校那个嘴嘴上，那儿搭了个竹台子。爸爸跑去一看，日嘛那个戏是《宋江杀楼》，一转身就走求了。讲究迷信，宋江杀白楼，他一看那个忌讳大哦，宋江杀白楼，白楼是宋江的女人么。"

"城是谁烧的？""王三春烧的。有记载的。""你爸爸背的东西是谁给的？""他们抢的嘛，从城里面抢的。你想那醋就是袁家开醋坊的。公鸡，醪糟麸子。""公鸡是杀了的还是活的？""活的，把脚绑了的。""几个人背？""就爸爸一个人。往司令部背，在长岭街上。他那女人给老百姓说，你们过日子，我们走了哦。日嘛走了还没有三个月，他们从紫阳弯过去又回到镇巴了。校场坝那儿有个德人碑，给王三春打的，写着王三春司令，八九尺高。日嘛王三春回来，碑上王三春三个字，细娃儿拿沙石给砸得坑坑洼洼，他狗日的有了气了，才烧的房。"

镇巴政协出的符文学写的《巴山枭匪王三春》，里面有详细的镇巴人物访谈，不少是见过王三春，或者亲历过王三春在镇巴所作所为的人，资料可信。

从那晚上演的《宋江杀楼》也能看出王三春的"土匪文化"。

他自认为"崇拜"的还是水浒好汉，一种在当时已经显得过时了的土匪理念。我在留坝的红色博物馆见过王三春的匾，上面刻着"替天行道"。另有一个大石窝，内圆而外面是六面形，每个面上都有浮雕图，底下外面有"王三春"三个字。王三春用这样的戏进行"思想教育"，显然是在培养一种"杀"的理念，也是对手下和他身边女人的防范，显示了你只能听我的，我不能听你的；这个土匪社区里只能我有女人，你们不能有。

我关注老人所描述的王三春两个老婆的细节，是想了解王三春身边那些能影响他的人，以及能影响他向善的因素。根据《巴山枭匪王三春》，王三春"信奉"佛教，在司令部院内修建一座简易楼房供奉佛像，念佛诵经，每月初一到初三还要吃三天斋饭，离开司令部时间长的话要用红绸子裹一尊小释迦牟尼像置于军用袋里，另外出资修建过寺庙。然而他的所作所为证明他对佛有另一种解读：如果我今天出去杀了好人做了恶事，佛也是可以保佑我的。

另一种能影响他的人就是身边的女人。《巴山枭匪王三春》说王三春娶了四个女人，原配妻子是在老家娶的，所知不多，另外三个里邓芝芳地位最高，带兵打仗任团长，也是跟王三春走到最后的女人。周桂芳出身农家，受过教育，王三春当长工时她父亲有意许配给他，但被一大户人家娶走，后被王三春抢了回来，也带兵打仗。应该说周出身普通农家，又受过教育，跟王有一点青梅竹马的基础，能影响到王三春。但她后来显然看出王三春这儿不可久留，于是1937年跟王三春一个部下拉了一部分人出走，去了西安。第三位是余树卿。如果这位来自汉中大地方且有文化的新女性能够某种程度上得到王三春的信任，是最有可能把王三春朝正确的方向影响的人，无奈王三春把《宋江杀楼》作为"文化教材"，竟然只因一句"明天要打春了"，就将其杀害。

对土匪来说，压寨夫人跟佛一样，有平衡杀气的精神作用。一句"你们过日子，我们走了哦"从女人口里说出，就要比从王三春口里说出好得多。但如果恶行难改，不思向善，压寨夫人是不管用的。有眼光的"匪"用的是吴用这样的人，而不是压寨女人。

从老人的父亲背篓里背的东西也能看出一些名堂。第一，司令部所在的长岭离镇巴二十里，是镇巴到青水之间最重要的集镇，按理说公鸡、猪蹄子、醪糟麸子也有，但 1932 年前后应该人口还是很少的，况且还有人逃走了。一个司令部几天就能把本地的东西采购完（假定真的做到了七里内不抢）。镇巴那个醋坊的醋显然更有名、更好吃。那天也有可能是个什么庆典，比如庆祝镇巴烧房胜利，所以才有这个戏班子，才特地找了一个背夫在一两个人的押送下送去一背篓战利品，而且这战利品是直接背到两个女人面前的。

对了，我忽然对压寨夫人非常感兴趣。这些年来女性研究和两性关系是大学里的热门课程。土匪故事常有，压寨夫人的故事不常有。我估计竹筒沟抢荔枝的土匪不是因为有情怀，而是给压寨夫人抢的。按说土匪花钱从涪陵买点荔枝也不难，关键是贡果的品位不一样，压寨夫人也想学一把杨贵妃。

离开老人回来的路上我还体验了一下七步一歇的感觉，虽然我没背东西。我发现七步是个很短的距离，七八步就要歇一下，说明有三种可能：第一，那确实是一种极其沉重的劳动，不是此刻的我能感受到的。第二，不能在累得不行的时候才歇，必须在不累时就歇。背这么重翻山越岭，原则是慢和保存力量，不能在短距离内把力气用完。第三，也是为了保证力气大小不同的人都能跟上。背老二成队一起走十分重要，也意味着力气好的人要照顾力气小的人。

饿不死的秘密

食物也是一种象征。大巴山吃货里我首选竹笋和腊肉的组合，最能代表精韧。我听不止一个人说镇巴人需要腊肉是因为吃的是竹根水，竹根水硬。这个说法有意思，古人看问题的方法直爽：流经竹根的水就硬，因为竹根硬。我父亲说他用九香虫治好过一个人的脾肿大，因为九香虫善于钻硬地方。既然如此，我倒宁愿说镇巴人吃大块腊肉是因为有竹笋来分解脂肪。竹笋比竹根水厉害多了。

我进一步推理，因为吃笋子多，巴山人的肌肉和筋骨跟平原上的人不一样：就像建楼房，巴山楼房里的钢筋比平原楼房的多。笋子是巴山人的钢筋，那腊肉就是水泥。有这样的上好钢筋和水泥，所以他们善于负重爬山。陈忠德说在越南老山打仗时，西乡兵冲不

猫屎瓜（青水西沟，胡述权摄）

上去，镇巴兵就冲上去了。

上次从罗城出来，我们在老李家的火塘边烤火，烤湿鞋湿袜子，说三元的竹笋有名。竹笋有两种，一种是盐腌过的，一种是无盐的，无盐的需要放在冰箱里，还有就是干笋子。胡述权说干笋在晒干前必须先煮透，否则晒干后再煮都不会烂，有些不道德的人把没煮透的干笋卖给关中游客，结果人家以后就再也不敢买干笋了，而且人家很自责，以为是自己不会煮，糟蹋了好东西。

早上八点我下楼去自由市场走，就在我住的酒店旁的小街上。早上街口是集市，两边都是小门面，人行道上是门面店家的摊子，一般放在架子上，上面有棚子。路边则是车摊和地摊的领地，这些人早上把车子推来，或者背篓背来，或者筐子提来，下午就走了。现在九月底，中秋、国庆的季节，东西最多。

一老太坐在小凳上，地上蛇皮袋上有小堆黄姜子，大拇指粗，中指长，皮黑里面黄，说煮熟的，十元一斤。旁蹲两妇人客户，其一说回去剥皮即可吃，下火的。我上次在某农家吃过，饭前桌上无事，主人递来一个，是煮熟的。剥皮需细心，以指甲剥，皮极像山药皮。吃起来有点像年糕，稍苦，别无他味，初食者以为寡淡，不易喜欢。我的点评是：这个东西剥皮麻烦，味道寡淡且稍苦，但物不可貌相，巴山人吃你就跟着吃。

集市实际上是大城市步行街的前身。逛这儿有逛旧货或者旧书店的感觉，而山里县城的集市尤其有土特味。这样的集市也适合挖掘地方文化，因为每一种东西都是从山里某个不同的田地、水塘、树木上来的，每个都在此地存活销售了千百年。卖家也都来自不同的家庭，不同地方。有人问：这有什么重要的吗？有，就是你在这儿能找到多样性，找到变化性，当然还有人情风貌。半年前我刚来的时候朝泾洋河上游走，想看看那边城外的小山下有什么，路上一个妇女拉一个空架子车，上面有几个没卖完的包包菜，刚离开集市上回家。我帮她拉一阵。上个星期早上我去集市看东西，摊主说她认识我，我帮她拉过架子车。

要想描写集市可不容易，因为细碎杂乱的东西太多。走到一个架子车上，摆着几袋子干菜，上面

黄姜子（王显德摄）

还摆着什么根类东西，都是晒干的。我问是什么，摊主看我不像买东西的人，就说不买就别问，早上还没开秤。明白了，摊主讲究吉利。我看有个干菜袋子的标签说叶上花，立刻肃立。春天的时候我查过叶上花，果然奇特，花开在叶子中间，有的花像个珍珠。"多少钱一斤？""七十。"我买了六块钱的回去泡水喝，看泡开的叶子上面还有没有花。旁边一位摊主帮腔说跟树花菜一样，炖肉吃。

现在最多的是山核桃，个头比较小。如果说奇特的，有一种叫"羊嚯"的东西，像紫色的小竹笋，从前没有见过。还有就是八月瓜，八月瓜是一种野生的东西，本来是不上串的，但现在好像有人种植。外面一层厚皮裂开后像个贝壳，里面横卧着一长条可吃的部分，很像一个手指粗的蚕。还有一种扁三角形的粽子，但摊主不叫粽子，我买了两个回去剥开一个看，里面是三角形的黑面馍，外面包了一层软叶子。这应该跟粽子一样，为了方便外出行路的人带上当干粮。开农家乐的王显德说叫水麦子馍，或者苦荞馍，用廖叶包的。

什么？还有水麦子？难道还有旱水稻？吃货真的不敢多问，越

问学问越深，这个问题先就此打住。后来我在雌鸡岭得知实际上是麦子加水磨了以后做成三角形饼子，用桐树叶子包裹。

上次我跟胡述权在仁和半山上走路，有过一次对话：赖瓜子相当好吃。是不是像南瓜？不是。挖它的地下根，挖出来那么一堆，那个东西吃起来才好吃，又面，面得很。是不是像山药？不像，像葛根。直接洗干净，刮了以后就那样吃，好吃得很。葛根能那样吃吗？不行。黄姜子，镇巴有卖的。山苕、毛芋、抢藤藤嘛，这么大个坨坨嘛，刮了皮以后煮起吃，面得很，又好吃。只要勤快，很多很多的东西都能吃。山苕就是山药。春天来了最早椿芽子、漆芽子长起来。漆树芽子为啥没人卖？一般人不敢整，怕长漆疮。那你们敢整？对，我们不过敏。那个东西焯水以后就不过敏了，我给你说，那个漆蜡油，就是结的果子榨的油，你没有吃过漆蜡油，我写过一篇《又闻山里漆油香》的文章，那个时候猪要喂粮食才肯长油，所以大量吃漆蜡油，我们当地老百姓叫"五两五"，锅烧热在锅底上很快划一下，划慢了费油你舍不得。要是来客人，就说哎呀，不好意思，我们吃的五两五。漆蜡油的好处，焖鸡焖鱼最好吃，而且不腻嘴。除了焖鸡焖鱼，就不好吃，而且腻嘴。昨天我在城里发现了漆蜡油，剩了两桶我一下买了，二十五一斤。把漆蜡油化了，加上猪油干炒鸡肉、红烧或者加汤炖，格外香。漆树分公母，母漆树结籽，公漆树不结籽，漆树籽榨油，困难时候救了多少人的命。所

菜豆腐（王显德摄）

以我怀念漆树。漆蜡油是用籽的外面一层面面榨油，里面的米米也能榨油，但出油率太低，舍不得榨油，人就推成面面，跟洋芋一起吃了。春天扳漆芽子吃，只能扳公树，母树扳不得，扳了不结漆籽了。公母树区别大吗？看起来都开花，但公树只开花不结米米。

镇巴吃货里腊肉在汉中名气最大。你必须把它跟炉灶、劳动、房屋等联系起来。二月我在李永观家买了一块腊肉，主人再三推辞才收下钱。我回去一看，全是肥肉，没一点瘦的。我心想选错了。过了一阵我回老家南郑县，二妈家的饭桌上有一盘扎肉，一寸宽，手指那么长，裹着米粉蒸出来的，也全是肥肉，一点瘦肉都没有，但相当好吃，我就把那块腊肉留给了二妈家。

我看腊肉对巴山人，就像羊肉泡馍对关中人，是一种结实的食物，对下苦力的人尤其实惠。但腊肉比羊肉泡馍还是要贵。

有一次我在捞旗河看到一个瓦房人家屋顶上有一层薄薄的蓝烟，就知道里面烧着火塘，烤着腊肉。人烟人烟，山里走路的人看不见人，到处都是树木，只能通过冒烟判断有没有人家。这样的蓝烟自然更有艺术情调，用这样的烟熏出来的腊肉自然好吃，吃了这种腊肉长大的人自然精韧。这也要感谢腊肉。

"汉江"公众号有个叫刘永勤的人写了一篇关于竹米的文章，说人一辈子难得吃上一次竹米，因为竹子四十到六十年才开一次花结一次米。周孝德给我说竹米一般出现在有灾害的年岁，是老天爷给老百姓救急的食物。他小时候遇见过一次，有人出去找到一些回来吃，只是极难消化。大巴山的竹子1974年和2009年开过花结过竹米，镇巴兴隆镇有人从星子山扛回几千斤，食用、喂猪、酿酒。还说竹米酒不上头，比包谷酒贵几十倍。我看到文中的图片，那竹米看起来像绿大米。我对这个宝物相当感兴趣，那就再来一个文创：竹子给人类说大巴山还在海水下面的时候，我就是一种海底水稻，熊猫是一种熊鱼，以我为食物。后来海平面下降，我离开水进化成了竹子，熊鱼也进化成了熊猫。

我一查，确实有一个叫钟章美的农学家，用了四十年研发出来竹子与水稻杂交的"中华竹稻"。这个产品还没见大量上市，也许还在测试阶段。且不谈科学，从哲学角度来看，如果竹稻能在山坡上长，倒是比袁隆平的水稻更有智慧：袁隆平是让稻子长高长深提高产量，但还是在有水的地方，而竹稻则是另辟蹊径向旱地发展。打仗的时候有一种策略叫你打你的，我打我的，研发竹稻则是你种你的，我种我的。

王显德给我看一种竹筒酒，黎坝席珍勇他祖爷爷发明的。祖爷是驼背篾匠，有个丹凤来的酒商拿酒换竹编产品，他就把酒灌进竹筒里保存，没想到把腰喝直了。后人今天还在黎坝的竹林里做竹筒酒，一说竹戎对酒有好处。这个点子我喜欢，因为跟竹筒运荔枝是同样的原理。

陈忠德说，传说仁和那边有一年山里洋芋产量很高，有老人说洋芋长势太好就可能遭灾，于是老百姓在院子里砌一堵墙，里面是空的，两边有土或者石头，中间的空间把蒸好

席篾匠后人的竹筒酒（王显德摄）

的洋芋放进去。第二年如果遭灾，就打破墙取出来吃熟洋芋。这个故事也极其有意思，我估计这可能是真的，山上总体温度不高，熟洋芋在里面会慢慢变干。这还是一种防范土匪的保存粮食的方法：就屋里这么点粮食了，真的没了，不信你们搜。土匪一走，他们就从墙里取出洋芋来吃，哈哈，这叫坚壁藏粮。我知道洋芋是适合干吃的。我小时候在陕北见过老乡把蒸熟吃不完的洋芋晒干，就是薯片。汉中这边则是把生洋芋切成片晒干，炖肉的时候放些，犹如粉条，应该叫粉片。

饿不死的秘密里还包括病不死的秘密。我查了资料，前面说的金耳环似乎是石斛类的一个稀有品种，叫金钗石斛。有一天我问了周国庆，他说见过金耳环，一小拃长，就那么长，长不大，如今听说新鲜野生的要几万块一斤，而且采不到。他说金耳环长在飞虎多的崖板上，说飞虎喜欢吃它。他还说必须是河边的崖板上，要听到水声才长。我问是不是石斛的一种，他说不是，石斛他经常见，说金耳环不开花。

这里面有一个民俗信息令我十分高兴：金耳环居然要听到水声才长，这是个相当奇特的说法。我到山里来访谈民间故事、民俗信息，最期待的就是奇特性。我从其他故事里很少听到说植物要听到某种声音才能生长的事，这是此地民间对万物灵性的一种细致观察或者创造性想象。胡述权所说的金耳环要闻到飞虎的尿味才长，也是一样的，从另一个角度赋予了金耳环以灵性：它除了会听，还会闻。听只听流水的声音，闻也只闻飞虎的尿味。

我认为两种说法都有可能，且不矛盾：飞虎一边给金耳环施肥，一边也吃它的叶子。不必担心吃完，我估计对飞虎来说金耳环只是一种调料类的食物，就像动物要去硝洞舔硝一样。它的主要食物不是植物，而是坚果类，跟松鼠一样。不管怎样，金耳环的传奇给我们的宝贝飞虎又增加了灵性。

楮 河 故 事

雪山天塘

我二月份刚来的时候跟义乌回来的陈邦军两口子住在一个宾馆里。陈邦军老家是镇巴仁村镇的，已经回来一个月了，开一辆大号四驱越野车，说要找一个绝美的地方建个木屋，在里面做直播。他已经送镇巴一个搞过直播的同学出去培训，也已经跟成都一个媒体制作团队合作。

"找到理想的地方了吗？"

"找到了，是大池镇的一片高山草地，我请成都团队的摄影师过来试过镜的，他也认为是个绝佳的地方。我要租下一家农人的地方，已经交了定金，但那人变卦了，现在得想办法争取一下，同时也去兴隆看一个地方，叫天堂（后来我从陈兴松那儿得知是天塘。但听起来像天堂，此处先按当时我以为的写吧）。"

于是我坐进他们的车里一起去天堂。

县城在沟底，车一出城三拐两拐就在半山上走，看到的都是远山近沟。山永远站在沟那边。人说看山，其实同时在看沟，沟是空的。如果只有山没有沟，山就贴在你脸上，那多无聊。

同去的还有陈邦军的一个同学，坐副驾驶。这是二月中，山上有的地方雪还很深，但这辆车的底座比一般的高，应该没问题。车走盘山路，一侧往上是山坡或者石壁，另一侧是往下的林坡，让你想即使车滑了下去也会有树林挡着。但也不是这么简单，三拐两拐，忽然发现林坡变成了深槽，是沟底那条小河冲刷成的，路边没有护栏，路面上还有冰雪。这路不是国道，是水泥的县道，前面来个车的话错车都有问题。

再往高处走一阵，路上全是雪，轮子打滑。行长若无其事地面授机宜：如果轮胎打滑不要猛地踩刹车，否则车头会调回去，成了车尾向前。此事果然发生了一次。于是下车，给轮子上套了防滑链，继续前进。

又有一段路往下的坡变得很长，树却稀少，车如果下去的话就是在坐溜溜板。然而人在险峻的地方会变得胆大，比如就目前的形势，按照城里的安全观，我完全可坚持返回，或者说你们走吧，我下车走路。但我还是啥都没说。又走了一阵，雪变得很厚，把底盘给撑起来了，四个轮子被架空在雪里，接触不到路面，只能空转。于是都下车拿出后备箱的短锹掏，行长又步行去找人，还借了长锹。

总算到了天堂。这个村的正规名字叫西山村。这个地方有一片凹形地，雪化了就能看出是一片草地，另一侧的坡上有奇特的

天塘之门

石头。其中最奇特的是两个柱子一样的短石头上面顶着一块椭圆石头，俨然一个石门形象。这是我见过的最奇特的石头之二，另一个是南郑县青垛山上的摇宝石。那石头在悬崖边，轻轻摇会动，用力摇就不动，千百年来没人能把它推下去。我把这个石门的照片用作我的微信头像。

陈邦军拿出无人机去一个大石头上放飞。这个地方一片白雪，树上也都挂着雪花，是绝美的雪景。其他季节这里也一定很美。既然有这样的奇怪石头，如果四处走走，一定还有其他奇石，可惜雪太深。

后来我才知道，去天堂我们翻越的星子山是镇巴的头号地标山，它是镇巴的秦岭。秦岭把中国分为南北，星子山把镇巴分为东西，东边的楮河和西边的泾洋河是镇巴两个最大的河。泾洋河流域有不少峡谷，而楮河沿线地形相对平缓，既能撑船运货又能沿河走路，去西乡县和紫阳县都比到镇巴容易。所以兴隆等东五镇有点游离于镇巴的意思，尤其是大雪封山的冬天。我看到的好几篇文章里都说背老二过星子山如何辛苦。

顺便说一下，山群如人群。到一个地方你乍一看都是陌生人，以为他们之间也陌生。但住下了解就知道了，他们中有些是亲戚，有些是朋友，有些是同事等。如果你想了解大山群里的人文地理，就要把提纲挈领变成"提河挈岭"，抓住山和河里的"关键少数"，知道它们的领袖作用。看似不相关的山头、山峰、山梁，都是由河流这个脉络连着的。

陈邦军最后没有选中这个地方建小木屋，而我，则领略了"去天堂"这个词的一语双关含义。

风门垭

在山县你不用计划，随时都可能会有个什么事。我去九阵坝参观中药基地杨杰的公司厂房，他说某日要去花房村吃席，我就说带上我吧。花房村这个名字相当吸引人。山里的地名一般地气足而不够浪漫，比如皮窝铺、响洞子、老屋基。我专门在镇巴地图上找过女性化的名字，找到了三个：花园（长岭镇）、花果（渔渡镇）、花房子（就是这个花房）。既然如此稀有，就冲这名字就应该去一下。何况根据我的经验，在山里随便一走，都会歪打正着地发现稀奇的事物。

杨杰他姐和一个亲戚坐在后排，从县城出发要走好一阵子才翻过了星子山。这是六月份的初夏，跟上次的雪天完全不一样。到了山那边的白河果然就有个文化元素：枫香树。下车看，树干树枝都

枫香树

是青黑色的，有六七层楼高，根部直径估计两米。树旁有一个砖头砌的烧香祭坛，稍远一个小棚子里供着几个小佛像。另一边有个晾衣服的绳子上面挂着好多幅红布，这有个专用名词叫挂红。我看到所有寺庙里的神像上都有红披风，也叫挂红，我怀疑这来自藏区的献哈达。汉中这个地方往西就是甘南藏区，过去经常有人沿着茶马道来往，陕南的茶换甘南的马，民间故事中也常有喇嘛形象。

　　一般给奇树挂红都挂在树枝上，但此树的树枝都在高处，所以只有另外拉线。杨杰说从前树根处有个裂缝，有老百姓往里面放了一个菩萨，裂缝就长拢了。有个人疾病缠身多年，梦见白胡子老汉说去白河找个姓封的，就找到这儿来到处问，没有个姓封的。有老年人说了枫香树里有菩萨的事，才悟出原来是找"姓枫的"，结果把病治好了。从此这儿就香火旺盛。

　　"是烧香治好的吗？""不是，是树皮熬了喝。""现在还能剥树皮吗？""不能剥了，围起来了。"同车来的他姐说人就拔点草草回去。哈，有这句话就行。朝拜的人懂得变通，能治病就行。白河村支书陈宗礼说有人还收集树叶和香灰。每年阴历二月十九、六月十九、九月十九都有人像赶庙会一样来上香。陈宗礼说二十年前他外爷九十七岁，说他小时候这树就这么大。

　　宁文海说渔渡藏龙坪那儿有个千年白果树和人头石，都能治病，白果树还有二三百个干儿子干女儿。这是个奇特的信息，我还没听过认树做干爹干妈的，想知道人们是把那白果树认成干爹还是干妈。城口明通有个人家十八岁的儿子被一过路医生从棺材里救活，分文不取，说家住陕西镇巴长滩，姓任，家里有很多人。夫妻二人后来去找，最后发现是"人头石"，从此人头石名声大振。杨盛峰写过一篇文章，说的是观音镇星子河的一棵人称"木观音"的树，也能治病。木观音这个名字非常好，我得收藏起来。可见这山里因治病受崇拜的古树挺多。那白果树和木观音是高人隐士，难得一见，代言的事就不麻烦了。杨杰说当兵时得了一个秘方能生发，他自己试了有效，就投资中医药，我就选这个枫香树做镇巴中医药的形象代言树吧。

我先来替眼前的枫香树起草几句宣传语：

> 我治好了那个人的病是个寓言，只具有象征意义，象征着人要主动去大自然寻找治病的办法，要尊重大自然里具有药效的植物，而我的皮并不能治百病。欢迎你们来山里旅游，顺便朝拜我一下，回去以后按照中医科学去治病。

摆席是庆祝房子建成。院边搭了凉棚摆了桌子，房一侧又有个棚子下面是厨师的地方，八九个人在备料做饭，众多客人楼上楼下门口站着坐着说话。从房子里每个窗子望出去都是绿田绿山。每个地方的人都有自己的活法，北方冬天长，进门就上炕，吃饭打牌都在炕上；沙漠地带的人上炕连鞋都不用脱，因为没有泥巴。这里的南方人家则一年四季堂屋门不关，冬天也如此，里外是通的，户外就是家。今天院子里已经有点热，就搭了个棚子，饭桌摆在棚子下。

吃席还得一阵，杨杰说先去风门垭看看。风门垭？太好了，前面提到那首民歌里有"上坡就到风门垭"。我看到网上四川也有这首歌，里面说的是凉风垭，没想到镇巴有个风门垭的版本。杨杰说这儿从前还有个仙女寺。

沿着不宽的水泥路开车走了十分钟，路两边各立有一个巨石，有十层楼那么高，顶上互相靠近，像从地里出来的两个"拇指男女"准备亲个嘴，虽然都没有五官。左边的拇指后面是个大山，右边拇指后面是个小山。从这两个小山之间过去就到了紫阳县地界。

停车下来转，看路边深陷下去的石头溪流，看拇指脚下的平地，看上面的小山。两个村人也在这里乘凉。一个人给我说："看见小山顶上那个台子了吧，有个仙女坐在那儿，对面大山坡上一个背老二喊了一声，仙女吓一跳，掉下来栽出了个坑。""是仙女掉下来了吗？""不是，是头发簪子。"

我们四个还原当时的情景。杨杰说那个背老二是从紫阳过来背盐的，叫盐背子。我问是不是说了什么调戏仙女的话？不是，背老二休息时喜欢长喊一声"嗨"，用来解乏，没想到把人家吓着了。

我对仙女掉下来有点怀疑。仙女坐在这儿"阅盐背子无数"，什么人没见过，自然也常听盐背子喊号子，不至于吓得掉下来。即使掉下来的是金簪，也不是喊一声的原因，更可能是唱了一首歌："一送金簪姐儿头上戴，小姐小哇情子哥哎，花花一朵莲花开……。"仙女听了心一动，头一低，结果簪子掉了下来。

仙女已随石人去，风门再无唱歌人

就叫仙女浴缸吧

我跟杨杰走到拇指山那边，看见了溪流峡谷底下簪子扎出的那个坑。溪流穿过一片微型的喀斯特石头，我们就走了几分钟下去看。这儿的石头确实另类，一人多高，很多都有斑马纹一样的纹路，一道白一道青，有的则是青白相间的斑斑点点。我们分头在石头间摸索行走。我走到离水近的地方观察，只见泉水穿过的一个地方冲刷成了光滑的石槽，有一个能卧一头牛那么大的椭圆形潭，清澈见底。这样的景点是当地人的旅游自留地，不孕育出仙女故事才怪哩。

吃席的时候杨杰他姐跟一个女客给我说：谁家嫁女儿赶不出嫁妆，就连夜给仙女山下放个笤，第二天早上里面会有做好的鞋等陪嫁东西。

后来我见到杨盛峰收集的故事《风门垭与仙女潭》，说除了鞋，仙女还给有需要的人送桌椅板凳等。仙女跟她左面山上的石人约好远走他乡，石人来的时候，仙女说还没梳好头呢。等仙女梳好头去找石人，石人说草鞋还没打好呢，刚说完头被雷劈掉。于是剩下仙女一个人独自梳头，后来受背老二的惊掉了下来变成仙女潭。

原来这个已经不存在的仙女寺果然有浪漫传奇。我估计流传下来的故事已经不是原来故事的全部，至少原来故事里应该对石人有所交代。既然二人打算一起离开，说明一定是日久情深，有过其他故事，只是那雷平白无故地打掉了石人的头说不过去。这也是上面说过的成了精的奇物受到不公惩罚的一个例子。

楮溪源茶山

过了星子山往南，就到了楮河边的兴隆镇，这儿的山没有青水和三元高，但茶山多。我以前听过高山云雾茶，还以为山越高茶越好。实际不然，茶的生长跟海拔高度、光照、土壤、云雾、雨水都有关系。我以前也觉得名茶才是好茶，也不然：名茶里又有"真名茶"和"真茶名"。普通人喝的都是名茶的名，而没喝到"实"，这是我去镇巴各茶园转了一圈悟出的：镇巴每年清明前后的仙毫和毛尖从来都供不应求，熟客户早早就买完了。由此推理，清明前后的顶级龙井更是被神秘熟客垄断了。

问中国什么茶最好，跟问中国什么饭最好一样。在茶、水果、蔬菜和食物上，"最好"只能是相对的，它们跟地方水土和生态圈密切相关。蒙藏吃肉奶多，中原吃麦面多，江南吃鱼米多，西方吃土豆多，庄子就问了："四者孰知正味？"最好的茶、水果、蔬菜和餐饭只能在一定的生态地域来选，选出的也只能参考，不能迷信。好茶注定是有个性的、特色的、少数的。喝茶要遵循宁为鸡头不为凤头的原则。真正的凤头茶十分稀少，要有相当的实力才喝得起。其他凤头实际上是鸡头包装起来的。鸡头茶是地方性"知根知底"的好茶，凤头茶是"知名不知底"的"好茶"。我说的知底，指的是你亲自去那儿看看，了解一下，比如我在上海喝茶是人家说啥好我就喝啥，而在镇巴，我认识好几个茶叶店的茶娘，也去过她们的茶园，听她们说用什么有机肥，用油渣，炒茶如何小心等，然后我品来喝去，就品出了我自己喜欢的某种茶。

还有一个说法也适合喝茶：小隐在山，大隐在尘。茶是植物里的高人，吸天地精华，所以它们生长的地方有灵气。灵气是到处都有的，而不是由某个地方垄断。"山不在高，有茶则灵，茶不在名，独特才灵。"我对自己发明的这个说法感到高兴，欢迎茶人们引用。

七里沟茶园的茶主周自华在采摘明前茶那些天都在跟工人一起熬夜，保证炒茶这个关键步骤不出差错。茶叶的质量不仅决定于种植，而且决定于后期加工，传统的名字叫炒茶和揉茶。我一看就明白了：炒茶这关就像做面条，陕西那么多面馆，即使用同样的面粉，还是有的面馆比别的有名，就是因为人家厨师在揉面擀面这方面做得好。

星子山东面的楮河流域是茶园的天下，各有特色。比如楮河茗饮茶园有个四合院接待中心，在兴隆镇外面的山脚下。一层茶室里有讲究的茶台，有会议间，庭院里有盆栽，二楼有住宿的房间。我曾经感叹老式茶馆没了，但现在忽然明白了：过去三四十年来茶从茶馆战略性退却，却变成茶台茶室进入了大小企业的办公室。围着茶台待客谈事一旦成为风尚，就相当于一个个私家茶馆应运而生。另一个现象就是高端茶不断出现，这也不是咖啡能做到的。

美有整体之美和细节之美、远观之美和近看之美、他言之美和己言之美。比如在上海谈茶，常说全国性的知名茶普洱、铁观音等。文化人谈茶，则是陆羽《茶经》和茶艺表演等。我来从茶台谈起。私家茶台茶室的兴起，意味着喝茶成了一种行为艺术、场景艺术、家具和装饰艺术。茶台一定伴随着不同种类的茶筒茶罐，你自然不用担心茶的销量。

此刻我在楮河茗饮茶室跟几个人喝茶聊天，他们在讨论楮溪源茶旅民宿的规划建设，包括楮河茗饮茶园的主人李田田，还有在兴隆生产彩色锅巴的企业家何永志。陈兴松说我们兴隆处在子午道上，这个说法新奇。我给楮河沿线封了个"荔枝道伙伴"，没想到此地人干脆加入了子午道。可以说楮河这儿是荔枝道跟子午道有一点重叠的地方。李田田说山里有一种甜茶，甜度是糖的三百倍，我就说干脆采来晒干，一片一片卖，每片五块钱，让他们回去舔一舔。胡声汉说五块太便宜了，他妻子去日本旅游，回来买了一罐富士山空气，五美元一罐，他打开还没闻到就没了。我们都笑。何永志的彩色锅巴我在县上买过。他说正在从油炸类向烘焙类转型，做成像薯片的样子，提取马铃薯里的花青素也是一个新技术。

楮溪源甜茶干杯（陈兴松摄）

现在你看出来了吧，这些人的话题跟从前老茶馆是一样的。我还有一个问题：茶台聊天能不能有朝一日代替吃饭聊天？如果能做到这一点，那将是新式茶文化的最大贡献。

然后大家出去看茶山。先把车开到山上，然后从另一边的木头步道走下来，他们几个讨论在哪儿盖民俗房

云居巴山的梦想——楮溪源（李田田摄）

子，哪儿加宽道路，在哪儿种植什么树。原来这一片遍布茶树的山上早就规划成茶旅融合的景点了。

从兴隆出来，沿着楮河走，还有青狮沟茶园和观云山庄茶园，离得不远，茶园的管理处都在山头最高处。观云山庄包括接待中心和一些木屋民宿，那些木屋民宿准备重新规划，做成高端的。这两个茶园拍的照片显示云雾经常环绕着这儿的山，不像草坝的云是待在那个大沟里。青狮沟茶园的主人刘才旭给我说这儿山头的云海只漂浮在海拔八百到一千米之间。本美景家觉得这相当奇特：看来镇巴的云也通了人性，有时候被山围住，有时候围住山。

我问了观云山庄的经理山顶上有什么古迹，他说步行往上走一点有一个寨堡遗址，有一段石墙，我立刻觉得那是个好资源。在这儿建高端民宿的最大优势是可以俯视云海，还有自然岩石、古寨堡，多了一个散步怀古的场所。这儿我顺便说说民宿。我看到秦岭石泉县的女企业家郭九余建了一个叫"本草溪谷"的民宿综合区，朋友圈里发的照片仿佛永远都在建设打磨，也在公众号上写配图散

云雾茶原来长在这样的云雾里（青狮沟附近山顶的观云山庄）

文。那个地方我去过，在我看来已经不错了，所以我就知道高端民宿要有某种追求完美的"强迫症"。山林之梦有着太多的内涵，所以民宿和诗歌散文一样，是包含着作者创意和情感的艺术品。

中国古时把山林梦想写绝了。当时崇拜的是古朴自然，看看山水画就知道了，里面的建筑都是草屋瓦房等简朴形象。但今天民宿采取的策略是"以城市之道还置其身"：你们在城里买房或住高级酒店不是为了追求舒适吗？好吧，我就把最舒适的房子建在山里，看你们来不来。民宿，代表的是城市中国人的古典山林之梦。

刘才旭说青狮沟山上的茶园就在云雾所遮蔽的那个落差范围，这才是为什么青狮沟茶（也包括观云山庄和附近其他山头茶园）成为贡茶的原因。八十年代一个叫蔡如桂的茶专家在这儿蹲点培育出"秦巴雾毫"知名品牌茶。这儿的人按照云雾判断茶的品质相当独特。一定有风水师把青狮沟奇特的云雾告诉了县令，县令派人来一调查，把茶一品，就作为贡茶报上去了。蔡如桂在文章《秦巴雾毫培育记》里说镇巴茶最早是巴茶的一部分。我认为"巴茶"这个词非常好，应该宣传出来，毕竟它是巴山生态圈的一部分。

刘才旭给我们说单牙毛尖是一牙一叶，除此之外还有一牙两叶，一牙三叶。茶端上来一看，如果全是牙口，就是好茶。他也说从前不像现在这么追求极致，那时只采一牙三叶或四叶的。今天的炒青过去叫大市茶。老人把茶叶撮入大缸子，先放在火塘热灰上加热，然后热水一浇，犹如热油倒入辣椒面，呼的一声，一股热气冒起，一股香气，然后大家围着火喝，只有一个茶碗，轮流喝，那才有味道。我们都被他这个说法逗笑了，说应该把这种喝法重现一下。

在此插一曲梅冬盛收集的出自青狮沟的民歌：早上起来去茶园，转来转去姐门前。蜘蛛结网转圈圈，老汉不离茶罐罐。

青狮沟人白桓华说他爷曾经说过茶监这个词，他小时候不懂什么是茶监，后来才知道是官方派来监制茶的人。采茶季节茶监就住在你家里，茶制好了要制茶的人先喝，然后茶监喝，表示没毒，这是要向皇宫负责。我给上高中的儿子李美阳说了这个事，他说他有个同学是福建人，家里也有茶园，说现在每年也有这事：某种特需订制茶，清明前就有人来茶园住下，观看每一道采茶制茶工序，做出来的茶也要象征性地喝一下，然后全部买走。这个说法令我高兴："茶监尝茶"已经作为一种民俗传统被现代人继承了。对了，我以前给美阳说喝茶的事，他不重视。这次有他的同学发话，他对喝茶的看法就变了。可见说茶文化，最后还是要引起大家的共鸣，跟大家的生活结合起来，不能给人一种"遥远感"。

白桓华说山上有个龙洞河，泡茶最好，现在夏天村里的人还喜欢上去乘凉。"民国时白家在这儿是大户人家，有一次得到消息说王三春要来，我爷的堂弟是当时的当家人，就带了七个保镖进了龙洞上面的洞子。有个保镖洗枪，即不装铅弹只装火药打一枪，试试枪是不是能打。不料被那边山上路过的王三春的人听见了，就找了过来。他们在山洞对面的山头上扫射洞子，打死了七个保镖，把白老爷抓到观音去烤票子，最后交了钱赎回一命。"我们上去看了一下，村里人吃的水还是来自这儿。

楮河跟西乡联系密切，而西乡是汉中茶产业最大的县，于是2023年清明前去西乡的东裕茶园看看，把荔枝道上的茶文化打通。主人张为国指着墙上的图片说有一款茶叫"博望绿雪"。博望指的是博望侯张骞，汉中城固人。他在西域见六月天草都青了还有白雪点缀。我就明白了，这种起名方式像西方人酒吧给鸡尾酒起名字，都有诗意，如"星期五的篝火"。中国的茶厅将来真的可以研发"鸡尾茶"：只要放点干鲜花瓣荔枝果脯，或者天麻党参等，就可以叫成"定远绿雪""褒姒口红""贵妃荔枝"等。墙上还有贾平凹和陈忠实等人的墨宝。

我问茶的海外销售情况，张为国说别的产品都是最好的往外卖，茶正好相反，最好的茶的市场在国内。他给我指墙上书法家聂全增写的特殊"茶"字——"人在草木间"，我于是又有了一个顿悟：不必什么东西都去竞争国外市场。茶跟书法最像，传内不传外，毕竟好茶在中国都供不应求。

我们又去茶园走看。地里点缀着许多A4纸那么大的黄牌子，说是粘小昆虫的。"地边这些是桂花树，为了让茶树叶吸收桂花香味。"哈，这个点子我喜欢。我在马家河见到的那个老鹰茶树被附近的桂花树引活了，原来茶叶可以被桂花树引香。在中国人眼里，如果说动物会"通人性",那植物就会"通物性"。

茶文化还有一个技术问题值得探讨。我去过很多部门,一进去主人就往纸杯里放茶倒水,而有时我只坐几分钟,茶还烫着我就得走。这种喝法浪费较大:人一走茶就倒,真是可惜。各个办公室不妨放一个茶壶几个小玻璃杯或瓷茶杯,客人来了开水一浇就可以再用。反正你来喝茶只是象征性的,我就拿早上放进茶壶的茶给你泡吧,没客人的时候我自己也喝。如果说买茶壶茶杯要花钱,那算一下省下的茶叶和

人在草木间（张为国摄）

纸杯子、塑料杯子值多少钱,肯定划得来。又有人觉得瓷杯、玻璃杯不卫生,那想想:去外面吃饭,哪有餐馆给每个客人消毒碗筷?在产茶的地方,办公室用茶具也可以提高茶文化品位。如果全国范围内都这样,一年能省的茶叶就更可观了。喝茶跟吃饭一样,也需要一个光盘行动。

科学喝茶也是个茶文化,需要每个人自己总结。我爷说烟木匠,茶和尚,估计是木匠不离烟,和尚不离茶。和尚也许可以整天喝茶,但我自己的总结是:喝茶要跟吃饭睡觉的规律配合得当,最好在两顿饭之间,也就是上午九点到十一点,下午两点半到四点半

这个时间。当然，别人也可能有自己总结的喝茶时间和喝茶量。安康的老袁说他每天起床后茶不喝好不出门，这就打破了我原来想的空腹不喝茶的看法。安康也是好茶产地，那儿的人自然可以根据他们的水土来喝茶。我在云南见藏人一整天炉子上都有酥油茶，这样喝跟他们的劳动消耗有关。我女儿在上海五点放学买一杯奶茶喝，结果六点饭熟了不饿，这就影响了三餐的规律。三餐是每日生活的坐标原点，跟国家的铁路公路基础设施一样，一旦建成就不能随便动，其他事都根据它们来安排。

中秋前我给西安的老姨寄了镇巴的红茶和绿茶，老姨问我红茶和绿茶有啥区别，还真把我问住了。如果说红茶需要发酵，我都不懂，老姨一定也不懂。我忽然说：就像红豆和绿豆的区别。哈哈，我对这个解释非常满意。对了，如果有人问红花椒和青花椒的区别，也可以用这句话回答。对一般的喝茶人来说，只要知道夏天清火多吃绿豆稀饭，冬天多吃红豆稀饭就够了，茶也一样。有诗为证：大舅二舅都是舅舅，桌子板凳都是木头。红茶绿茶都是茶叶，红豆绿豆都是豆豆。

犀牛洞，思妻桥

观音镇在楮河比较狭窄一段的河边，傍晚我们的车路过镇子一头的时候，路的一边是石壁，另一边是一排房子，也就是说房子面对着路和路那边的石壁，背对着河。有一家人把木柴抱到石壁下烤火，那石壁于是成了他家的"壁炉"。这真是一个非常有趣的事。一个地方的人知道怎么样利用一个地方的环境："北山愚公者，面山而居，夜晚于石壁下烤火，乃巴山壁炉也。"

难随喜鹊天河去，每过石桥思爱妻（郝明全摄）

除了壁炉，我还发现了三个宝。第一个是思妻桥。老刘领我们去看，说是有个人在外，听说妻子病重就赶了回来，到了门前却涨水过不了河，等到家时妻子去世了，于是捐资建了这个桥。我到处找民间故事，就像考古的人收集文物一样，民间故事也是文物。民间故事都是有规律的，现有的民间故事一般都能归于某个类别。但是这个故事相当独特，至少在各类民间故事里我还没有见过类似的。这个故事最大的新意在于善待妻子这点上。中国民间故事有很多是关于孝敬母亲的，但善待妻子的故事少。妻子的地位是排在父母和兄弟之后的。有弟兄如手足，妻子如衣服的说法。男人远行去求取功名或者经商，妻子留在家中长期分居是古代十分常见的事。商人赚了钱在老家盖房，让原配妻子在老家管家照顾父母，而他自己在外另外娶妾，也十分常见。所以这个人为纪念妻子修一座桥，是有很大的社会榜样价值的。

思妻桥比白天河的会仙桥大三四倍，是我在镇巴见过的最大古桥。从桥下看，圆拱是个完美的半圆。老刘指说桥下中间顶上有个铁钩子，从前上面挂着一把剑，后来剑没了。另一个装饰是，桥朝下游一侧有个龙头，朝上游一侧有个龙尾，表示龙身子在桥里。龙的头朝下游，表示跟水流的方向一致。桥横跨在河上，两头的石头台阶都很好，缝隙里长满了青苔和小草，桥面的石板也很平整。但是因为桥那边那条小路好像已经没人走了，所以这个桥看来平时也没什么人走。这也是我在镇巴见过的状态最好、建筑最精致的古桥。

观音镇的第二个宝是犀牛洞。镇巴的洞子我没少见，但老刘说此地百姓每年端午节都去犀牛洞里玩，那天里面非常热闹。里面能容纳一百多人，他小时候就有这个习俗。我就觉得这个洞子有旅游开发价值，原因简单：不用你宣传，远近的老百姓每年都会像赶庙会一样来，只要解决好照明和安全。最重要的还是办好这个端午民俗会，就像八九十年代各地借古会举办的物资交流会那样的形式，有各地赶来的小吃杂耍。这就回到民俗上来了：犀牛洞的端午会是已经形成的民俗传统，是别的镇没有的旅游资源。一般景点打造容易，找来游客难。老百姓已经约定俗成于端午节自发来犀牛洞聚会，这就是很大的利好，稍加宣传就会有人来，最后传到汉中镇巴等地，吸引那边的人来。

很多地方有端午走桥的习惯。中国民俗学网上《浙江庆元端午"走桥"习俗考察》一文说"走桥又称'走百病'。明清以来的文献中多有元宵节走桥习俗的记载，福建莆田就有妇女元宵节期间正月十六日走桥摸钉的习俗"，意在求子。王玉祥《莆仙"踩桥"风俗与鲁班尺》一文说桥建成时要举行踩桥仪式，踩桥时头人要给踩头桥的人一个红包，踩头桥人接过红包并道谢，会把红包再捐出来。

头人打开红包，当众清点，并大声宣布："某某先生踩桥礼金 XX 元。"这些礼金一般用来补建桥时的资金欠缺及桥的后期装修。所以还可以调查一下，看以前此地端午节有没有走思妻桥的习惯。如果有的话就更好了，可以恢复这个习俗：逛完犀牛洞再下来走思妻桥，让思妻桥的文化能量也发挥出来。

红岩洞

我到楮河这边，最想看的是刘氏把寨和红岩洞寨，《定远厅志》都有提到。尤其是刘氏把寨，"形如刀背，可容千人，俗传先年贼至，民妇刘氏把寨门，力击退贼"。这是个稀缺故事，因为有关妇女的英雄事迹很少见。上次在楮河茗饮喝完茶，陈兴松带我去他爷爷那儿了解。他爷爷指着后面的一座山梁说寨子就在上面，还说山脚下那边的确有个刘家，从前有练武的。山梁上有一段地方很窄，两边有寨墙，大家进了寨门躲在山顶上，守住寨门就行。老人说的最有意思的一个信息是，他听说刘氏穿的是铜尖尖鞋，鞋前面是铜的。这说明当年确曾有关于刘氏的传说，而且民间为与土匪搏斗还有特殊的鞋。东南沿海的妇女头上有一种短剑样的发簪装饰，据说是抗击倭寇时的防身短剑演变来的。刘氏的铜包鞋显然是起着同样的作用，一脚踢过去够对手受的。

我的另一个问题是，刘氏是不是小脚。按理说土匪多的地方，妇女在裹脚方面会放松，而且练武之家可能更有特例，可以不缠脚。清末的另一个女英雄冯婉贞是骑着马带领村里青年去战斗的，从战斗描述看她会武术。如果真的裹了脚，怎么会练出功夫？明清时期匪事多的地方以及练武的女子是否裹脚，是个有意义的民俗学话题。

　　"红岩洞、万古洞、三台山寨、李家寨在楮水之西，俱有险可扼。"《定远厅志》这样说。其中红岩洞、万古洞就是楮河下游观音镇的小里沟附近的红岩洞和万古洞，还有个白岩洞。而小里沟最有名的是李氏旧宅，也有个大墓园，知名度仅次于胡氏庄园。

　　来到李家旧宅，我第一次见到石板房，就是房顶不用瓦，而是一种瓦那么厚的平石板，石板之间像瓦那样重叠一部分。当然这些石片都比较大，形状都不规则。可见这地方出产这样的容易劈开和剥离的一层一层的石头。

　　从李氏家族现存的豪华墓地来看，李家很可能是镇巴仅次于胡家的乡绅。其位置不像胡家处在沟底，而是在山上高处的坡上。现存的旧宅庭院还能住人，我去跟他们烤了一会火。一位五十九岁的族人李传俭给我说了如下信息：红岩洞和白岩洞相距几百米，以红岩洞为大。清末民初的时候李家八户人家在红岩洞里长期有住的地方，而且把金银贵重东西藏在里面。我就明白了，在匪乱较严重的时候，那红岩洞相当于富户人家的另一套房子，至少家眷仆人等长住里面。这位族人说他们祖先三百年前从湖南迁来，他是第八辈。他们的先人从江西到湖南，到四川，到西乡，为官为宦。根据老人说，洞里八户都是有身家的人，红岩洞被攻破是因为内贼。李家有个刚考上的新老爷，也就是马上要任命县官的人，叫李续波（音），就在红岩洞里被暗杀了。2018年他进去过，洞子有八十多米深，走到头要三根蜡。洞里面有点阴暗，房子建在洞口光线好的地方，那块地方比较大，然后有个小点的洞通往里面。石壁上搭的有担担架子房，还有盖的板石房。最早白莲教来过这儿，在大钟子那儿屯扎，在将军树下杀了几十号团练的人。

　　这位族人讲的这些信息可以这样解读：明清时候，朝廷大员退休后有的在老家建苏州式园林，与此同时，大巴山里大户人家的官宦退休后在山里建庄园。城市里的园林是纯居住的，而山里的庄园则有田产。如果不发生大规模的农民起义等战乱，大山里对于大户望族还是很安全的。他们有纸厂铁厂等产业，就像现在招商引资来的大企业，能给地方带来就业，增加税收。这意味着他们有来自官府的支持，一般情况下不用担心治安。

这位族人还说红岩洞寨是修长城时修的。此说也有道理，因为明朝曾大规模修过长城。大巴山里的洞穴寨堡规模之大，的确可以说是另一种形式的长城。如果真要推测镇巴这儿政府主导的大规模洞穴寨堡建设，更有可能是在嘉庆和乾隆年间。《定远厅志》指出，这些寨堡的建立，都是因为嘉庆年间进士龚景瀚的《坚壁清野议》被乾隆皇帝接受的结果。龚景瀚1896年任甘肃庆阳知府时写了这篇文章，当时白莲教起义正在爆发。《坚壁清野议》的原文里有这么几条：

> 先安民然后能杀贼，民志固则贼势衰。
>
> 多一民即少一贼，
>
> 民有一日之粮，即贼少一日之食。
>
> 令百姓自相保聚，贼未至则力农贸易，各安其生；
>
> 贼既至则闭栅登陴，相与为守。
>
> 民有恃无恐，自不至于逃亡。

我看《坚壁清野议》的实施关键在于地方乡绅，以他们为堡垒，让他们出面组织寨堡建设。这实际上也是个人民战争的做法，或者说朝廷把平乱责任的一部分转给了乡绅及平民，这在当时是一个有效的选择。龚景瀚的建议的先进性在于"治贼必先安民"，这意味着在匪患地区朝廷应该减赋，让民间有一定的财力建寨堡。这比完全依赖官军剿匪有优势：依靠官军，意味着朝廷先增加赋税来用于军费，而这个过程中必然涉及贪污腐败：一百万两银子的军费，最后到军务上的可能只有八十万。而把这一百万免了留给民间，让他们成为抵御土匪的中坚，官军配合，可能更有效。

这里面也有个美学问题：如果龚景瀚以另一种方式上奏，讲水可载舟也可覆舟的道理，皇帝未必会听得进去，但说减轻赋税是为了让民去平息匪患，皇帝就听进去了。话有三说，巧者为美，龚景瀚掌握了事理之美和沟通技巧之美。

我这次来观音镇，就是冲着红岩洞寨来的，尽管小里沟的李氏庄园古墓是这个地方最知名的。我对红岩洞寨的兴趣来自镇巴泾洋中学教师张新林的一篇文章《红岩双洞》。先看看他的描述：

> 该洞（红岩洞）的防御工事坚固，依赖于三险：第一险，水城门。外人若要进洞，必先破水城门。水城门的工事极为坚固，水城门后是洞内地主们取水的地方，常年有脚夫背水。遇到匪患紧急时，水城门内也是贫苦百姓的躲避之地。而在洞内的财主们可以说还高枕无忧，因为他们还有第二险：神仙洞。
>
> 神仙洞是距下洞约三十米远的另一个洞穴，位置比下洞略高，生于绝壁之上，下面便是水城门通往下洞口的一条绝道。住在洞内的财主们许诺这样一个条件：如果能从绝壁攀上神仙洞吊下绳索，许给他一石二斗包谷；如果攀崖时不幸摔死，依然给死者家属一石二升包谷，外加一副棺材，三尺

山庄几度遭战火，悬崖何处寻洞寨（郝明全摄）

裹尸布，三四火纸。……侥幸的是他们终于上了神仙洞，然后从上面垂下绳索，吊篮，运送人，物，还吊了大量的滚石放于神仙洞，若土匪攻洞，他们便在绝壁上滚石，如此险要的防御，令人望而生畏，自然坚不可破。

万一有土匪攻上绝道，他们还有第三险——天桥。

从外观看，洞口距红岩河有上百米的距离，洞口宽阔，除开前面的陡坡可以上去至洞口外，洞口右侧是陡峭的岩壁，根本无法驻足，更不可能说通行。再加上洞门口用巨石垒成城门，严严封住洞口，即使攻入洞门，依然无法进洞。唯在洞的左侧留有一条通道，而这条通道是人工用凿子在岩壁上凿孔打桩，建起的一条长约两米的木桥栈道通至洞口。假若不幸被土匪攻至洞口，只要抽掉木桥，入侵者也是干瞪眼，根本无法进入洞口。

……幸运的是我们访到一位胡姓老人，今年已九十岁高龄。老人说，他二十岁的时候进过洞，作为雇工，给生活在洞里的地主们送过粮食。问他洞有多大，他说没往洞里走过，不知道里面有多宽。反正里面生活了一百多人。洞里都是用木头架起来的小楼房，生活的都是李姓的保长及家眷。据他回忆，常年躲避匪患，李老爷和家眷待在洞里有长达三年的。

我问过张新林，他说去过小里沟，但是无法上到洞里去，就根据当地老人的讲解，做了一定的虚构想象。尽管上面的描述不是真实场景，我还是认为这红岩双洞值得修个现代栈道上去。除了雷家寨，镇巴应该再展示一个经历过实战的洞穴寨堡。

下面是《定远厅志》里记载的九十五个寨堡里选出的一些：

双龙寨：双峰耸起，四面壁立，挽索揉升，架木而居。

黄龙寨：四面壁立，状若钟，路行钟腰，险要可守。

硝洞：深阔有泉，可容百家。

梁家寨：上下壁立，左右深沟。

马鞍寨：高百仞，三面斩削，一径可通，仅堪容足，最为险胜。

石笋寨：高插云表，阔容千人。

钻天寨：峭壁摩天，小径北折，阔容七八百家。

匾洞子：上岩下渊，门径仅尺，可容数百家。

白岩原寨：中路忽断，架木为桥，通岩下鸟道。

如此众多的寨堡登记在案，再加上红岩洞这样的实战案例，说明大巴山建寨堡是官府和乡绅共同承建的一个系统工程。当时的豪绅家族本来就担负着出资办团练，抵御匪寇维护治安的责任。

《定远厅志》还给出了一些成功案例。下面提到的"教匪"就是白莲教，"蓝逆"指的是太平天国的蓝大顺起义军。如：

"同治间，蓝逆屡攻不克。"（白岩洞寨）

"贼仰攻数次，击却之。"（观音寨）

"寇绕寨过，不敢犯。"（人和寨）

"寨民拾石奋击，毙贼百余人，贼为破胆。"（白岩原寨）

"嘉庆，同治间，贼屡犯而屡败之。"（红岩洞寨）

当然，一旦山里被王三春这样的土匪割据，这些寨堡就难发挥作用了。

李传俭出来给我指屋后远处的那个山梁，说万古寨就在上面。原来万古寨不是我想象的山洞，而是在山顶上，跟兴隆的刘氏把寨是一类的，属于山顶露天工事。因为开始飘雪，走不上去了。李传俭说某个地方有个石海螺，万一发生事情就吹，他吹不响。所以我们就下山去刚才来的地方看红岩洞寨和白岩洞寨。

下了山，在沟底路边朝小河对面的悬崖上望，隐隐能看出一个洞口。原来那洞不在山脚下，而是在悬崖半山腰。至少旁边看不出有什么小路通到洞口，看来我们是没法到跟前了。正是：山庄几度遭战火，悬崖何处寻洞寨。

"田野派"名臣严如熤

这里需要提一下曾任定远厅同知的严如熤。龚景瀚的《坚壁清野议》被乾隆皇帝采纳五年后的 1801 年，刚铲除了和珅的新皇帝嘉庆为了选拔人才，举办了一次由各地推荐上来的孝廉方正参加的廷试。廷试本来是进士的考试，可见皇帝此时急于从更大的范围里选拔人才。考试的题目是"平定川楚陕三省方略策"，就是如何平定白莲教。来自湖南溆浦的严如熤以如下论点脱颖而出，被皇帝点名位居第一：

> 投诚之贼，无地安置，则已降复乱；流离之民，生活无资，则良亦从乱。乡勇戍卒，多游手募充，虑一旦兵撤饷停，则反思延乱。如此，则乱何由弭？臣愚以为莫若仿古屯田之法：三省自遭蹂躏，叛亡各产不下亿万亩，举流民降贼之无归、乡勇戍卒之无业者，悉编入屯，团练捍卫，计可养胜兵数十万。饷省而兵增，化盗为民，计无逾此。

严如熤提出用屯田法把流民和"降贼"组织起来，既从事生产劳动，又编成团练负责对付义军。严如熤随即被任命为陕西安康的旬阳知县，在那儿取得平乱成果后，1803 年被提拔为定远厅同知，在一年多的任期中修了镇巴城墙，并加强了渔渡坝和黎坝两个巡检治堡的工事与治安力量，与县城互为犄角。他既在陕西湖北交界的旬阳县做过县令，也在川陕交界处的镇巴和汉中府工作过。严如熤在《三省山内风土杂识》一书中提出"定远定，则全省定"。《清史稿·严如熤传》中有"嘉庆八年，新设定远厅，为全陕门户，以如熤补授"。可见当时深山荔枝道上的镇巴在军事上的重要性 [1]。

---

[1] 鲁西奇、罗杜芳：《道咸经世派的先驱——严如熤》，《武汉大学学报》（人文科学版）2002 年第 6 期。

严如熤也是当时的著名清官，他自己捐款把城墙加长了一百六十丈。我看到《定远厅志》中严如熤所写的《夏云词》，显然是采用了杜甫的《石壕吏》和白居易的《卖炭翁》的悯农风格。这样的诗，文人写出来不足为奇，而知县知府写出来，就另有意义。不从心底关心老百姓的县令，是不会说这些有可能拆自己台的话的。下面是《夏云词》里节选出来的句子：

> 火云烧红日，溪涧翻沸汤。却顾杖藜老，伛偻田中央。
> 我与老翁语："惫矣待阴凉。"老翁前致辞：
> "乱苗恶生莠，不去田荒芜。拔根期害绝，暴之趁朝阳。
> 泥深脚难拔，芒锐皮肉伤。上有蠓蚋嘬，下有巨蚂蟥。
> 模糊血满腿，疼痛肢体僵。但能秋有获，炎热固相忘。"

严如熤离开镇巴的原因是母亲去世，他决定亲自送灵柩回湖南故乡安葬。归来后他于1808—1821年任汉中知府，其间深得朝廷和民众称赞。《清史稿·严如熤传》列举了他在汉中的政绩后，特地指出他去世后"秦人巷哭，如失慈父母"，以及"宣宗每论疆吏才，必首提之"。

严如熤还在地方志编写方面做出了重要贡献。林则徐是一个十分重视并参与地方志编写的官员。1849年他去世前一年曾为《大定府志》写过一篇序言（大定为贵州毕节），认为全国地方志中能跟《大定府志》媲美的，"惟严乐园之志《汉中》，冯鱼山之志《孟县》，李申耆之志《凤台》"，也即把严氏的《汉中府志》排入全国前四。严如熤的《三省边防备览》一书，是当时川陕鄂大巴山地区交通军事社会经济的最重要著作。另一书《三省山内风土杂识》所记载的当时山民情况，成为明清大巴山移民情况少见的史料。他还被学术界认为是第一个通过田野调查写地方志的官员，谭必友所著《田野中国学先驱：严如熤传》对此做了深入的论述。

　　在当今的中国，行走文学，在场写作等流行，是对这个时代人们只坐着看手机的一个矫正。我在严如熤工作过的镇巴写巴山荔枝道田野叙事，也算是给田野学派严先驱的一个献礼。

寒婆婆庙与卖火柴的小女孩

　　巴庙镇银洞梁有个寒婆婆庙。管庙的陈老人说三百年以前有个老婆婆在重庆把一个病死的男孩救活了。那个孩子长大后得到寒婆婆托的梦，说她在镇巴观音的银洞子梁，背篓里有个干萝卜菜。那个人找了过来，建了这个小庙纪念她。管庙老人说本地的传说是，这个老婆婆是个讨口子，死了以后身边还有干柴，所以大家认为她是冻死的，从此走过她的坟都放点木柴。我看到寒婆婆的坟是个很低的土堆，青草覆盖，旁边果然有别人放的干树枝，还有一堆烧过的柴灰。坟就在小庙后面。小庙是三面墙上面搭的一个棚子，老人说以前就是这个样子，前面是敞开的，没有门窗，这三面墙都是以前的石墙。庙这个概念在山里跟平原上不一样，像这样的"棚户庙"十分普遍，还有直接利用小山洞的。陈老人说附近的人脚杆疼、手疼，来给寒婆婆烧香就好了，病好了就送猪蹄答谢，还送小鞋子的。我看见那些礼物都放在小塑料袋里，挂在墙后面。

　　关于神秘老人把"已经死了"或者病危的人救活，被救者根据托梦去寻找恩人的故事，我在汉中一带已经听过好几个，所以寒婆婆有可能是一个懂医术，乐于助人的人。但寒婆婆传说的特别之处，主要在于她怀抱干柴冻死因而得到人们同情这点上。丹麦安徒生的《卖火柴的小女孩》发表于 1846 年，哥本哈根那个小女孩有火柴没有干柴，而在地球这边的大巴山里，寒婆婆有干柴而没火柴。当时点火还是个困难的事，需要特别的火镰火石。寒婆婆的故事和卖火柴的小女孩和而不同，互相补充，有着同样的文化价值。寒婆婆跟汉中哑姑庙的哑姑（《远山古道：寻找汉水女神》一书中做了介绍）一样，都是弱势女性的代表。这两个庙让我们

寒婆婆

思考什么样的人才能成神成仙的问题。在巴山的民俗文化中，不只是有德行有贡献的名人才能成神成仙，哑巴女孩和要饭冻死的老人也可以。偏远山区有从中原大地方传过来的大神，但老百姓没有忘记社区里的弱势个体，因为这些弱势个体代表着他们自己。中国的神是为人服务的，是引起社会关注的一个形象，也是寄托希望的一个形象。既然如此，我们就把寒婆婆选作神吧，给她建个庙。至于神的法力，本来就是人赋予的，所以寒婆婆一旦有了这个小庙，当然可以有治病的法力，造福一方。巴庙的乱世窑村还有一个知名的鲜婆婆（1874—1965 年），因丈夫和孩子病死，所以自学医学，掌握了医术，为附近百姓看好了不少病，后人也给她建了个庙。这位鲜

猴儿桥（张兴陆摄）

婆婆仿佛是寒婆婆故事的原型。管庙的老人说初一、十五有人来上香，每年还有三次庙会。

从寒婆婆庙回来时路过一个猴儿桥，是路边一条小溪流上的小石拱桥，一侧有一个猴头，另一侧有个猴子尾巴。这儿的猴子代替了思妻桥上的龙头和龙尾。附近一位老乡说，紫阳那边有个姓彭的外地商人在一个人家里寄存了很多盐。这儿有个姓彭的，跟那个人同名同姓。他去紫阳放排，那家人以为他就是盐主人，说你怎么还不把盐拿走？他就冒充那人取走了盐，发了个困难财。大概是问心有愧，就花钱在这条小河上建了五个石桥。这位老人说当时那些桥的栏杆上也有猴子雕像。这个猴儿桥还有一个特别之处，就是下面的小河床是连山石的。遍布石头的河床多，大片的连山石河床不多见。而连山石本身就可以是一个旅游主题：看看哪儿的最大最奇特。所以这些山野小石桥应该放在它们所处的小河以及附近的整体环境下来欣赏。寒婆婆的故事也应该放在整个银洞梁这一片地方来解读。

纸坊人家

巴庙镇书记张兴陆带我去吊钟村看了一个非遗传人王兴培的手工纸坊。虽然我没见过从前的纸厂，可我敢说清朝时候的纸坊就是这个样子。一条溪水直接引到作坊屋里，水冲动一个水车，带动两个木榔头不停地捣下面的构树皮，人蹲在地上翻动。这儿造纸的程序跟县上胡明富的宣纸厂里一样，只是捞纸的池子很小，捞纸的帘子就一二尺长，一个人就可以操作。我看到书本那么大的草纸一叠一叠，王兴培说主要是用于祭祀上坟时烧纸。造纸用竹子和构树皮，竹子的纸白，构树皮的纸黄，烧纸就相当于烧白

王兴培纸坊的水碓

银黄金。

我查了一下，烧纸最早起源于烧纸钱，明清典籍有"楮锭"一词，就是一叠纸钱。其中"楮"的解释就是一种小枸树。这对于巴庙倒是个有价值的信息：楮河这个名字的出现，有可能是因为此地多枸树，历史上因而也多纸坊。所以镇巴仅有的手工火纸作坊存在于这儿，就不是偶然的了。我又想，对于国家来说，纸是用于写字和印钱的。如今人们既不怎么写字了，又不怎么用纸钱了，只有乡村还可以烧纸。既然如此，还不如直接烧枸树皮就行了：当纸张演出结束的时候，请造纸原料也出来谢个幕，这也是一种返璞归真。

这个纸坊，今天搞文创的，拍短视频的，应该来看。不一定来看纸怎么造，而是找文创灵感：作坊地处远离县城的山沟农家，激流沿着水槽哗哗冲下，水车吱吱呀呀，两个大木榔头不急不慢地轮流磕着头。你可以端个板凳坐在水车边一直看下去，这才叫古风民俗。这套装置有个专有名词，叫水碓，榔头下面通常是大石窝，可以捣谷子等。水碓通常在野外的小河边，是个永动机，没人用的时候也捣，把游客陆游给吵醒了：虚窗熟睡谁惊觉，野碓无人夜自舂。

张兴陆还给了我一本《可爱的巴庙：镇巴县巴庙镇中心小学校本教材》，里面有"巴庙社区""庙溪茶园""多样的生态养殖""家乡的铁坚杉""仙姑庙""巴庙板石""小河口社火"等章节，还有图片。这样的校本教材是非常好的研学提纲，我双手点赞。古人有"一屋不扫，何以扫天下"，今人则有"不知家乡，何以知远方"。

碾子

沿着楮河支流西河走，最后一个镇是碾子，有个碾子老街，曾经跟响洞子一样兴盛。响洞通往四川，而碾子过去是紫阳，托楮河的福，通往安康和湖北。如今它也比响洞子幸运，因为得到了修复，看起来是一个打造过的老街形象。这老街最大的特点是处在一个斜坡上，斜坡通向上面一个小山之间的垭豁，街两边都是小山梁。曾经的上街是杂艺市场，中街是繁华的商贸中心，有戏楼庙坝，以谭、毛、雷三姓为主。"碾子垭一条槽，二河二岸都姓毛，上街有个谭坛罐，下街有个雷不烂。"下街是牲畜市场，赶场的日子人挤人。

我沿着台阶从街上走到高处，又从一侧的山梁往下走，能俯视下面的老街。给我印象最深的是一个天井，是个边长只有一米的四方形，四边都是石板的房顶，没有瓦。从上俯视，真像个井，农家一般天井多大，里面的院子就多大。这么小的天井，正代表了山区小镇地方狭小条件下四合院的特点，这是其他地方很少见的特色民居。天井一直是我非常喜欢的一个词，因为是个通向天的空气井。但看了这个石板房天井，我又理解了它的另一层意思：下雨的时候

君不见，天井之水天上来

雨水下来，不就成了一个"水自天上来的井"吗？小口天井更容易接水，佩服前人。

我拍了个照片发到朋友圈。过了两个月，西安搞影视的景君发微信问我，"这个天井照片是你拍的吗？"我说是。"在哪儿？""在碾子。""好，谢谢！"

那个知名的贞节牌坊离老街还有些距离。它立在路边地里一家人的院子边（估计是这位贞女的后人），附近没有人家和其他村落。《定远厅志》里说，这个牌坊的主人是一个叫汤顺孝的人的妻子刘氏。汤五十岁死的时候她才十几岁，生有一个儿子，守寡一生。这个牌坊是他经商的孙子立的，是报请皇帝批的最高级别的牌坊。关于贞节牌坊对妇女的禁锢，别人已经说得不少了，我主要想知道的是它上面附着的其他民俗信息。比如有一篇文章的作者说访谈了附近一位老人，得知刘氏的丈夫是当地富户，被土匪杀害，这就跟胡氏庄园和小里沟的李氏家族有了共同点，它们都见证了大户人家与土匪的矛盾。胡氏庄园和李氏墓地留下了豪华石墓，汤家留下了这个石头牌坊。

传说修牌坊的时候，最高处的石顶子老是放不端，于是有人问她是不是有过不节行为。她再三回忆，说某次看见狗连裆动了一次心。这与其说是在批评这个女人，倒不如说是在反讽官方严苛的贞节标准。那时不仅有缠足，还有"缠脑"。

已经是傍晚了。斜阳中，七米多高的独立牌坊显得孤单。正史上用"烈女"来称呼为贞节献出生命的女人，是对当权者的讽刺，因为烈士表示勇武之士，烈女当然应该是勇武之女，刘氏把寨的那个刘氏才算，这个牌坊本应该为她而立。

此地空余贞节牌

碾子在镇巴东南，是镇巴朝着安康的紫阳县开的一个口。安康本来的名字叫汉中，是张仪从楚怀王那儿骗来的，如今说的是秦腔口音。郝明森说有一年镇巴请了汉中的一个秦腔演出团来演出，观众极少，剧团相当尴尬，但到了碾子却很受欢迎。

杨盛峰写过的一个月儿潭的传说相当独特。月儿潭在纳溪河上，有月光的晚上，它都能把月光反射到对面的石崖上。"奇妙的是，石崖上会出现各个时段的月相，上弦月和下弦月，弯月与满月常常在那里聚会，有时还轻轻舞动。"后来有个路过的外地人看出了玄机，认为水里有宝，就买了很多草帽，在有月亮的晚上一个一个往水里扔。扔到第三十六个发现崖上没了反射，他就潜到那个帽子下，捞出一个金盆带走，从此月儿崖走了风水。后有人在崖上刻了莲花才留住风水。

山梁人家：斜阳独倚西楼（施安石摄）

这个故事里的金盆的原型是古代的"鉴"，铜镜发明以前就是用它盛水来照镜子的。所以有那个金盆在下，整个月儿潭就是一个"鉴"，或者镜子。我在美国夏威夷大学的老师罗锦堂教授收藏有一个古镜，反射出去的亮光里有个形象，俗称照妖镜。看镜面，则什么也没有。这个故事能把照妖镜与潭水结合起来，是十分有创意的想象。不同时段的月亮同时出现，似乎是夸张，但月亮的影子能在崖上跳动则有可能，因为水面是动的。梅冬盛写过黎坝镇柏坪村一个瓦铲梁的传说，说一个端公用墨线把镜子挂在老槐树上，七七四十九天后来看，发现镜子的反光照在一户人家屋顶上的一片瓦上，那瓦是一个招致妇女难产的产侯鬼。我在洋县的真符村见到百姓门上挂个镜子，只知是驱邪的，却没听到相关传说。镇巴的这两个故事无疑丰富了"镜子主题类"的民间传说。

出山走走

2022年7月我去了一趟甘肃的张掖，发现有利于我了解大巴山。不识巴山真面目，只缘身在此山中。我从西安坐绿皮火车到了张掖，待了两天，又坐绿皮火车到金牛道上的广元，从广元换高铁回到汉中。

老天爷总是给南方人口稠密的地方很多山，给西北人烟稀少的地方很多平地。这里的城市规划不用考虑地方大小。早上起来出了酒店，两边的街都望不到头，微风在吹。在镇巴经常是感觉不到风，而这儿应该从来没有无风的感觉。如果说镇巴的小河里无风半尺浪（因为河床不平，石头多），这儿则是无风二级风。七月底的张掖早晚也感觉不到夏天的存在。镇巴的山里，如果待在悬崖下，或者走在树荫下的小河里，同样感觉不到夏天。

我看甘肃地图，张掖到武威这带河西走廊两边都是山，宽度好像和汉中平原上的秦岭和巴山之间的距离差不多。河西走廊就是一个平坦的细长地带，把它说成是一条无水河再合适不过了。这儿干燥平坦，老式的房子都小，冬天适合保暖，而夏天这地方从来不热，不用担心。

这个地方还有一种懒散的感觉，这是我在镇巴从来没有过的。所以如果你想体验懒，千万不要去山里。山里可以体验隐士的感觉，但你没法懒，出门就得走山路，再背个背篓去地里挖点什么东西，或者去集市买点什么，就更不轻松了。张掖干燥，你随时都可以躺在地上，而大巴山里的地上都是潮湿的。张掖的天空非常蓝，晴朗是这里的默认天气。大巴山云雨变化不定，每年总有不少日子云遮雾绕。即使是晴天，天空也会被山占去一块。山里房子往往不见日出和日落。

山里的好处是它充满了奇秘。树林子里永远看不透，一上山你自然而然就好奇地四处看看，即使不找食物不找药物。花朵、树叶、云雾，都会吸引你的注意力，分散你的劳累感，给你一种启发，让你无形中总在审美或哲思。所以山里出画家、出诗人、出文人，高原、草原出歌唱家、出舞蹈家，所以西藏、新疆、内蒙古的唱曲和舞蹈最有名。当然大巴山例外，文人、歌唱家都出。跟美术和诗歌比起来，唱歌和舞蹈最能直接表达感情：不用借助画笔和写字笔，就凭我的歌喉和身体就行了。中原和南方的平原是儒家，大巴山等山地是道家，但如果跟西域比，大巴山就是儒家，西域是道家。大巴山里的人善于云游，西域的人善于逍遥游。

对了，我来到张掖仍然没有偏离荔枝道这个主题。这边有一种叫"三炮台"的茶，里面就有荔枝干或者龙眼干。所以不要以为荔枝道上只有新鲜荔枝。我从前教过的一个美国学生说三炮台是他在中国喝过的最好的茶。我心里偷笑：那是因为茶里放了冰糖。过去一年我在镇巴喝了那么多好绿茶，自认为喝茶入了道，反而心胸宽了不少：你不能指望毛尖仙毫这样的茶在西北成为主流，首先那些茶产量极少，其次它们是未成熟的嫩尖，茶味淡雅，而在蔬菜缺乏的西域，茶就像一种干菜，必须要泡出足够的微元素才能帮助消化牛羊肉和奶制品。所以此地需要的是砖茶，茯茶才是这样经得住煮熬的"硬茶"，所以才有蒙藏的酥油茶。当然，西北人也发明了自己的雅茶，就是这种三炮台，把来自南方的干荔枝、干龙眼，北方的红枣、冰糖和茶泡在一起，以小盖碗的形式喝。这实际上是一种"荔枝红枣茶"（龙眼、桂圆也是荔枝的一种）。与细碎精致的南方茶道相比，三炮台这样的喝法更容易被西方的外行茶客接受：你看人家这茶里的东西块头多大，还好几样呢！而且他们本来就有往咖啡里放奶放糖的习惯。南方茶道传内不传外，西域茶道则内外皆传。

中午跟主人何光峰去张掖城外小村走亲戚，小砖房围成简陋的四合院，还有个后院是羊的天下。在中原和南方，"鸡犬"是村落的代表。在西域蒙藏，羊才是。主人家端出了一茶几饭，全是凉的，包括炖熟的大块羊肉鸡肉，都好吃，但在我看来最独特的是蒸土豆，这儿叫山药，蒸熟就炸裂了，吃起来很面。镇巴的土豆也很有名，个头小，跟米饭做在一起叫洋芋蒸饭，非常好吃。比洋芋蒸饭还好吃的是洋芋丝馍，就是把土豆丝编织成一团一团的，油炸了放在盘子里端出来。真是各地有各地的宝贝，各地有各地利用自己宝贝的法子。我敢保证张掖蒸土豆和镇巴洋芋丝馍一旦传到西方，麦当劳套餐里的薯条就不见了。今天这凉食里还有煮玉米，煮胡萝卜，切成短节的黄瓜等。对了，跟蒸土豆一样好吃的是蒸南瓜，头天晚上吃的烤全羊都没今天这桌凉饭好吃。这种吃法仿佛在跟巴山人唱对台戏，后者吃饭无论如何都要炒炖蒸炸，上一大桌热菜。我不明白：走山路本来就够累的了，为什么不能学人家这儿，在吃饭上简单直接一点？

这顿饭最奇特的，是吃完饭以后才喝酒。这真是一个奇特的发现。我吃饱了先出来在巷子里散了一会步，回来人家招呼我喝酒，我说不喝，他们也没勉强。这个习惯真的应该传给今天的中原和南方，也传给所有走圈喝酒的地方。重庆的曹总在饭桌上说了个谣言：新加坡人本来想去山东投资园区，山东合作方得知消息立刻布局，布的是饭局。吃完上司打电话问项目谈得怎样了，报告说不会有问题，喝得不错，担架抬上了飞机。结果那个园区建在了苏州。

所以饭局饭局，无饭不成局，饭中有局啊。而饭中的局又全在酒中。还是张掖农家朴实，不做局。他们这种喝酒方法我觉得是受了丝绸之路西端的影响。如今西方很多地方还是吃饭前喝酒：饭没好客人来了先端个葡萄酒、鸡尾酒、啤酒等，三三两两说话交流。其实中国人从前也是先喝酒后吃饭：喝酒的时候上的是凉菜，酒喝完凉菜撤下，再上热菜吃饭，不知为什么这个传统消失了。

我在关中的礼泉县上中学时也见过一种走圈：桌子上只有一个

细高瓷酒壶，口小肚子大，喇叭形的小口上坐一个小瓷杯。大家把这对瓷壶瓷杯传着走，到你跟前你倒一杯一喝，连壶带杯传给下一个，如果不喝也没人说你。这种喝法现在人也许觉得不卫生，换成了每人都有杯子的走圈，卫生是卫生了，人也上了担架。

当然，并不是说聚餐吃饭都不好，实际上我看到县镇村很多人在餐桌上谈的都是工作，他们实际上是在吃饭时间义务加班。我还观察到一个现象：你来到一个部门或村镇，接待你的人说找几个人陪你吃饭，这时你不用觉得过意不去。到了餐桌上就会发现，来的人都跟你一样有工作要跟主人谈。开吃后大家彼此说事，不会只跟你说事。给你的荣誉和面子主要体现在请你坐主座上。

张掖这个地方于简单中藏着丹霞地貌地质公园，还整治出了一个非常大的湿地湖泊公园。这两个地方都很容易去，前者在那祁连山里，后者就在城外。张掖的脾气是：要么一马平川什么都没有，要么是一个奇特地貌，分得很清楚，而大巴山里的大小景点到处都是，你自己去发现一处欣赏。山里人就生活在景中，很难说哪儿是景区，哪儿不是。

回来的时候，我发现不用走西安和宝鸡，有一趟从喀什到成都的绿皮火车，直接从甘肃南边进入四川，到达广元。原来诸葛亮六出祁山的路线就在这边。这趟车下午四点三十七分从张掖走，第二早五点四十七分就到广元了，票价一百三十五块五，十三个小时。过夜车也正好睡觉。这绿皮车已经是相当快了。我猜测一个原因就是中间很多小站已经不停了，全是大站。这个火车从成都发车往喀什走，就像竹子节节一样，靠根部的短，越往上走竹节越长。四川境内这些站之间的距离都很近，而到武威、张掖，然后是酒泉、吐鲁番、乌鲁木齐、喀什的时候，每一站的距离都相当长了。

鱼与荔枝不可兼得，还是回我的荔枝道

　　我对如此低的票价和如此短的时间感到惊奇，因为印象中西蜀到西域是遥远的。这趟车从喀什到成都则一共四十九个小时，还是有点遥远感。这条老铁路的存在，说明除了河西走廊，还有个川甘走廊。四川跟甘肃的茶马贸易就是靠这条线。

　　出了广元站才早上六点，天已大亮。往前走点来到大河边，原来是大名鼎鼎的嘉陵江，河床充满了水。汉江上游的汉中，只有雨季才有这么大的水。我觉得在广元转车是个好点子，让我从广阔的河西走廊到镇巴的密山之间有个转换机会。广元是相当大而开阔的山间平地，山都远远散开，著名的剑阁还在它南边。这我就有点不懂：汉中到成都之间的最后天险剑门关为什么要在广元以南？也就是说，姜维放弃汉中退守剑门关，钟会从汉中过来是先占领了广元的，这对钟会十分有利：这么大的广元可以囤积足够的粮草。我觉得这是剑门关的一个弱点。如果剑门关在广元以北，重要性就不一样了，这儿就成了姜维的营盘。所以，号称一夫当关万夫莫开的险关都是相对的，不能孤立地看待，需要跟附近地势联系起来看。就

周子垭农家

像真正的武林高手，靠的首先是声望、人脉及团队，而不仅仅是自己的武功。

姜维、钟会权且放在脑后。河边六点半的时候太阳出来，夏天的早上晒太阳也是个好享受。在镇巴，即使在九阵坝这样东西走向的坝子上，也难见到六点半的日出，毕竟坝子两头也有山封着。一个年轻女子在河边跑步，还有一个拄拐杖老人在走路，河边有人钓鱼。天空非常蓝，东边的太阳使劲照，山顶上的半个月亮却不离开。

我沿着河走，最后沿着另一条小街转回往火车站走。路过一个叫连春贡酒的小店铺，卖高粱酒。门口路边摆着很多空酒坛子，仿佛是卖坛子而不是酒。我想起坐了一夜火车没刷牙，用这高粱酒漱个口应该不错。进去看，有十块一斤的，就说买一两。老板正在拖地，看都不看我，说从来没卖过一两的。四川舅子果然没有陕西愣娃好说话。

九点五分我坐广元往汉中的第一班高铁，五十分钟到。然后拼车回老巢镇巴，估计十二点半能到。过去两三天在张掖吃了太多羊肉，回去先去吃一碗面皮，外加一碗渣豆腐。

深 ○ 度 ○ 旅 ○ 行

花 萼 山 到 午 子 山

凉桥旧梦

前面我在西线荔枝道走看了不少，现在就来看万源—渔渡—镇巴—堰口—西乡这一线的荔枝道。从万源出发，有三条相距不远的路通往镇巴：滚龙坡、铁匠垭、秋坡梁。走滚龙坡和铁匠垭过万源的官渡，走秋坡梁不过。但三条线都过镇巴的渔渡。

先来看看万源。2022 年 5 月我跟镇巴经合局的人坐车去重庆时，只见镇巴这边的云聚集在山沟下面，而一到万源的官渡，云就聚在山顶，天空也开阔了。云好像自己能控制自己的重量，可高可低。过了万源市，我见一绺云雾沿着河床铺在那儿，真的是以河为床。山腰上则有一段散云缓缓移动，独来独往。《西游记》里的妖雾一定指的是这样的散云。凡事一到四川就变得奇特。

然而四川人可能觉得正好相反。请看民国时一位"驴友"的文章。他从四川城口县走到镇巴，想去看汉中，看秦岭。文章发在 1937 年重庆的《春云》杂志上：

> 几天以来，横断着大巴山山脉的崇岭中，跋涉在那羊肠般的山道上。成日里，踏不尽的崎岖的小径，看不尽的山岭绵延。夜间，停歇在清风雅静的吆店子上，好久不看见一个比较热闹的市镇了。人，像是入了迷蒙的世界里。要不是有相当的地理常识，还以为是置身在高加索、西藏高原，或者是非洲黑暗大陆。
>
> 几天的跋涉的辛苦，终于完成了横断大巴山脉的工作，渐渐的，越走山越小了。渡过峡溪，便到了陕南的极边的一

个城市了——镇巴。

几天来尝够了蛮荒绝域的荒凉味，一遇这样的热闹城市，心里有一种说不出的愉快的感觉。

在这里，听着的完全是些老陕口音了。虽是苗腔苗调的，却还是容易懂。在"萤兴"商店寄下了包袱，就和张发三出街去访熟人。镇巴虽仅仅是个一条街的小县城，却是川陕的交通要道。什么五光十色都有。有不少的走私的贩鸦片烟的毒贩，有"假李逵剪径劫单身"的各式各样的绿林好汉，有各种贩运土产的小商人，有自由职业者，有山地特有的善走的苦力，有市街小贩，有贱价的娼妓，有跑江湖的医生，有东个西个的二尺五军人，一切一切，应有尽有……

几年来的苦闷的军人生活的回忆和秦岭进军的美丽的憧憬交织在我的脑海里。明天呀明天呀就要踏进陕南盆地的大道了。啊，那霓虹一样的终南山脉！从此，算是永别了几年来的沉郁的苦闷的戎马生活，忽忽地，又踏上了另一个征途。城口呀，永别了！军人生活呀，永别了！狭隘的四川盆地呀，永别了，永别了……

三七春暮

1937年是个战乱的年代，没想到也有驴友，情怀还不亚于今人。巴夫看来是个文学青年，当过几年兵，如今北上去看陕南盆地和终南山（秦岭）。他对陕南盆地和秦岭的向往出我所料，因为陕西人向来是崇拜四川的，说"四川才子山东将，陕西愣娃坐一炕"。他所见的镇巴也并非我想象得闭塞萧条，而是有这么多外来元素，这显然得益于悄然存在的荔枝道。所以旅行之美，大部分时间就是

万源鼓岭下的太平坎（李勇摄）

谭家沟的凉亭和门神（李勇摄）

寻找异地之美。

巴夫对行程的描写比较笼统，只因为他的旅行目的地是城镇，而今天我就是要在杂树间、河滩边寻找残余的小径，在人去山空处查看隐藏的美景，所以我更关注细节。比如镇巴的饮食在汉中各县里最接近四川风味，但一到万源会感觉到还是不一样。我觉得四川对多样化和大众化掌握得好。人口密集本来是个缺点，但四川硬是发展出了密集的饮食和民俗来匹配，减轻了生活的压力。万源街上几乎每个楼下的一层都是门面房，都有某种小店开着。文旅局的李勇带我、宁文海和老施去一个饭馆吃午饭，就是个街边小饭馆，他说开了二十八年了。我们点了四菜一汤，两瓶啤酒，还没吃完，总共才一百五十七元。

一进花萼山，看到了几个如刀切的悬崖：本来是一个山头，竖着一半就无故被切走了。最好的理解是发生了一次地震等，这山头裂开了，但另一半也没见躺在下面，所以悬崖的产生是个谜。

车开到自然保护区的入口处就不能上去了。李勇说进山走几个小时，有个徐庶庙。因为太远，万源城里又建了一个小点的徐庶庙。山里那个庙里的一个堂鼓被搬了下来，村委会专门在院子里做了个玻璃亭子保管。我去看，颜色灰旧，但鼓身和牛皮都没有破损，李勇指说是固定牛皮的一圈钉子全是竹楔子，没有铁钉。花萼山继续往里走就是八台山，也叫棋盘山，里面有个叫白塘藏的地方有徐庶庙及相关传说。我看到有文章说引用的是《万源县志》，但我没有看到县志里的原文，这个鼓倒是一个实物民俗证据。四川省情网中《万源市地情》一文里引用了一首诗，有这样两句："世人作画用纸笔，庶人只喜云与雾"，认为里面的庶指的是徐庶，我看也可以是庶人。这两句诗果然符合巴山情形。

项家坪村委会有个展厅，展示的特产里有萼贝。川贝就是四川产的贝母，因川贝止咳糖浆那款中成药而出名。而在川贝里，万源花萼山的是最好的，叫萼贝。我看到贝母的照片像莲子。网上有个关于贝母救了"四川某地"一对得了肺病的母子的传说，我查了一阵，没有查出"某地"到底指的是哪儿。如果有人能证明是万源或者花萼山，就可以用来宣传萼贝了，我看名字就叫成"花萼山川贝"。"花萼山"作为牌子，这样游客一看就知道是什么，而"萼贝"二字则比较生疏，每次都得解释。川贝也不必只存在于川贝止咳糖浆里。镇巴有天麻片和天麻粉，万源可以有个"花萼山牌川贝润肺茶"什么的。如果里面需要茶的成分，就用镇巴茶，天生的搭档。

有一个瓶子里装着黑红的豆子，比蚕豆小点，牌子上写着"岩豆"，我一见大喜。徐静有一次说可以请我去小洋吃岩豆，但却没了下文。说者无心听者有意，从此"去小洋吃岩豆"成了我一个心病。首先，小洋这个地名在镇巴显得很洋气。山里地名大都是截曹坝、盘龙湾、黑虎梁等，小洋是个可爱的另类，有几分小资。而岩豆，给人的想象是长在岩石上的某种豆子。吃岩豆似乎应该是在某个河滩或坡上点一堆火，把豆子摘下来埋在火灰里烤熟，或者直接拿着豆秆在火焰里烧，或者把一块平石头烧烫，岩豆放上去烤熟，那是万分惬意的事。《围城》里方鸿渐请唐晓芙"去峨眉春吃川菜"，可比不上这情调。

我给腊肉园区的吴浩说了这个心病，他说那就来吃腊肉，他们在小洋有个腊肉产业园。今天终于见到岩豆的尊容，也算治好了心病。对了，我念念不忘文创：吴浩他们生产了一种腊肉零食，极小的包装，撕开就像吃鱼干那样吃。我看可以顺便生产一种"小洋岩豆"零食，通过网红把"去小洋吃岩豆"这句话反复说，让大家都得"心病"。当然岩豆只是诱饵，那东西肯定吃不饱，来了总归要吃腊肉，这叫"挂岩豆，卖腊肉"。

项家坪还有个红军万源保卫战指挥部旧址。我以为万源保卫战是发生在万源城里，红军守城敌人攻，没想到在这深山里。李勇说是在通往万源的东西南三个方向上的重要山路上阻击敌人，让他们进不了万源盆地。这个更有道理。李勇说项家坪这儿的驻军是防范从北方陕西过来的国民党军的。本来杨虎城的部队，汉中三边警备司令部的军队，以及王三春等人应该从镇巴过来协同攻打万源，但他们的压力不大，所以花萼山这儿那时没有发生太大的战斗。

下山的时候还路过了左良玉围困张献忠的玛瑙山，看来这个地方是防止张献忠进入汉中或者湖北的要地。

吃完午饭去看一个廊桥，在白沙镇的川坝村。这是一次相当高雅的旅行。高雅的事是不能从经济角度来看的，比如你坐飞机

万源的宝贝（李勇摄）

去参加朋友的婚礼，为什么不把飞机票的钱拿来买礼物寄过去？千里送鹅毛，雅就雅在一个"送"字，就是亲自前往送，不是让快递员送。我们今天要去看的这个廊桥实际上很小，但是属稀有的极少数，李勇说万源只有两个，另一个在曹家老街。

开车走了半个小时来到矮山之间一个油菜花刚开的坝子。田间有一个很窄的水渠样小河，在另一条更小的河汇入的地方，立着三棵高高的树，树下有个带屋顶但没有墙的小木屋框架，由柱子撑着，这就是廊桥。框架上面的三角形屋顶上盖着瓦，人从下面过木板桥。我们走上去仔细品味。这桥长五六米，宽大概三米，廊柱已经歪斜。抬头看，梁上还有彩画。简单说这就是架在小河上的一个棚子，但因为是清代的建筑，地处田野，就显得古朴自然。文物这个东西，在哪儿展示是很重要的。把文物搬到博物馆是不得已的

凉桥遗梦（李勇摄）

事，最好的法子是让它处在原来的地方，这样游客可以看到整个系统。任何东西都属于一个系统。我们今天要跑到山里来实地了解民俗，就是想重建那个消失了的文化系统。

"当地人是叫廊桥吗？""不是，叫凉桥。"原来这样啊。凉桥这个地名在镇巴就有几个，苗族刚到镇巴三元的时候就住在一个叫凉桥的地方。这是让热天走路的人歇凉以及雨天避雨的地方。建在桥上是方便人下河洗把脸或者打点水喝，还可以少占耕地，山里的土地都珍贵。棚子也可以对桥板起保护作用。还有，山里施工不容易，既然建桥就顺便建个廊房，总比在河边其他地方另建一个遮阳避雨的棚户好。

美国小说《麦迪逊县的桥》的另一个翻译是《廊桥遗梦》。谁能保证这儿没发生过类似的故事？烈日炎炎的下午，独行侠背二哥来

万源马鞍寨山岭上的十殿阎罗（李勇摄）

到桥上歇脚，桥头一位村妇在石头上洗衣服，洗了的衣服都晾在桥栏杆上。背二哥问最近的店子，说在项家坪，还老远。于是聊天说话，一来二往该吃晌午饭了。就去我家吧。她丈夫也是背二哥，如今不知在哪个山路上，帮一下这位就权当在帮他。到家才发现他左脚被竹茬扎伤了。这还能走吗？先住下养伤吧。万一有人来别露面。

"最后怎样了？""不知道。"

我跟李勇在那儿徘徊良久，互相摆拍了几张照片，或坐或站或靠，也追寻一把"凉桥遗梦"。

李勇说鹰背竹筒沟那个土匪抢荔枝的拓片，属于那儿一位叫苟在江的中学教师。所拓的石碑现已不存，从拓片内容看是一个返乡进士立的，主要是为了记载他处理了两家土地纠纷的事，只是在介绍鹰背这个地方时顺便提到了抢贡荔的事。李勇看起来三十几岁，似乎有过目不忘的本事，给我说历史上的事情时总是提供精确的年份，如果说的是某个年号，他还马上换算成公元的年份说出来。他还说了这样一个传说：竹筒沟有个万历年间的墓，椁杆还在那儿但一直没立起来，因为如果立起来，斜阳夕照的时候影子投在河上就像个桥。因为这个穴是个黄蛇赶鼠势，蛇把鼠赶到河边如果无路可逃就能吃到，而一旦有了影子桥就能逃走。

哈，这是个极其好玩的故事。这里的鼠代表财富，而能把椁杆的投影想象成桥也够有创意的。这类民间故事妙就妙在一个"奇"字，想象奇特，而奇特是文创中最重要的。

"这是谁的墓？"

碑文翻拍自苟在江《荔枝道探秘》一书

"苟淮的。苟淮是苟家的先人，万历年间人，是个东方朔式的人物。他的墓有三层碑，第一层是苟淮死的时候修的，第二层是家里兴盛以后又给他修了一道碑，第三道是他的干儿子卫承芳回来修的，以示感恩。卫承芳也是鹰背人，进士，是一代淳儒，为官清廉。卫承芳八岁的时候还不会说话。有一天苟淮到他家来，大人不在，他爸回来时他说刚才苟先生来了。他爸很吃惊：这

是他儿子第一次说话。于是就让他拜苟淮为干爹。苟淮资助他念
书，他学习用功，二十八岁左右考上了进士，官至户部尚书。万历
二十年（1592年）他从浙江回来省亲，遇到一家姓任的跟一家姓
李的争地界，卫承芳进行了调解，然后刻了这个石碑立在那儿作为
证据。这个碑现在不在了，但碑帖还在，就是苟在江保留的那份。"

所以，本来那个碑帖的主要内容是一个民事调解双方同意的约
定，土匪抢荔枝只是其中举的一个例子，没想到今天抢荔枝那句话
喧宾夺主出了名。李勇背诵了那个碑文：

> 此竹筒沟通衢道也，然则天宝贡果过境而被劫，官军剿
> 焉。今沃地茂林，任李争焉，适逢浙江兵备副使卫大人经此
> 挥鞭定界，上以梯路，下依溪流，庙东李姓管业，其西任氏
> 所有。世代诚守，刻石为盟。皇明万历壬辰季秋上浣吉旦。

我估计身为浙江兵备副使的高官卫承芳不会为这么点小事给自
己树碑立传，一定是地方官员立的，以示对卫大人的尊敬，也有拍
马奉承的动机。最有意思的当然是在碑文中提"贡果过境而被劫"
这个看似不相干的事。一种可能是，那时的官员跟现在发展文旅一
样，也在千方百计让本地出名。如今回来个高官，是个热点，何不
蹭一把？然而本地历史上没有什么值得炫耀的大事，于是就先写上
土匪抢荔枝这事凑合一下。今天看来那位地方官是做对了：漫长的
荔枝道上，这成了唯一的一个跟天宝贡荔有关的碑刻。鹰背这个地
名也好，表示有一座山梁像鹰背一样，还有一条沟像劈开的竹筒一
样。地势如此险要，怪不得发生了抢荔枝的事。

李勇继续说苟淮的墓。说是有个地仙从很远的地方铺地脉铺过

古墓可以如此"阳气"（金山寺村，李勇摄）

来，发现了这个吉穴（地仙这个词也不错，是对阴阳家和风水师的尊称。"铺地脉"也是个十分有意思的民间文化词，我在汉中也没听过，说明吉穴不仅是个点，处在什么脉络上也很重要）。地仙为了验证，就给这儿插了干草。如果是吉穴，第二天早上来看，干草一定会活过来。当时苟淮在跟前放牛，看到了地仙的举止，知道他的门道，第二天就在地仙到来之前，把复活了的鲜草拔掉，插上干草。地仙一连测了三天，都没能验证成，就回去重新选脉。这期间苟淮把那个地方圈了起来，给儿子说自己死了以后就埋在这儿，就能保证后代兴旺发达。他死了以后，安葬的那天，那个地仙从头铺脉，还是铺到这儿，正好看到苟淮要下葬，就知道是这个人暗算了他。地仙就使了一个反招，给苟淮的儿子说：这个地穴好是好，但需要棺材悬空不落地才有用，要在墓里打桩，用铁链子把棺木悬起来。苟淮的儿子照办，结果苟淮也没有得到那个吉穴。地仙还说埋葬的时间要在有人戴铁帽子和鱼上树的时候。恰恰在下葬那天有个买了条鱼的人路过，看见有人下葬，就把鱼挂在树上看。恰好也有另一个人买了个锅回来，正好遇到下雨就把锅顶在头上。哈。看来这苟淮还是有两下子，死了还能跟地仙斗法，让自己顺利下葬。

这个故事比我在汉中听到的找风水宝地的故事都要曲折复杂。果然四川才是风水的老巢，汉中的类似故事应该是四川传过去的。

关于荔枝道在万源的走向，李勇提供了这么几个重要信息。

唐高祖李渊武德年间，万源这儿并没有县，而是在今天的竹峪那儿设立了一个虹桥县。唐玄宗开元二十四年（736年）置了一个太平县，也置在通江的虹口，七年后更名为东巴县。虹口的那条河那时叫太平川，万源这个太平县是明朝设立的。这个信息极其重要：这就像武德前镇巴也没有县，武德年间才设立了洋源县。这就解释了为什么荔枝道西线走虹口那边。李勇还说竹峪虹口那一线古迹最多，还有唐朝的东西。我纳闷万源这么大的平坝子为什么没有县？可能是与竹峪那边整体平缓，且翻九元子梁那条路也近有关。

但宁文海认为到了虹桥，他们还是会拐到万源来再入镇巴，而不是翻九元子梁。但我看了地图，从虹桥拐到万源还要走不少路，虽然是河边平路。更大的可能倒是从鹰背那儿分出了一条线来到了万源。不论怎样，万源跟镇巴交界处是要看看的。

滚龙坡

1802年，川北白莲教起义的首领王三槐被杀后，大批白莲教的俘虏被斩杀。有个女刽子手杀人手段最高，被指定斩杀一名重要女囚黑牡丹——王三槐的义女。那天四川总督亲自督斩，只见刀光闪处，黑牡丹、总督和女剑子手三个人头落地。原来这个女剑子手叫白牡丹，是王三槐的另一个义女。黑牡丹被抓时她逃脱了，却改名换姓回来当剑子手。这个故事是干将莫邪复仇故事的变形：以自己人和自己的生命为代价换取仇人的信任，最后与仇人同归于尽。这是荔枝道上一个非常奇特的侠女故事。宁文海说这个故事是他在巴中听一个通江籍的教师说的。我问那人有没有说发生在什么地方，他说在梨树。梨树是滚龙坡南边万源的一个镇。

荔枝道南端的重庆还有一个可以类比的故事：战国时巴国将军巴蔓子请求楚王出兵救巴，楚王提出要巴国三个城，并让他儿子去当人质。巴蔓子说拿自己的头担保。楚王出兵平乱后，派使者来要城，巴蔓子不愿意丢失国土，当场自杀，让使者把他的头带回去。楚王感动，厚葬了巴蔓子。

白牡丹和巴蔓子的故事都是反映巴民有个性的传奇。看了这样的故事，我就想给"精韧"再加上一个"刚烈"。我们时常笼统地说北方人豪放（刚烈）南方人婉约（精韧），然而北方因为"文明"程度较早而使人与人之间的关系更为复杂，难免发展

主人挂靴而去

出一种含有假装成分的豪放，而更贴近自然的南方及边疆地区反而保留了较多的"率真"。北方人在豪放外衣下藏着心机，南方人于婉约外衣下留有直爽。

我跟宁文海、唐友朋、游远志去滚龙坡，先从渔渡开车来到一个叫官店的地方，叫上宁文海的熟人——原村主任老李。岔路口有一个人家，一个老人坐在门口，一问说八十多岁，说拐入岔路上去一点就是龙坡，五里路。他说的是"龙坡"，我估计是背老二忌讳"滚"字。龙坡过去是万源的梨树镇，那儿也有个官店。老人说每年八月十五双方的县老爷要约好，轮流到对方的官店来见面，协调边境管理。这五里路上棒老二太多，所以下午快黑的时候就不让走了，得等到第二天跟其他背老二成群结队一起走，还有官兵护送。

这个讲法让我想到了武松在景阳冈上看到的告示，过冈的人要成群结队，且在白天走。这儿的棒老二不比九元子梁上的差。再加上上面黑牡丹和白牡丹的故事，让人觉得这滚龙坡另有一层含义：龙过此坡遭虾戏，虾就是棒老二。

黑包山红军战壕的野花

于是我们四人在老李的带领下，开车走上土路，到最里面山下一个土房跟前停车。房门锁着，看来久无人居。我们在门墩上和台阶上坐聊了一会。檐下杆子上和墙上挂着夏天和冬天穿的解放鞋。后来九阵坝一位农妇见我穿着旅游鞋，就说他们这儿的人都穿解放鞋，在山里最实用，我才忽然想起旅游鞋雨天走石头的确经常打滑。"挂靴"是足球等运动员不再参加比赛的意思，是个现代外来词，中国古代有"挂甲"一词，表示军士不再征战，没想到这个房子的主人也懂这个。

这家主人的挂靴，说不定是为我们这样翻越滚龙坡的游客准备的。当时没意识到解放鞋的好处，否则我就换上一双。

开始从房子的一侧往上走，都是树林竹子。开始有小路，走了一会就没路了，老李在前面拿个弯刀砍树枝。路大部分是沿着一条长长的山梁的中部走，而不是直接翻一座山的那种陡坡。最后来到一个山顶垭豁，有人工在这儿开的一条道路，两三米宽，两边是垒起来的石头墙。这就是川陕交界点，过了这儿路就往下进入四川。

这个石墙口子给五里龙坡点了个睛：它是重要的考古证据，也让我看到了山顶关卡子不在山上最高处，而是在两个山丘之间的垭豁处。博物馆的马副馆长跟人拿尺子量了石墙的高度。卡子一侧地势高，我们就上去走，能看出茂密的树木里有一圈石墙基础，是当年守关人员驻扎的地方。宁文海说1935年红四方面军曾在这儿来过，徐向前、许世友等都来过。张献忠的一部从万源上来，经这儿进入陕西，被左良玉围困在不远的九拱坪，最后活捉了张献忠的妻小带往襄阳关押。张献忠本人没来，经过一番隐姓埋名征集人马，最后夺取了襄阳，解救了妻小。这些明史上有记载，只是没有说具

滚龙坡顶的关卡

体的地点。我非常想看看九拱坪的地势，猜测一下张献忠的人为什么要到这群山里的九拱坪来，那么大一座山又是怎样被围困的。但是他们说那得换一天，车开不到顶上，得走路。

这儿是研究从前战争的好地方，让你放开想象。老李说他一个叔父见过红军安营的地方，说最外面是一圈带刺的荆棘，然后一圈石头墙，再是一圈土墙，里面才是房子。首先，山再多再大，从前行军的人不会在里面乱走，除非是居住在这儿当根据地。这跟平原上的战争是一样的：你看那么大一片田地，但军队永远是占据道路上的重要路段，不会漫山遍野地走。滚龙坡这儿不论战斗发生在哪个山头，都基本上在这条古道的附近。上次王守荣给我说打猎也是一样，猎人不是只跟着猎物的足迹走，而是先摸清一片山林里动物常走的道路，在重要地方埋伏等待。

1934 年四川的刘湘攻打万源时，汉中的国民党军也有任务参与"围剿"，当时他们就是要从这样的地方进攻的。我看这滚龙坡的路还是比较平缓的，没有九元子梁那么高或那么长。

回来的时候我们在另一个土房人家门前停了一下，见到了上面提到的那个荔枝道代言人。她代表了千百年来在这大山里设法生活下来的所有人，尤其是女性：生活是不容易，但我们还都不错。欢迎你们来耍。

秋坡梁与雌鸡岭

从廊桥回到万源，告别了李勇，我和宁文海、老施开车沿 210 国道从万源返回渔渡。本想去官渡看看，但去了那儿就没法去秋坡梁。去官渡可以看通往滚龙坡，或者通往铁匠垭和响洞子那两条路，而不去官渡就可以去走一段秋坡梁。因为滚龙坡、响洞子和铁匠垭我已经去过了，今天就去看秋坡梁。

我们先回到盐场镇，宁文海叫上盐场中学语文老师袁兴健，是诗人。到了南沟村，路边有个人是袁兴健的熟人，就叫上一起走。他一指说要翻过那个高山上的垭豁，他们从前去万源赶场一个来回需要一整天，垭豁上面有个城门，过去背盐的都要经过那儿，所以也叫盐场关。

我看这秋坡梁跟九元子梁挺像。那天我们没走最高的九元关，也就是玉皇庙，而是从那位妇女家后面矮点的地方翻了过去，今天已经下午五点了，也去不了那个垭豁了，但无论如何都要上去走一段。于是袁兴健和路边熟人跟我从一条小路上去，绕了一个小山包从另一条路下到路边，一共走了四十多分钟。从一路走的坡上看，南沟这条沟下面平坝子上土地挺多，油菜花刚开，是个相当富饶的地方。这条沟下面的平坝子跟盐场镇的平坝子相接，再加上邻镇赤南的平落坝，还有渔渡坝，形成了一串山里少见的平坝系列。这一串平坝应该是镇巴最大的平地，能养活不少军队。这是蜀国在渔渡设立南乡县的原因，也是 1934 年红军在赤南这儿设立赤南县委的原因。今天的盐场，赤南（平落）和渔渡俨然是个小小的井冈山，不论从万源还是从汉中打过来都不容易。

这位熟人说，蓝大顺带人从万源翻秋坡梁过来，人说一个山包包叫仁和寨，另一边那个山包包叫黄花寨，他一脚踏一个，问这儿叫什么地方，回答说南沟（读作蓝沟），蓝大顺说太好了，是蓝家的沟，不能动这儿的一草一木。

蓝大顺是跟洪秀全同时起义的人，洪秀全在广西起义占了南京，蓝大顺在云南起义占了四川。后来兵败退居汉中，归顺了太平军。蓝大顺转战陕南，想学诸葛亮去占领西安，最后在秦岭周至战败被杀。

秋坡梁比滚龙坡、铁匠垭和响洞子高不少，我看是万源到镇巴荔枝道的一个备用路线。上次给我讲王三春女人的那个赵老人就说他从前去万源主要走铁匠垭和响洞子（两个地方紧挨着），路好走点，其次走滚龙坡，没提秋坡梁。我估计秋坡梁的好处是过去可以直达万源。

关于这一带的特产，宁文海说宣汉有个鸡唱山，城口有个鸡鸣寺，镇巴有个雌鸡岭。

"这三个鸡有什么说法？"

"那两个鸡是公鸡，这个是母鸡。宣汉那个早就整出品牌了，城口鸡鸣山的茶更有名。雌鸡岭的茶本来有名，过去也是贡茶。"镇巴政府网说，镇巴素有"雌鸡岭上茶，白河井中水"之称。蔡如桂指出，汉高祖刘邦时雌鸡岭茶就是贡茶，叫雌鸡岭毛尖。他没提供此说出自什么典籍。我猜如果此说属实，那一个原因可能是跟刘邦在汉中待过有关系。

我此前已经听说了茶跟云雾，跟桂树都能发生关系，互相影响，还听说了金耳环听水声才会长，今天又了解到茶跟鸡有关系。各地的高茶都有自己的本事。我倒是有个文创点子：雌鸡岭可以发展茶叶蛋。下蛋是雌鸡的本事，另外两只鸡不会。鸡蛋用贡茶来煮，多般配。

我跟周孝德沿着后河往里走，去找雌鸡岭。住在青树村八十岁的陈发吉老人说从雌鸡岭去板桥子赶场，翻九元子梁只要三个小时。他家从前就住在雌鸡岭的鸡窝里，那儿房子底下的大石头都跟鸡蛋的形状一样，所以风水说是母鸡。东边一个崖坝，西边一个崖坝，就是翅膀。从住的那儿看不出来，但从河坝那边去看，还是有点像鸡。明白了，雌鸡岭是一个抽象的空间艺术形象，需要一定的想象才能掌握全貌。陈发清说那些"鸡蛋"直径大小有一米左右。

宁文海发表在"镇巴通"公众号上一篇文章说三只鸡他都去考察过，有这么几个说法：上古黎山老母一窝鸡走散了，两只公鸡去了城口和宣汉，一只母鸡到了镇巴雌鸡岭。雌鸡头在赤南这边，鸡喝了后河的水，把蛋下到了坪落那边，结果坪落比后河这边富裕；他还听宣汉一位九十岁的老人说，上天派树神古俚僚人下人间种茶，需要有鸡形山三处，种到鸡叫为止。树神拿了二百棵茶苗，去鸡鸣寺种下九十一棵，雌鸡岭种了八十一棵，鸡唱寺种了二十八棵。后来只有鸡鸣寺的九十一棵天下知晓，另外一百零九棵下落不明。乾隆年间鸡鸣寺住持做了一个梦，就叫他的两徒弟去雌鸡岭找到了八十一棵，用后河湄水洞的泉水泡茶，茶香无比，于是有了"雌鸡岭的茶，湄水洞的水"一说，茶曾贡于州县，贡于陕西巡

白崖寨（崖果然是白的）

抚毕沅。两个徒弟又在宣汉找到了二十八棵茶树，因为种在苦泉周围，成了苦丁茶。

上面传说的特别之处是把四川陕西重庆三个地方串联了起来。这样跨省跨县的民间传说，一般是不同地方的人集体创作的。跟这三个地方有较好的道路相连有关，最初的传说被旅人带来带去，最后形成一个故事。

雌鸡岭所在的这条山谷叫后河，特点是滩平石头小，水浅而宽，且十分青蓝，你挽起裤腿就可以在里面走。车沿着河走，周孝德说每个河湾所绕的"半岛"都是一个锁子，共九把。别看山里河多，有的河床疙里疙瘩，深浅不一，有的河水太少，河滩在外，像后河这样貌美而又好接近的不多。这条河跟麻石河一样，都属于"浅滩小河"。如果搞个小河选美，我会投后河一票。

到了后河最里头，说去鸡窝还得登山。烈日炎炎，所以鸡窝就不去了。陈发清说上面现在没人住了，生产队的时候有一百四十多人。他还说当年青狮沟那位专家蔡如桂也来过这儿，给他们传授过新的采茶烘茶技术，此前他们只有晒茶。我觉得茶要恢复，茶叶蛋也要做，但茶叶蛋销量有限，不妨在鸡窝里散养土鸡。雌鸡岭的土鸡和土鸡蛋没有理由不出名。

如今雌鸡岭的人迁到青树村去了。离村委会不远河对岸的石壁上有个白崖寨，村支书说上面曾有悬棺。我过了河走到跟前看，能看到低处有方形栈孔。村支书说从前插上杠子架上木板就能上到洞里，叫人字梯，引到上面一个洞子里，里面能容百十号人。这个绝壁不高，五十米左右，中上方有几根插在栈孔里的木杆，横着伸出来。与《定远厅志》上记载的那些高险的寨堡相比，白崖寨这样的小型洞寨更"亲民"，它就在浅河边上路边，可以是河滩游的一部分。这样的地方更适合中学生来研学，搞直播的人也可以想办法上去钻一趟。

顺便说一下，研学本来是个很容易操办的事，由老师带领，自带干粮，某个下午或周末出来走一趟，从前的老师经常这样（那时更多的是义务劳动类，如割草沤肥等）。如今研学被复杂化了，仿佛成了大城市里研学机构才能操办的事。其实研学不必搞高大上的课题，可以不设课题，来了以后再探索有什么好玩的和值得探讨的。下面要去的这个地方也可研学，就是周家坝的周家老宅。

这是一个土墙瓦顶的三合院，正房侧房都在，屋檐宽宽，院子三面的台阶都在。坐在台阶上，看出去是一些土地，过去就是河滩，河滩过去是小山。所以这家人不仅有开门见山，还有开门见河。我看到老屋旁边有一个石头凿成的水缸，半个圆柱形。从石头水缸可以看出，当年陶瓷水缸要运到这儿来还是不容易的。打一个石头水缸花的功夫要比烧制一个陶瓷水缸多多了，但陶瓷水缸可以批量烧制。还有一个很规则的长方形的石头，周孝德说本来也是打水缸的。我就马上想到《红楼梦》里的那个石头：无才可去当水缸，枉入此家许多年。

了解民俗信息民间故事永远是个有意义的研学话题。周家有一个人在河对面做筏活时，河里发了大水回不来。七天后河水退了，大家以为他死了，抬埋的时候又活了过来。青树村的一个年轻干部给我说这个地方的葬礼上棺材在抬往坟地以前都不盖严，在靠大头的一边留个缝隙，是有道理的。房子对面的院子边长着一棵柏树，给这个庭院增添了景观——它以河滩小山为背景，高大挺拔，独立一方。树干上同一个结点发出六根一样粗的分支，其中有一根断了，所以那辈六个弟兄中有一个就没有后人。这个故事的迷信成分不可取，但反映的"万物之间都有关联"这一哲理是有价值的，这正是中国从《易经》开始就有的辩证思维。马家河那个桂花树把老鹰茶树引活，也是一样的道理。

周氏家谱上说祖上康熙九年（1670年）从湖北黄州移民到镇巴固县坝（今镇巴县城），雍正九年（1731年）有一支迁到平落周家坝这儿。周家这个庭院始建于道光十六年（1836年），这个老屋还有一个道光十九年（1839年）的"荣恩应赐"的匾额，赠送者的落款是"钦赐花翎署陕西汉中镇属定远营游击府河洲镇标右营赐"，表明送匾者是一位得过"钦赐花翎"这一荣誉的官员。比如嘉峪关就有一个"宣威中外"的匾额，赠送者是"钦赐花翎闽浙即补副将前署嘉峪关游击杨美胜"。这说明当时的望族人家以获得当地知名官员所赠匾额为荣。1839年也是青水胡氏庄园中兴庄主胡高学在世的时候，可能也是镇巴各名门望族家道相对兴旺的时候，因为1802—1860年是白莲教起义和太平天国起义之间的一

故人家在桃花岸（周孝德摄）

段社会稳定的时期。

　　坐在檐下台阶上望山望河的感觉，跟在万源看那个廊桥时是一样的。这样的老房老桥跟周围的环境组成了一个生态圈。千里马常有，伯乐不常有。好景观常有，带着生态圈的好景观不常有。好景观生态圈常有，能来欣赏它们的人不常有。所以这样的地方注定是给本地人享受的，传内不传外。历史上寻奇探幽的人比我们现在多，山林之美都被人家说彻底了，看看这两句：故人家在桃花岸，直到门前溪水流。

　　来研学的同学们不妨在这个老宅附近各自找个地方坐下，吃干粮喝水，也看一下韩少功的短篇小说《归去来》，这是八十年代寻根文学的代表作品，里面体现着田园村落的老旧之美。

　　希望我上面这些分析，能给研学的同学以及有兴趣探究旅行美学的游客一些启发：后河这条山谷里的雌鸡岭、白岩寨，以及周家老庭院，并不是很出名的地方，但在这儿完全能发现旅行美学和有趣的民俗文化信息，所以我们不要忽视附近的旅游和文化资源。在这点上，学会关联性思维很重要：通过关联发现问题，然后加以分析，得到有价值的信息。

半夜打铁的响洞子

金木水火土中，"木水土"是纯天然的，金和火就不太好界定。金（金属）里面的黄金来自天然金沙，其他金属里则是以铁为大，铁需要从矿石中炼制，不是天然的。所以我认为金（属）虽然在五行中排第一，但影响力却排第五。我说的是早年的村落时代。先看看另外四个元素的存在度：

木：床柜，扁担水桶，梅兰竹菊，丝竹乐器等。

水：井，泉，河流湖泊，池塘大海等。

土：土地，这一条就能"孤篇压全唐"，除此还有山脉石头。

火：火山火，雷电火，露天煤炭石油自燃的火，都算天然。重庆有个地火村，土里有天然气冒出，村民摆三块石头放个铁壶，点着就可以烧水。这样的火，还有煤气灶，炉子里的火，火塘里的火，都是人工的。

"木水土"在村落时代最常和火发生关系：木头燃烧可以烤火、做饭，水烧开了蒸馍、蒸米饭、泡茶，土能烧成陶瓷、瓦罐、砖，石能烧石灰。你可以说金里的黄金能当钱，万物之中钱为大，也是"孤篇压全唐"，但那是对有钱人来说的。金子在村落人的生活中却可忽略不计，没有它也活过来了，所以即使是黄金也只能排老五。

铁虽然非常重要，比如锅、铲、镰、锄、刀、斧、犁、锯，但它由铁匠垄断。铁来自哪儿，村落人还真不知道，也不去打听，村落人对铁的亲切度要低于木水火土。所以才有骗子去陕北拿一根针换一只羊的事：你知道把铁棒磨到这么细要多少工夫吗？其实更高明的骗子会这样问：你知道炼出针这么大一点铁需要多少矿石和煤炭吗？这一问，可以拿一根针换两只羊了。

骗子问题的答案在镇巴这个叫响洞子的铁匠小镇。至少从清朝开始，到五十年代，这个离四川地界只有几里路的小镇以铁匠铺众多出名，打钉子、脚马子、刀具锄头，样样都有，然后由背老二背往各地。在五行里受到冷落的金属，原来在这儿排老大。

我跟宁文海、游远志和唐友朋来看响洞子，宁文海又顺路叫上住在小毛垭已退休的刘矿长。看了响洞子这个老街，我就下结论

那时洞响人更响，而今人静洞亦静（响洞子戏楼所在地）

了：如果要在镇巴找一个荔枝道上最重要的古迹，非这儿莫属了。

只有一条主街，处在斜坡上，宁文海说这跟碾子老街一样，叫坡坡街。我前面在三元的双河村和马家坝说过，镇巴的高山上另有一种常叫某某"坪"的田园地貌，跟山下河边叫某某"坝"的相对应。现在又明白了，还有一种人口聚居的"坡坡街"处在半山腰。如今的响洞子还有少数人居住，老房子之间已有少数水泥小楼，比如这个，门前房檐下正坐着一位老人。刘矿长认识他，说他五十年代也是铁厂的。他两个五十多岁的儿子也在檐下站蹲。我问他家还有没有打铁的东西，一个儿子说有，带我们进去看。穿过堂屋，先看后院一侧的房檐下立着一个风箱，一人多高，跟我小时候炉灶旁边的风箱不一样，长多了。他又带我到一间卧室里，从床下一件一件抽出大小长短不一的锤子、火钳、砧子、一个做铁勺的模具等。他从前也打过铁。

"那时你们在哪儿打？"

他带我出门走到街对面，从一个窄巷进去走几步，走到一个屋顶已经半垮塌的小土房前，拿钥匙开门，进去给看当年的炉灶。给我说风箱在哪儿，砧子放在哪儿，说这个炉灶上的锅是蘸水用的。他很重视给我的介绍，说这些都可惜了，要是能整治一下就能重新开张。

我很理解。最大的可能就是某种程度上发展旅游，让他和他兄弟演示性地打铁，打出来某个能当作纪念品带回去的铁器。我后来从镇巴县卖镰刀等农具的店家打听到，他们的东西还是有铁匠打的。2022年，我看到响洞子被列为保护单位。所以这位怀旧的铁匠师傅，你的技艺还是有希望展示的。你们弟兄重新点火抡锤，让拍视频的来助一把力，搞点打铁美学出来还是很有可能的。铁匠到处都有，但有响洞子站台的铁匠不多。

关于生铁的事，住在汉中的方周轩是响洞子人，说镇巴有铁矿，过去响洞子附近就有铁厂。用木柴烧铁矿石就可炼成生铁，他们五八年炼钢铁还是这样做的。生铁经过炼制先变成毛铁，烧成便于搬运的方块状，发往各铁匠铺子。毛铁是一种熟铁，但没经过锻打，韧性不行。我想这就像蒸馒头发好了面还没有揉，口感不行。铁匠打铁就像揉面，把毛铁打得有柔韧性，不再脆。铁匠还精心锻打出硬度更高的钢。钢贵，打制不易，所以在打制刀具时，在刀具刀刃那边打个槽子，加上一绺钢，打出来刀刃部分就更坚硬。

向成忠在《历史文物古迹》一文中对镇巴炼铁有这样的记载：明末清初有小炉炼铁，日产一二百斤。清代中叶，出现小土高炉炼铁。其炉高二丈许，围四丈余，方形，内筑黏土，中空如坛，以盐泥涂内壁，前开炉门（俗称"金丝马门"），侧置风箱（后改为后置风箱，俗称"对吹炉"），以"黑棒槌"（未燃熟的木炭）及少量"签子柴"为燃料，人力拉风箱送风，一昼夜为一个火，日产铁两吨左右。清末为炼铁盛期，全县有三十余处铁厂，1923 年后铁厂陆续关闭。这些描述让炼铁人露了一把脸。平时我们只知道铁匠，而在山里垒特殊炉子炼铁的人则被忽略了。

我想象铁匠作为跟造纸匠一样的手工业者，收入要比普通农民高，而且铁匠也不是各自单干，而是加入当时的会馆，由他们负责销售。有会馆就有大户人家，自然也能支持各种文化活动。如此大的铁匠社区，一定有自己的铁匠文化。下面是刘光朗对他小时候所见响洞子的描述：

响洞铁匠打的最多的有船钉。有湖北武汉重庆的商会，万县商会。炼铁是另外一回事。炼铁的炼成毛铁（生铁），毛铁再经过大一点的炉子，拉风箱，两个人拉，三个人抡大锤捶炼。这么粗这么长一块生铁捶炼的毛铁，又划成四牙子，炼成四四方方的毛铁。打钉子的都是用这个铁来打。打钉子的两个人，一个人拉风箱，风箱一丢马上抡大锤，也拿小锤，打椽钉，我们叫土钉。打脚马子，打脚马子要有功夫，有四个钉钉。到晚上一街的火，一街的炉子。街上有个洞，传说晚上有妖魔出来。白天休息，晚上打铁。现实原因是，响洞白天集市有上万人，要做生意。有打到半夜两三点的。

我姑父就是个打铁的。打钉子，打脚马子、锄头、铲子，专门有商会收购，没有圆钉，只有土钉。前头是方的，农村修房钉椽子，造船。有一年开学没钱，我父亲说到你姑父那儿去背钉子。背三包，一包五斤，三包十五斤，从盐场走路背到镇巴，放在一家卖五金百货的商店，卖了我再去收钱，收了钱才到学校管伙的那儿交饭钱。五二年十五斤钉子管一个月多。响洞当时比渔渡繁华。

旧社会响洞子唱戏，街上各家管饭，负责人把戏班子人的名字贴在管饭人家的门上，吃饭时演员们去街上找自己的名字，各家人也都准备待客，叫"飞子饭"。一般派的是不愁吃穿的人家。有一次我家管的是一个唱须生的老汉，来到门前先说："恭喜恭喜，发财发财。某某掌柜，今天打搅你们了。"主人赶快热情欢迎某先生。吃完饭休息喝茶时，我们小孩就说："某爷爷，把你的调调给我们唱一下好吗？""要得。"就唱一调汉调桄桄或者川剧。这是1945年时候的事，当时街上几百户人家。

我看到刘光朗主编的《镇巴民歌曲谱选》里有一种民歌体裁叫"风箱号子"，也叫"箱夫号子"。这样的体裁名像词牌名一样，是一种文化典故，尽管内容不一定都跟拉风箱炼铁打铁有关。这是镇巴的一种特色民俗，因为其他地方见不到这样的铁匠社区。看看《镇巴民歌曲谱选》里这位铁匠铺伙计唱的风箱号子，一边拉风箱，一边瞅着门外编歌词：风箱扯起歌要唱，哎吆吚吚吆；过路的贤大嫂抬头望，哎吆依吚吆吚吆。

刘光朗所见的传统阶段的响洞子相当繁华。1945 年是战乱年代，但对铁器的需求不会因战乱而减少。1949 年以后，随着工业化的发展，响洞子的手工打铁走向衰落，然而根据刘矿长说的，1976 年到 2008 年响洞子还经历过一次大复兴：因为附近有煤矿，矿工和家属都住在响洞子附近。在渔渡镇开宾馆的唐友朋说那时候渔渡人骑车子从渔渡来赶场，整条街上都是人挤人。今天，山顶上的坪和山腰上的坡坡街终究还是竞争不过山下的平坝子，而山里的坝子又竞争不过山外的平原。古人高处、中间、低处，还有山里山外都走，不知现代人为什么只往低处走。

后来我还听到如下几个与铁匠有关的传说：

陈忠德说铁匠给猎人制作猎枪的时候，在打磨关键部位如枪机和火帽那个地方的时候要念咒，还要跟女人调情骂仗。比如，阴雨天常有女人到铁匠铺子来叫师傅给打个小东西，诸如针架子、锥子、洋芋刮刮等，一边在铁匠铺子里等候，一边聊天说话。这时候师傅拿起刚造好的枪筒，对着女人的两腿之间突然一插。众人哄笑，女人醒悟过来，骂道："你个砍脑壳的，你要死了！"而铁匠师傅要的就是这句话，表示这杆枪将来能打死猎物。洋县的谢村黄酒坊也有这个传说，说关键时刻老板娘要跟酿酒师说段子打情骂俏，否则酒会酸败，反映的也是同样的道理。胡述权说他大伯打铁，收工后工具丢在铁匠铺里不锁门。有人问工具咋不收拾？"收拾啥？谁拿走了谁得给我送回来，要不然就会肚子疼。"大家都知道铁匠铺的工具不能偷，就像庙里的东西不能偷，偷了会遇灾。

袁兴健说他干爹赵崇茂是个铁匠，说他师父当年打造出一个土枪，装了铁砂火药，把枪口对着自己的口让徒弟扣扳机，几个徒弟都不敢。最后他干爹去扣了，嘣的一声，没有任何事，铁砂蛋都被他一口锁定，吐了出来。我估计这可能是一种魔术：只要火药少装点，推力刚好能把铁砂推到枪筒口，就不会有杀伤力。盐场另有个人也会法术，他反对杀生，所以打猎的人不经过他允许，出去就什么都打不到。这个故事可以用作保护野生动物的宣传，是法术作为善举的例子。他外爷也是铁匠，说有一次外出走路，经过一个铁匠铺，进去问能不能烤个火，铁匠铺主人就用火钳夹了一块红炭递到他面前，他撩起长衫的下摆接住就走了，一边走一边烤手。这一走，铁匠铺子的炉子就报废了。主人一看没斗过他，就拿起一根茅草念了咒语，茅草立刻变成飞刀朝他飞去。正好有个女人走来，他外爷就钻到那女人的裤裆下面给躲过了。

上面几位说的故事在其他地方不容易听到，我给它们贴上"奇特"和"少见"的标签，重点保存。

如今的响洞老街上，戏楼遗址还在，当年的石头门框还立着。禹王宫虽然改成小学了，但是小学的大门和两边的墙里，镶嵌了庙里的石碑石刻，这得感谢刘矿长，是他当年建学校时把这些石碑这样保护下来的。两边的老铺板房虽然有的换成了小楼，有的屋顶垮塌，但此地仍是我在镇巴见过的老房最集中的地方，有少数状态还不错，也有我在仁村洋鱼塘的深山里才见过的"虚楼"（吊脚楼），长长的石阶路也完整。小镇坐落在斜坡上，从一头到另一头都是台阶，台阶上长满青苔杂草。光这些台阶路，就是荔枝道一个重要见证。

响洞子如果没法整体修复，能把现状作为一种文化遗址保留下去也不错，就叫铁匠小镇遗址。前面说过，中国农村以"木水土"为主要元素，铁在历史上出现得相对较晚，各地铁匠一般都是散户。铁匠如此集中，而又地处深山的小镇，在中国相对少见，具有稀缺性。而且我在镇巴见到的跟铁匠有关的传说和民歌，在别处也少见。如果宣传得当，响洞子的价值应该会引起大家的重视。中国应该对"工匠文化"进行更好的挖掘整理，为每门工匠设立一个单科，比如木匠、铁匠、石匠、泥瓦匠等。在此，我先选响洞子为全国铁匠文化的代言人。

根据我了解的情况，在目前万源入镇巴的三条路线滚龙坡、响洞子（就在铁匠垭跟前）和秋坡梁中，响洞子走的人最多，它离四川地界最近，就在川陕交界处。我自己看到的也支持这个：相比滚龙坡和秋坡梁，响洞子和铁匠垭这儿地势最低最好走，应该是镇巴荔枝道的必经之地。宁文海在一篇关于响洞子的文章《响洞拾遗》里还提到这么几个有意思的信息：响洞子名称的来源，一是关帝庙下面曾有个漩洞，里面发出锣鼓声，传说巴国时有一将军带人运送宝物路过这儿时消失了，洞中有宝无数。1929年王三春的几十人举着桐油火把进洞寻宝，因烟太大且岔洞多而退出。另一个传说是洞里有金蚂蟥无数，如果出现此地将陷入大海，有一过路道人说敲击声能镇住金蚂蟥，于是有了打铁的。另一说响洞街像蜈蚣，是个蜈蚣精，想吃金蚂蟥。如两虫相斗，此地将沉大海。蜈蚣怕声响怕硫黄烟火，于是人类就烧煤炭打铁。家住响洞子的王芳鸿说老君庙关庙等经常唱戏，有时候一个还没演完另一个就开始了。有一个皮影戏班子最后竞争不过，把锣鼓乐器放进一个山洞里人走了，后来那个洞子里就有锣鼓声。

这几个传说本美景家相当喜欢，就点评一下：巴国将军是相当久远的东周时代，我所听过的巴国将军只有巴蔓子，在现在的重庆那边。此地能有巴将军元素，一定是荔枝道传播的作用。金蚂蟥的说法也极其聪明和有用，是把金子变成烫手山芋，让人不敢去碰，人一旦宝迷心窍就难免发生纠纷。关于蜈蚣大战金蚂蟥的想象，看来是风水家搞出来的。风水家如果破除迷信，都是不错的文创家。响洞子人打铁打到半夜一两点，白天集市上又是人声鼎沸，硬是让金蚂蟥不得安宁，只有一个劲往洞深处钻，钻得无影无踪。周孝德说锣鼓乐器从洞里发声，可能是因为镇上的人听了太多的戏，不唱戏的时候耳朵里还是有声音。此说有道理，延伸一下，可以说镇上人听太多打铁的声音，不打铁的时候仍然余音在耳，于是说声音是从某个洞子里传来的。

宁文海的文章里还说响洞子是有钱地方，常遭土匪觊觎，但铁匠族群肌肉发达且会造刀矛枪炮，后山的铁匠垭有哨台梁，后山腰有炮台梁，声名在外，土匪少有得逞。刘光朗说他一个爷爷是响洞子的财主，王三春跟他是拜把子兄弟。有一次王三春叫他，说喝醉了，王三春就让人把他背到渔渡说事，说的是让他打造若干刀枪武器。前面说过，王三春道亦有道，不能硬抢就拜把子软抢。

响洞子也挑战了我前面的"精韧"说：深山荔枝道上还有铁匠石匠这样的硬汉，他们跟背老二不一样，有的是爆发力。四川的荔枝道考古的专家如果来到镇巴，一定会把它选入《觅证荔枝道》那本书。

对了，如果上面那位老铁匠的儿子出来打铁拍视频，我自告奋勇拉风箱，也唱一首风箱号子：

> 风箱扯起歌要唱，
> 看手机的姐妹这边望。
> 我给你打个铁铲铲，
> 你来挖野菜我做饭。
> 吃饱了给我点个赞，
> 不点手机点脸蛋。
> 哎吆吙吙吙，嘿嘿。

干龙洞到玉溶洞

宁文海说："这个溶洞开发前叫干龙洞，是干龙洞的上洞，下面山脚还有个下洞，里面有水出来，旁边有佛像，有人烧香。渔渡人来这儿拉水吃。我来过好多次，有一次看到石墙上的苔藓里面不对头，揭开看，上面刻着一个红军标语：红军不杀穷苦人，红军十二军政治部宣。好像是用刺刀刻上去的。1933年这儿发生过大河口保卫战。干龙洞我走通了，一直走到木竹河那边。我们拿了工具。我判断有氧气，因为可以点烟，2008年后地震塌了走不通了。我把一个十几万元的摄像机掉了下去，下面是石缝子，有水，没敢捞。那个地方像个大象，象背上驼了一个闪光的宝。我们三个人带着睡袋，带着从万源买的军用饼干。九月份去的，不要睡袋都没问题，随便睡一个石头都行。第一次走了三十几个小时走通了。拿着小红旗，每走一个地方插一个。"

"当时有没有前人留下的东西？"

"没有。据人说走进去见有龙在水里动，实际上是个木头在水里多年，上面有吸附的东西，在漂动。"

我明白了，原来它就是我一直好奇的巴山山洞的一个代表。我真是叶公好龙，反而不识真龙，只因为这个真龙身上有很多钟乳石，打了灯光以后变得太好看，还起了个新名字叫巴山玉溶洞。我到一个地方逢洞必进，比如青水苗乡的雷家寨、猫儿沟寨，鲁家坝的母猪洞（他们改成了药王洞，因为在附近种了中药），景家坪的银洞子，晒旗坝的水洞子和干洞子，三元的凌冰洞和倒水洞，还有仁和村麻石河的猴子洞和狗钻洞。凌冰洞一进去虽然大，但往里面就不好走人了。这个干龙洞像个巨蟒，肚子里面又有四个高大的"厅"，总经理吴微说最高的三号厅三十八米。

停车场旁边坡上那家的老人姓赵，说从前洞口在离地三十多米的崖上，人从下面的河滩没法爬上去。但洞口一侧不远处另有一个小洞口，里面跟干龙洞是相通的。人先沿着崖上的窄道走进小洞，从里面再进入大洞。我觉得像大户人家的大门，中间的正门是不能走的，只能走旁边的小门。

然后我跟景区的袁丹

小洞壁前人凿的灯台

平按照开发前的路径看干龙洞，先到那个小洞的洞口。如今它不走游客，有个铁丝网门封着。我像水浒里误走妖魔的洪太尉，请袁经理找管洞人打开铁网门。里面没有电灯，就打着手电，也打开手机的照明。刚进去走了一点，左边石壁上就有一个岔洞，能看见小岔洞里面几米处变小，到只能爬进一个人。刚才的赵老人说有几个中学生来玩，一个爬过这个小洞掉入一个深洞，县救援队赶来才救出来。管洞的人说那个人他也认识，当时就是从这个小洞爬进去的。

我们没钻这个岔洞，继续往前往下走。这个小洞不是直接通往隔壁的干龙洞，而是往下走一个弯曲的路，在这儿完全不知道走的是什么方向。东南西北这样的方向词，对于洞穴行走者来说完全无用。盘旋下到一个地方，能看到一旁的围栏外有个小洞子直通上去，原来上面就是刚才我们看到的那个岔洞。刚才我们是从井口往下看，如今是在井里往上看。这半中腰的"井壁"有一处鼓出来的石头，上面覆盖着冲下来的泥土，当时掉下来的那个孩子应该是先落在这上面，比较软。我不知道那个孩子是不是继续掉入下面的洞子里。

后来康家坪另一位赵姓村民说还有一个孩子也掉下去过。看来历史上这儿村童钻洞子是常见的，他们才是真正的洞穴探险者。

继续往前走，由于一切都不规则，语言已经没法描述了。只记得走到一段洞穴的终点，地上放着一些小酒坛子，袁丹平说酒放在这儿会变得好喝。原来酒窖是这个样子。我们似乎原路返回，但忽然来到一个极其高大的洞里，手机照不到顶，一切都是黑暗的。原来我们来到了干龙洞的主洞里了，这儿就是我上次来看过的色彩绚烂、遍布钟乳石的最高大厅。

没开灯的溶洞倒是更有奇秘感。我看不妨把里面的灯光都关了，让游客一人拿一个手电，或者头上戴个矿灯，或者打个火把，

玉屏浮雕（巴山玉溶洞景区提供）

那才有探险劲。这儿的路已经铺平，深潭和地缝边都有护栏，所以游客的安全问题不大。想到这点我居然很自豪：我这个美景家发现了一个游溶洞的新攻略，景区管理方不妨照这个攻略来宣传：

　　　巴山玉溶洞每天下午两点到三点提供一个"回到干龙洞"的特色游活动。玉溶洞原名干龙洞，是巴山里众多大型山洞的典型。里面的三号厅最高，三十八米，这么高的厅整个都是地下水冲刷出来的。再过一万年，洞顶会更高，直到有朝一日上面薄薄的最后一层塌了下来，就会形成一个天坑。我们知道大家都有进山洞寻奇探险的心理，但苦于山洞黑暗有河无路，加上地方偏远，所以我们关一个小时的灯，让你领略原始干龙洞的风貌。彩色有悦目之美，黑暗有梦游之美；关灯和开灯的瞬间，让你切换一万年。

我来看巴山玉溶洞附近有没有小景点。有，狮子寨和赵家墓园。

狮子寨

顺着溶洞前面的渔水河谷望，最远处的高山上有个小山包，叫狮子寨，《镇巴文史资料》一书中说上面有个 1988 年发现的狮子垭寨，"时代不详，东西长 170 米，南北宽 140 米，现存片石砌成的墙体约 34 米"。我对寨子向来感兴趣，于是跟袁丹平开车上去看。渔渡盐场这一带川陕交界处寨子很多。虽说这狮子寨没有什么大名气，但真正的美景家钟情的不是名气大的，就像曹操这样不缺肉吃的人，却喜欢吃鸡肋。

果然，上了盘山路不久就看到路边一个小悬崖，最顶上石崖边缘上长着一棵树，跟白天河那个树坚强是一类的，把根扎进悬崖边缘的石头缝子里，可惜我们没办法上到顶上去看仔细。继续走，到高处，发现完全是一片田园景象。有大片的弧形农田，有田间树木，有小山包，跟景家坪挺像。这儿天蓝云白，让住惯了镇巴山间县城的我感觉天地宽了许多。这儿像挤在一起的牛共同披着一个长毯子，毯子的低凹处土地平旷，屋舍俨然，有良田美池桑竹之属。山里有高山，谷里就有高谷。

有十几户人家分散住着。我们把车停在路边看起来不错的一排瓦房后面，走到前面的院子里，果然，长条形的院子那头有两位老人坐在小凳上从豆秆上摘黄豆。正是十点左右，阳光灿烂。老人起身招呼我们。我们问怎么去狮子寨，他们就到院子边指说了一阵。

两个人都八十岁，老太太比老头子语言更好些。她招呼进屋，我就进去看看。果然有一间火塘专用的屋子，不平整的土地面上扫得干干净净，火塘周围也没有木柴等。我第一次见到这么干净的火塘屋子，就表扬了几遍，老太太非常高兴。这个细节包含着一个生活美学：这老两口子女都在山下，家里难得有客人来，但老太还是每天把火塘收拾得这样干净。也许她一直期待着客人的到来。但即使不来人，他们也要生活在美学中。

我跟袁丹平和另一位客人按照指点，从一片不难走的树林间爬上一个山包，就是狮子头。虽然有点陡，但因为树木密，随时可以抓树，所以不难走，不一会就到了一个岩石和大树形成的垭豁，可以俯视山那边的溶洞景区，原来我们爬到一个狮子耳朵上了。山那边看来是悬崖，没路下去，有一些杂木。这个小垭豁风非常大。然后我们又绕到另一个高处的岩石旁，看来是狮子的另一个耳朵，那边也是悬崖。

这个地方虽然没什么名气，但相当好玩。第一是一路没有险峻难走的地方，且上去也不高，但也不是太容易那种，所以既有一定的锻炼和挑战，又相当友好。第二是这狮子头处在高山上面这个阳光灿烂的世界，所以并不觉得高。第三，最有特色的是两个耳朵周围的连山石，构造和造型都很奇特，

初日照高林（狮子寨山坡人家）

不大不小，像艺术雕刻。在这样的小山顶上走，很有探索感。狮子寨如果要搞个草根景点，可以主打"奇特岩石"这个主题。

有一棵树从岩石缝里长出来，像蛇一样横卧在岩石上往前长，然后枝干向上翘起。我第一次发现应该给石头里出来的树一个名字：石树。"树木中的硬汉"已经不适合它们，我宁愿用"树木中的金刚钻"，跟白天河那个树坚强是一类的。不止一个人给我说过这样的树不沾土，我看也不沾地下水，就靠风吹到岩石缝隙里的一点土和雨水露珠生长。

第二个是茅坪山。茅坪山也处在山的高处，有相当多的土地，种的有大黄等药材。吴微和何永志找土壤标本，我看到一棵树上有五六个鸟窝，怎么会这样？印象中鸟不会这样挤在一棵树上。何永志说是一种藤条爬了上去发散成的。有意思，那些藤条仿佛是自愿上去给鸟做窝的。照例来到一个土房人家，院子里倒放着一个很大的椭圆形木桶，就知道刚杀了猪，快过年了。一问果然是。"杀了几个？""两个。""多重？""二三百斤。"这老两口认识溶洞景区的吴微，又说好久没见到胡总了。他们说的胡总是溶洞景区的投资人胡晓拂，四川遂宁人（跟荔枝道多少沾点边），在新疆伊犁经营企业，回大巴山投资这个景区似乎不是为了赚钱。

我觉得如今到山里投资的人，以及仍然住在山里的人，实际上都有一种土地情结。这些人经历过人稠地少的年代，经历过老家的土地养活不了他们的年代，如今忽然之间农村到处都是土地。所以前来投资，或者在这儿生活的人，大多是为了实现小时候想拥有土地的梦想。

英国当年的情况是羊毛纺织产业圈走了农民的土地，让农民进城当了纺织工人。在英国这似乎挺简单，不像今天的中国人有这么多的乡愁。英国和欧洲城市化之前的农业社会不像中国那么纯，因为是由不同小国组成的，发达的商业贸易一直跟农业共存，淡化了农业的"纯度"。美国的农业是资本创造的农业，而中国是农业创造了农民，美国是"农民"创造了农场。所以要说中国实现城市化跟欧美走过的路有什么不同，就是中国有太长的农业文明。中医，节日和节气，饮食，养生，崇尚自然的美学，古典诗词里充满着山水田园，渔樵，等等，都是深深的农业文明烙印。这决定了中国的农业文化不会像欧美历史上消失得那么快，转化得那么彻底。

中国跟欧美城市化的另一个区别是速度：我们转得实在太快了，在不到一代人的时间里就完成了。九十年代镇巴的孩子看到的，跟他父亲和爷爷当年看到的基本一样，而三十年以后看到的已经是我现在看到的样子：几千年来稀缺的土地遍地都是，而人，已经搬到城里去了。

这里还有个文化惯性问题：环境已经变了，我们小时候的那种惯性思维还在，包括土地情结和农耕情结。所以要问眼下中国社会有什么代表性的文化特征，我首选"怀旧"二字。

赵家墓园

溶洞附近的渔水河谷有个赵家墓园，溶洞景区停车场附近那位老人就是赵家后人，说最早的赵家母子过来时先盖草房，挖地基挖到一个石板，男人们都搬不起来，他妈去轻轻就搬起来了，下面有一猪槽银子，拿银子全部买了包谷，又拿大锅把包谷煮了晒干。结果第二年遭了年岁，人都没吃的，他们卖熟包谷发了，搬到赵家湾盖了新房，后来发展成庄园。

墓园曾经有围墙，如今围墙消失了，独立的石头门楼子还在，很像个牌坊，相当独特，全是石头打造出来，一块一块组装上去的。光看这个门楼子就能想象出当年的档次。

门楼前有台阶，我们就走进去。经过了一点空地，那儿就立着一排石头墓的门面，一共五个，其中一个比别的高大。每个门面更像一个小小的牌坊，又像房子，有个小门可以看进去，墓碑就立在门里。门外有烧纸烧香的石头槽子，门两侧刻有各种动物鸟兽和人物形象，还有对联。

最大那个墓的墓门是三重檐的，檐上面都有青苔。最底层的门两侧各有一个石壁，上面各雕刻三层浮雕。对联是："澄泓一带藏精弈，岚翠千重孕国华"，上面的横批是"山水钟灵"。"澄泓一带"指的是墓园前面弯绕着的河湾，"岚翠千重"就是附近的层层山岭，都是围绕着山水来的。

精致的雕刻

这个地方搞艺术创作的人一定喜欢，因为这是一个物极必反、阴极生阳的地方。文化人分为好几种：历史的、文献的、考古的是文化圈里的实业家，比较务实，善于用证据说话。写小说、写诗的，编导影视的，喜欢空想，就是在看到的东西的基础上增加一番想象。而且这些人喜欢的东西里首推独特古怪，对有名的东西反倒不一定最喜欢。有名气的地方固然好，但知道的人太多，去创作的人也太多。这里是一片绿的世界，首先有好些老树，很可能是清朝时候种的。再就是有一种破落感和杂乱感，散落各处的石条石墩，大树下面的灌木，石头上面都是绿苔，往坡下走几十米就是一个河滩的拐弯处，铺满卵石，水只在一侧流动，人可以坐在石滩上晒太阳。

关于古墓荒冢的诗大都感叹人生苦短，但荔枝道是个乐观的旅游之道，就得来点化腐朽为神奇，变荒墓为景观，所以我喜欢唐代卢纶这两句：几家废井生青草，一树繁花傍古坟。

美国一个儿童故事被翻译成《绿野仙踪》，我今天特意看了一下介绍，里面绿野实际不明显，不是森林里的故事。我倒是觉得这儿才应该是《绿野仙踪》的原型。创作人员开车过来，搬个折叠椅子坐在墓前，或者坐在下面的石头滩上，根据宁文海说的这个赵家的故事来编写个什么剧本。

赵家庄园和墓地处在一个半岛形矮梁上，梁伸进河湾，也就是河绕着梁头流了一个弧形。你看这山梁正像个鲤鱼的头，赵家把房盖在鱼头上。赵

石门遥对猫头山

家当年盖房请风水先生看，风水先生说找到了一个真龙宅，但这种宅是给王侯将相的，不能给一般人说，如果说了自己就会瞎眼断后。赵家答应给他养老送终，于是风水先生说了这个地方。但风水先生年老时赵家人嫌弃他，让他推磨子。风水先生以前曾给徒弟说过，如果十年没有消息，就说明自己过得不好，就沿着渔水河找他，他天天唱歌。四川的徒弟后来打听过来，给东家说，风水虽好但不能住长久，因为河湾对面的那座高山顶看起来像猫，猫是吃鱼的，你家这个鱼头正好在猫脚下。给坟地立两根桅杆猫就不敢来吃了，扎嘴。结果桅杆往鱼头上一插鱼就死了，因为那两个桅杆是鱼叉。于是赵家就破败了。

游客如果来这儿游玩，请看看我的这个创意攻略：渔水河边猫头岭，荔枝道上赵家湾。土墓荒冢成新景，风水不离大巴山。不坐沙发坐河滩，不看屏幕看蓝天。不动手指动脚板，不动欲念动美感。

观音寨

山高皇帝远，两省交界处，往往是匪寇出没的地方，而商业贸易又为匪寇提供了财路，所以渔渡一定是国家重视的治安要地①。因为这个，三国时蜀国曾在这儿设了一个南乡县。清朝时虽然已经有了镇巴县，这儿还是有个武衙门，有练兵的校场坝，左良玉屯兵的营盘梁，还有城墙、文衙门、五姓祠堂、祖师寨、当阳寺等。其中五姓祠堂很独特，明清时期几族人共用一个祠堂的还是少数。祠堂

① 渔渡清代发展成川陕交界处的一个重要商业城镇，光绪《定远厅志》卷二五《艺文志》称："当秦蜀之交，实负贩往来要道。承平时，人烟凑集，居然巨镇。"

没有庙会的时候有故事会（李文海摄）

是一个宗族的家庙，五姓共享，有点像五个国家共享一个首都，是不容易的。我看这也是一种"通家之好"，是大巴山开荒年代抱团取暖的特例。

宁文海是老渔渡人，民国时期家里开了药铺，当时渔渡只有两家药铺，他家的要大些。他父亲写过一本医书叫《六经定法》，另一个人借去看，最后上交给国家立了功，但没说是他父亲写的。多年后有一天他父亲在渔渡戏楼下打草鞋，戏楼前正在举办赤脚医生培训班。从咸阳中医院请来一位专家讲课，讲的就是《六经定法》。讲完以后他跟专家聊天，指出专家念错了几个字。专家发现他居然能背诵那本书，十分吃惊，说他过目不忘，他一笑而已。可见渔渡当年是有高人的。

如今渔渡的老旧东西大都消失了，但有一个地方例外，就是观音寨。

这是一个百十多米高的小山包，在一条河和一个房屋挺多的村子旁边。这小山像个高馒头，只是四面稍陡一些。沿着一侧的台阶上去。实际上从走上台阶的时候，庙就开始了，路边有一系列小屋，里面坐着不同的神像。

上去以后走过一个立着的石头，宁文海说叫"飞来符"，有一天晚上庙里人开门，看见石头立在那儿吓了一跳，就把它叫飞来符，我知道调兵遣将的兵符是实物的，还有端公等画的符，没想到还有这样的实物符。飞来石自己会飞，飞来符则有神人在后发力，有另一套典故在后。前面说过在中国四海无闲田，山川尽文化，而大巴山里的人在给自然景观加持文化方面做得最细致，任何一个自然奇物都逃不脱他们的眼睛。

第二个宝物是乾隆年间铸造的一口中等大小的钟，挂在最高处大雄宝殿宽宽的檐下。叫大雄宝殿，实际上很小，但这钟一挂马上就不一样了，铁打的古钟流水的庙。真是：渔渡城外观音寨，夜半钟声到四川。镇巴博物馆里还有另一个更大的宋代古钟。第三个宝物是几个雕刻的神像，佛教道教的都有，说是从四川的川主庙里请来的。我特意走近，揭开身上的红披风看雕塑工艺。都是木头的，不大，两尺左右，形象比标准化了的佛像有意思多了。

这些小小的黑紫神像里，最有意思的是太阳菩萨和月亮菩萨。一个是女性形象，一个是男性形象，女性的高点，下面写着太阳菩萨，男性的矮点，下面写着月亮菩萨。我看不出他们跟太阳和月亮有什么关系，中国神话只有射日的后羿和奔月的嫦娥。佛教带来个月光菩萨，但此月亮菩萨跟彼月光菩萨已大不一样。太阳菩萨和月亮菩萨这两个名字我是第一次听到。我怀疑是不是写错了，为什么让女的管太阳男的管月亮？此事让研学旅游的同学去研究吧，看这

这样的小神像咋看都像人，不像神

二菩萨源自何方神圣。男的戴汉族常见的官帽，穿官服，女的则有古埃及女性雕塑的特点，衣服上的花纹也像，而且衣服是圆领的，应该与少数民族有关。管庙的人说这两个塑像也是从川主庙里请来的。

下山时有个女的正在给一个小房里的菩萨上香。我问是什么菩萨，她说是将军。我也喜欢听这个，小小的观音寨上什么神圣都有，如果说是观音等有名的菩萨，反而少了趣味。

下来以后我们绕着这个小山走，老马指说一片叫"南天门"的石壁，里面有毛驴推金麦子。有喇嘛来找宝，石壁上那两个眼是他放钥匙的洞。《定远厅志》说："九拱坪东十里有石宝山，半岩石碣中有金鸠二，雍正被异人取去，今双眼仍在。"这儿离九拱坪不止十里，看来不是。但一个可能是，这儿有宝的山很多，那喇嘛带着一串钥匙到处试，到处放。

老马说观音寨以前不是独山，跟河对面的山梁是连在一起的，水从山这侧绕着走，形成一个太极图。但七几年把梁挖断，让观音寨成了孤山，让水从挖开的地方流过，跑了风水。我看渔渡镇上如今只有观音寨这一个保留文化古迹的地方，也是一个文化孤岛。

铁路小镇

刘礼德叫我去巴山镇。看镇名我就觉得在巴山深处，果不其然，但这儿居然有个火车站，而且就叫巴山站，全国叫巴山的火车站就这一个。

红岩湾隧道（刘礼德摄）

镇所在的山谷狭窄，一条小河穿过。镇政府大院有意思：从大门进去，到里头有另一个小门能出去，一出去就能走到河边。从河上一个小铁桥过到对面，上个坡就是火车站，两边二三百米处各有一个隧道口。如果这个山沟再窄一些，站上停的火车就会"两头在洞里"。站台上有个大石头，上面刻着"巴山精神"。除了延安精神，陕西还有一个巴山精神，是中宣部专门为表彰当年修建这条铁路的人的。这是襄渝铁路，是宝成铁路后第二条出川铁路，建于 1964 年 4 月至 1973 年 10 月。

巴山精神代表的不仅是襄渝铁路，而且是当年全国的铁道精神，以至于至今每年一度的全国铁路运动会还是指定在这儿举行。这就不简单了，没想到小小的巴山站如此厉害。我小时候在汉中老家就听我三姑父说他当年参加宝成铁路修建的危险艰苦的故事，还有那老百姓抽的宝成烟。然而从建设难度上来说，襄渝铁路长度和修建时间更长，桥隧长度占比更高，三百公里深山区没有公路没有电线，是个比宝成更硬的硬汉，只是名声被更早的宝成线盖过了。

在巴山见到如此一个铁路硬汉，你不得不鞠躬致敬，即使它跟你写的主题关系不大。

其实关系也挺大。首先，襄渝铁路重庆到万源段走的基本是荔枝道沿线，过了巴山站向东北去了安康和襄阳。其次，这条铁路给

深山慢车依旧

那两条悬崖像长城（谭从吉摄）

镇巴带来了重要的故事和景观。我在山里一般不关注现代建筑，但小火车站是例外，况且在这儿绿皮火车一出隧道就是车站，一出车站就是大桥，一过大桥就钻山洞。这车站让巴山镇成为镇巴县的一个"另类"，偏远小镇都希望县上多给照顾，但此镇的人游离在外，巴不得被忽略：没事的，我们在山里好着呢。然后悄悄坐绿皮火车去万源、重庆、安康、襄阳，乃至武汉、上海，该打工的打工，该做生意的做生意。回来也容易，几块，几十块，从上海来也就二百来块，一直坐到家门口，怀里揣着钱。

巴山镇还有一个宝，就是包茂高速经过这儿。镇巴县城现在还在等待西安到重庆高速的贯通。巴山站证明了我前面说过的，古代的驿道不一定经过县衙所在地。

镇上人都住在河边，两头的山谷变窄，都有好景观。走到顺河的一头，两侧山上是两扇巨大的悬崖。我所见的悬崖多数插在坡中间或者沟底下的河边，半藏半露，但巴山这两扇很高调，在隔河两山的最上方，也是我在镇巴见过的面积最大的悬崖。如果真这样，就应该选它们为"悬崖冠军"。它们不是面对面，而是呈"八"字形列在谷口。

镇子另一头也是陡然变窄，通向一个跟白天河类似的溪流峡谷，叫大寨沟，相当幽美。大寨沟的小道比白天河好走，离下面的水也比较近，能近观溪流，不像白天河的水深藏在下。我看大寨沟的奇秘程度介于白天河与麻石河之间。溪流峡谷是山里最常见的景观，每个县

梯子正好到小门，说不定是当年为修桥工人做的

都应该举办一个溪流峡谷选美赛。在我所见到的里面，我选白天河为冠军，大寨沟为亚军。如果不要求一定有峡谷，而搞个"在水一方"的小河选美也行，大巴山里"美河如云"。

大寨沟还有个好处是离镇很近，一出镇子一头就进入，不像白天河离青水镇还有四十多分钟车程。

谭从吉的父母家就在河边，给我指说河对面有个鱼泉。现在没有鱼了，因为地震把洞口震塌了。我过去看，石缝里还有水出来。我特地问了他父母什么时候会有鱼出来，说"七上八下九归潭"，意思是七月鱼上来，八月鱼下去，九月就藏入深潭，附近的人吃过

不少，如今只有水，不见鱼。

镇上横空而过的铁路大桥桥柱有七十六米高，谭从吉说里面有个垂直通道，有钢筋梯子上去，供当时修桥的工人上下，他小时候跟镇上的孩子爬在里面打牌，打完牌顺着钢筋上到顶，到桥的梁和柱相接的地方。后来大人把小门锁了起来。

我仰头看那七十六米高的桥柱，然后去跟前人家借梯子。

于是我跟他和刘礼德架起梯子，我爬上去，把手机录视频功能打开，手从栅栏中间伸进去，镜头朝上，心里想，就按七十米算，也有二十三层楼高。相当于在这样一座楼的一侧从上到下固定一串钢筋梯子。那时的孩子都是"孩坚强"。

微草根景点也是有的。路边随便一个小洞口，进去就是个变化多端的小小空间，有个石头看起来像观音，于是前面就有了香火。

襄渝线上看任河

这是非常独特的一种天然寺庙。里面的空间有着根雕的美学原理：不对称，没规律，弯曲抽象，有洞穴与外面相通，真正是"山洞即庙，石头即神"。

2022年5月我坐绿皮车从安康到巴山站走了一趟，很长一段路都跟任河相伴。任河水还挺大，介于碧蓝和碧绿之间，山上是山上面的河，果然跟山下的河不一样。镇巴一带的河主要分为泾洋河家族、青水河家族、楮河家族。泾洋河居中，往北流去陕西，楮河和青水河在两侧，往南流去。其中楮河向东拐去，看来想去湖北，但任河又把它往北带入汉江。任河发源自重庆城口，本可以往南就近入嘉陵江，再从重庆朝天门入长江。估计任河跟巴夫一样，只是想去陕西逛一趟，最后跟着汉江入了长江。

这里看一下《秦岭简史》对任河的描述：大巴山河流众多，然而最具特色者，莫过于任河。任河分为东西两大支，东支源于三县交界三棵树，西支名楮河，源自镇巴县星子山。九江向西，楮河向东，像两条飞舞的绿带，交汇于紫阳县的向阳镇。两岸山奇，水幽，石怪，洞神，险中藏奇，奇中蕴妙，景色奇美。

所以人不可貌相，河和山也不可貌相：每条河都有来头，每座山都有靠山。有任河站台，楮河的身段就显出来了。

飚水洞与黑龙洞

对于荔枝道东线，我本来觉得景色好的地方都在县城以南，靠近四川那边。这是因为北边西乡属陕西，是自家人，而南边的万源是邻居，邻居家的饭才是最好吃的。但跟周孝德去了一趟飚水洞和黑龙洞，这个偏见就被颠覆了。这是捞旗河的两个主要水源，而捞旗河是泾洋河的主干，所以这两个洞也是泾洋河的源泉。

去飚水洞得从县城的鹿子坝出发，先来到一个沟底的小型水电站——水河沟电站。就一排平房，里面有些机器，是七十年代建的。提供动力的水来自一个半米粗的红漆铁管子，那管子和旁边的台阶直直沿着山坡上去，山坡角度大概有四十五度。台阶当年是为

凿崖水渠（周孝德摄）

了安装这个管子而修的。

我们两个沿着台阶往上走。宽约一米，台阶是灰旧的水泥。下午四点左右，大暑期间，天空极蓝而烈日炎炎，旁边没有树。走了一会，我就找到了刘光朗第一次走平原路时的感觉：你看这台阶一直通上山，角度宽度都不变，也没有说过一段有个小平台让你休息。我看到一个资料说这管子长一公里，那这个台阶也一公里。

终于上到头了，在半山上，有个水泥池子和一个小屋，一对老夫妇住着，是招呼这池子的。池水进入管子下山去了，到水电站带动发电机。

池子里的水来自一个人工水渠，大概一米深，二尺宽。我们就沿着这水渠走，比较容易，一路水平，而且有树木遮阳。这水渠是一个小型的林县红旗渠，看起来小，但不少地段是从悬崖上切凿出来的。走在渠边悬崖地方探头出去往下看，百丈绝壁，幸亏路边有树木。

渠尽水源，便得飚水洞，是石壁上一个天然的弧形缝隙，一幕白浪喷涌而出，水声哗哗，被水渠接住，悄然流去。

所以飚水洞本是星子山上半部悬崖上的天然泉眼，出来顺着石壁瀑布流到沟底，如今泉水被水渠截流了。看这水量，我想象不出镇巴的山里还会有比这更大的泉眼，就叫它"镇巴第一泉"吧。它跟《秦巴古盐道》一书里所写的那个巫山县的盐泉是一类的，只是那个泉眼通了东海，或者地下盐湖。网上一个笔名"巴山老井"的镇巴人写过他几十年前上初中时看到的样子，那时的水量又比现在大多了：

> 那是我初中毕业的时候……为了照一张毕业照，我和我的小伙伴们得翻山越岭100多里到县城才可以。没有公路只能步行。我们二十几个十多岁的孩子，在一位老师的带领下，半夜时分向县城出发了。……下午时分，我们来到了星子山的半山腰。就在我们疲倦得迈不动腿的时候，听到了一阵阵地动山摇的吼声，这种声音是我们从没有听到过的，给人一种毛骨悚然的感觉，连老师都有些迟疑不定的神情。
>
> 我们惊恐地缓缓转过一个山头，一个令我终生都不会忘记的画面出现了。我们看见了飚水洞那震撼人心的场面。
>
> 飚水洞的水喷出后水量太大，堰渠走不赢也容不下这么多的水，水就漫过了约有100米长的水渠向渠下涌去，因为水渠是在悬崖中间，因此就形成了一条长长的壮观的瀑布，瀑布的水砸向了悬崖下面，溅起的一团又一团水雾笼罩在整个山间。吼声更加的让人发抖。
>
> 漫过水渠的水有10多厘米，我们脱掉鞋子，战战兢兢地从水面上走过去。走到洞口的时候，真的是让人魂飞魄散。

这阵势分明是苏东坡所说的"能衔渠水作冰雹，便向蛟龙觅云雨"，向那时的老师和学生致敬。他们走在瀑布顶上，稍有不慎，就可能被冲下深沟。

　　过了飚水洞，水渠还往那边延伸，因为那边还有水源。往前走一点，渠尽水源，便得一河床，到处都是大白石头，石头之间有清水流动。到了这儿，我才有了走到终点的感觉。这是个非常安全友好的景点。这儿跟白天河正好相反：白天河最好看的地方在下游，在位置最低处，前面说过了，你无法跟白天河的水亲近。这个地方则在山的高处，是捞旗河的高处源头。也就是说，我们那个长长的水管台阶没白上。这儿的大白石头之间有各种小水滩，人可以在里面走，或者洗脸洗脚洗澡，然后穿个短裤，选个大石头躺在上面或者趴在上面。此时大概五点左右，太阳刚到了山头背后，这个宽敞的石头河床处在阴影下，但石头还是热的。大城市里有养生会所把一些石头烧热让人躺卧，那些石头可比不上这些石头。我前两天在

飚水洞

石泉县的本草溪谷，跟一位自称"道医"的青年晒背，有"三伏晒背"一说。既然如此，也可以有一种"三伏卧石"的疗养。大家来山沟小河一趟都不容易，不能来了看看就走。最好掌握好时间，比如在这个时候来，不用暴晒，却能享受石头的温暖。

周孝德对飚水洞情有独钟，说来过几次，我现在服了，此地确实应该来。

然后沿着山坡上的小路往回走，我们没有走回头路去下那些台阶。这路是走对了，虽然远点，但一路上感觉轻松，欣赏美景。山谷下面，刚才那个友好的白石河滩已经变成深不可见的幽谷。我们能看到它深深嵌入地下的树木里。如果能走下去，一定是一种真正的峡谷幽境，不知道有多少小奇景。走到一户人家的房前，我们又在一个房间那么大的石头上躺坐了一会。一路还看到几个往上的绝壁，以及从上面渠里漏下来的瀑布。这一路另一个最奇特的景物，

飚水洞一线的阳石

是一个从路边横着伸出的柱形石头，叫阳石。

关于黑龙洞，前天晚上吃饭的时候，周孝德的妻子和另一位女客说镇巴妇女有立秋去黑龙洞取水，换泡菜坛子里的水的风俗。此事我十分喜欢，是一种民俗文化。老百姓认为每年换一次黑龙洞的新水能泡出好味，但我看更重要的是，这给了女士们一个户外活动的机会。大家可以手提某种容器，叫上家人或好友去一趟山沟里。黑龙洞算是离县城比较近的了，先坐一段车再走路，一个上午或者一个下午可以打一个来回的。我们去的那天是大暑，烈日当空。所以镇巴人选立秋那天来这儿，也是三伏天后的第一次外出，跟人们经过一个寒冬后迎来立春的喜悦心情是对称的。

洞里果然有一条溪流流出，汇入洞外不远处沟底的一条小河里。小河那边有一个人家，我们去坐了一会。男主人说下雨的时候洞子里出来的水会变得很大，把那个小桥都淹没了。平时也有人来洞里看景乘凉，立秋时候是有人来抢水。他用"抢水"这个词，我认为是从前的说法，现在人来这儿应该是不用抢。这个词说明历史上是有某种形式的象征性的抢水的。他儿子也在家，说在镇巴上职业中学，现在是暑假，在家帮着放羊。他还说跟伙伴进过黑龙洞深处，如果我们想

黑龙洞

进去可以带我们去。凌冰洞归来不看洞，所以进洞的事就算了，倒是有另一个主意：既然雌鸡岭可以养鸡，黑龙洞就可以泡菜。这位同学：近水楼台先得月，近洞人家先泡菜。让你爸买五十个坛子，菜自己种，给游客说不用抢水了，买一坛子端走，菜都是喝黑龙洞水长大的。别忘了请书法家周孝德写个"黑龙洞泡菜"的商标。除了饿不死的秘密，还有做美食的秘密。

《定远厅志》说："捞旗河源二，一出飚水洞，一出黄龙洞。"那个黄龙洞应该就是今天的黑龙洞。我估计当年里面住的是黄龙，后来换成了黑龙。

张飞传说的解读

王昌龄有句：但使龙城飞将在，不教胡马度阴山。放在镇巴，就是但使蜀汉飞将在，不叫曹兵度巴山。捞旗河这儿与张飞有关的地名有一串：拴马岭，晒旗坝，捞旗河，营盘梁，截曹坝等。如果张飞来过镇巴，一种可能是在宕渠之战之后追赶张郃的时候：张郃翻大巴山来到今四川渠县，被张飞围困，最后"弃马缘山，独与麾下十余人从间道退，引军还南郑"（《三国志·张飞传》）。这可谓抢人不成，反失一批人。张郃来的时候走的是米仓道，而逃回来的时候，有可能走的是荔枝道，因为渠县就在荔枝道上。上文中"间道"的一个意思是近道，也可能是巴间道，即荔枝道。另有人根据《定远厅志》中"汉昭烈取汉中，大兵发葭萌关，由广元，宁羌正道入，张桓侯由定远，西乡间道而进"，判断张飞在汉中之战前走过镇巴。此说的争议，一是没有更早的史籍记载支持，二是根据《三国志》，汉中之战张飞马超是在陇南的武都作战，从金牛道转祁连山道过去最近，走镇巴则绕一大圈。

从民间传说这一民俗角度来看，不论张飞来没来过镇巴西乡，这儿丰富的张飞传说都是有价值的，它有助于我们推测历史上的一些情况。张飞被封为西乡侯，当时的西乡指的是张飞的故乡河北涿州西乡。晋代以后，今天的西乡县名的出现，很可能对张飞传说在这一带的传播起了重要作用。民间传说把发生在一个地方的事传播到另一个地方的例子很多，洋县的汉王山就有一个汉高祖斩白蛇的传说，只因为那儿有一个汉王山。民间传说是在不同时代里形成的，有可能把发生在不同人身上的事放在一个人的名下。镇巴西乡处在荔枝道这个商贸和文化通道上，自然会有很多马匹经过，很多村镇都有拴马的树和石头，捞旗晒旗也可能是某个历史上其他武装人员的举动，说明此地曾是战乱频繁的地方。

民间传说也有助于我们了解张飞。四川阆中和镇巴西乡等地都有桓侯祠，这说明老百姓对当年桓侯张飞的口碑还是正面的。作为一个时代的重要将军，以及后期治理阆中的巴西太守，张飞不可能是小说中的一介武夫，而是有一定的文化知识和管理能力。对于张飞最初的屠夫身份，也要有综合的理解：他有可能是个有实力的肉铺老板（如水浒中的郑屠镇关西），信息灵通，具有江湖处事能力。屠夫出身的荆轲，就是一个有智慧和胆量的勇士。当时吃得起肉的都是"高净值"群体，所以给这些人的宴会提供肉食，也就有机会结交他们。张飞应该是有一定文化基础的，参加刘备的事业后，随着职位的升高，自然有文人幕僚从旁辅佐，治理好所辖区域。

在《水浒传》和《三国演义》等古典小说中，双方将领在阵前一对一打斗的场面，是戏剧化了的古代战场。实际上最高指挥官是一方军队的头脑，作用不是去阵前拼武功，而是要保全自己以指挥全军。张飞等人入选五虎上将，靠的是军事指挥能力，而不是武功，武功是士兵的事。黄忠刀劈夏侯渊的真实场景更可能是：大战中黄忠率领军队直逼夏侯渊所率领的一批人，战胜对方并导致夏侯渊战死，黄忠亲手砍杀夏侯渊的可能性反而较小。中国象棋里老将不见面，反映的正是这个道理——到了元帅将军层面，双方靠的是指挥能力，"不见而屈人之兵"。

张飞传说存在于这一条线，也是对东线荔枝道的一个支持。东线在镇巴县城与西乡县城之间又有两个大的分支：一个是沿着泾洋河走，一个是沿着捞旗河走。捞旗河这线走到后面是贺家山（跟拴马岭是同一条山脉）和红石梁（过了红石梁就到西乡地界）。这一线还有几个小奇景值得看。一个是截曹坝不远的彩虹瀑布。一条小河从山顶上下来，过一段形成一个瀑布，一直到山沟下面。我和周孝德去看路边那段主要的，是贴着石壁流下来的，结果看到瀑布上面有一小段彩虹。当时是 7 月 23 日下午五点前。天空晴朗，不见云彩。这可以是中学生研学的好问题。

第二个是贺家山上的道路，在山坡山头曲曲折折拐了很多弯，有个航拍的视频最能体现这些路的特殊效果，不妨叫作"二十四道拐"吧。那一路还有几"扇"石壁，很像屏风，书法家周孝德说应该在上面刻上本县人的书法作品，比如说中学生的优秀书法作品，我赞成，文艺活动要让尽可能多的人参与进来。

第三个是一个叫大祥坝（也叫代钱坝）的地方，在一条类似后河那样的山沟的最里头，在两条山梁的拐角处，有一棵大枫杨树，几户分散人家，还有个新式小四合院。枫杨树下一条清澈的小河流过，没有后河大。在这儿我就得出一个推论：在镇巴这样的山里，凡是有一条小河，必定有两列夹山。沿着小河逆水走，到源头处一定有两山夹成的角落，角落里一定是"屋舍俨然，有良田美池桑竹之属"。这样的山村才是《桃花源记》的原型，不必钻山洞。那个山洞是虚构的。所以除了小河选美，还可以设立一个"河源人家"的短视频选美赛，得了名次的去拴马岭的飞将山茶场领一份好茶。

小渡坝到黄石板

《庙滩翻船事件》一文记载，1958 年县委书记等十六人坐船去汉中，不幸船翻落水，造成包括县委书记的妻子在内的八人溺亡的事故。由此可以推断，历史上从泾洋河走水路去西乡的确是一个重要选项。

九十年代泾洋河堰口大峡段（李庆摄）

从前镇巴人坐船去西乡需要走到小渡坝上船，所以小渡坝对于镇巴，就像虹桥火车站对于上海，是一个城郊的交通枢纽。当年货物到了这儿不仅被转运到县城，两边还有通往青水和兴隆的小路。陈忠德领我们去唐家花园看马口石曾经在的地方（马口石因修路被填埋了）。马口石上有官府打的印子，水超过印子就不能行船了，得翻山走远水

广嗣桥

路（绕水路）。所以胡述权和陈忠德都认为荔枝不可能走水路。然而到现场看了河道以后，我反而认为有可能，因为这段水路是最平最直的。如果担心人的安全，只要把装荔枝的竹筒绑在竹筏上，就可以直接撑着走，竹筏是不怕翻的，即使翻了也散不了。还有，荔枝往长安是单向运输，在泾洋河上一路顺水。《庙滩翻船事件》一文中提道："徒步到西乡县城需要 2—3 天，若乘船走水路，只需一天就可到达。"那次事件发生在 1958 年 8 月 4 日，正是涪陵荔枝成熟的季节，可见那个季节水位上涨便于行船，如果主要用来运送荔枝，风险是可控的。庙滩翻船事件是个个案，不能因此就说 8 月在泾洋河上行船都危险。

如今小渡坝到西乡堰口的泾洋河全部在高架下。要是没有高速公路的遮蔽，河谷的景色是非常好的。两边不时有小悬崖和石洞、

把根扎在外面（金龙寺）

树木以及汇下来的小河。河边电杆上两米高处挂有布条，说明洪水季节便道都被淹在两米之下，也就是说整个河谷充满波涛。杭州有钱塘观潮，镇巴则有泾洋河观潮。现在是十一月，河里水很浅很蓝。一条从坡上下来的支流小沟上有个石拱老桥，爬上去看，桥面长满杂草，桥头立着一个碑，刻着"广嗣桥"，大清咸丰元年（1851年），《定远厅志》说："咸丰三年唐祖友修治今镇巴北打更坝、羊鼻梁、陈家滩、学堂坝四十余里古道。咸丰十一年唐祖友又整治今镇巴北温水峡石路。"这个碑上有唐祖友的名字。欣赏这样的桥不能就桥论桥，要有"驿外古桥边，寂寞开无主"的情怀：

千山落叶万山云，行到荒桥日已昏。
羡杀田家头白叟，半生足不离柴门。

走到温水峡，路边门前做木工的一个人说对面有个金龙寺。走石台阶上去，原来是石崖下很小的庙房，跟金龙寺这个大气的名字不相符。有意思的是，过了小庙有一条路通过一片更大的悬崖。我沿着往上往前走了一段，悬崖下面插在河水里。路挺窄，所幸旁边有稀疏树木，不用担心掉下去。这应该就是所谓的"远水路"，意思是如果下面河水暴涨，可以从崖顶上绕着走，到前面再下到河边。前面再走一点有个窝包石，从前旁边有个庙子，有人拿石头打中窝包石，要不了好久下面就有水涨起来。

"那你打过吗？""打过。""有水出来吗？""有。"于是来到窝包石被埋的地方观察。

胡明富说："传说秦始皇巡游，在天景楼看到一只公鸭子和一群母鸭子。公鸭子每踩一个母鸭子，就跳到一个石头上站一下，下来又踩另一个母鸭，如此不停。秦始皇观察了十几天，最后派人把石头搬回去，让石匠凿开石头，里头包着一点水。秦始皇把水喝了。"哈，这个故事里的石头倒是跟眼下的窝包石有关联。

这一路还分别去了九龙寨和磨子沟。去九龙寨只是觉得它是沿河地段最高的山，不去一下没有挑战感。已经是下午晚些时候，开着车沿着水泥盘山公路上去。山顶上自然也是有缓坡土地，有人家种地，只是最高的山顶上又拔起一个悬崖小石山。路边的人说那悬崖上有寨子。而去磨子沟，也纯粹是个"好事者"之行。有人说上面有个老妇人能让人趋吉避凶，我就跟着走了一趟。那沟虽然没什么重要的，但给了我一种深山访道或者深山访僧的感觉。从前高人住的地方从来都不是因为有名才去那儿住，而是因为他们住在那儿才有名了。

高山顶上的九龙寨，寨洞在石崖上（施安石摄）

果然，走了很长的一个向上的山谷，上去到一个较开阔有田地的地方，只有一个土房人家。除了这位六十多岁的女主人，还有两个三四十岁的人在烤包谷酒，我们一人端一杯热酒喝。其中年轻的一个说在上海打工，最近因疫情在家。他说如果我们能修路，就领我们去看龙洞。十一月的山上已经比较冷了，只有一种小黄花开得不少，叫野菊花。陈忠德说野菊花是蜜蜂过冬时采的。奇怪的是一路上其他地方没见，只有这儿有。

小渡坝顺河往下，下一个有名的地方是黄石板，那儿河段开阔，也是个小码头，过去就是西乡。胡述权说他有个亲戚六十多岁，现在独自住在黄石板。他不是端公但会法术，只是念了鲁班书的下册，每一个咒语下面都有个"断子绝孙"，所以他独身一人。晒旗坝村的女副支书说黄石板那儿已经没人住了。此人说不定是在修炼法术，想最后变成黄石公。

晒旗坝老丁领我们走进牛溪河，泾洋河的支流，进去是晒旗坝。还有路边稍高处一个人家，那个地方叫接官亭。这接官亭听起来比较重要，从西安和汉中来的重要官员，镇巴县令要到这儿来迎接，看来有可能是官道。牛溪河边也有一个老拱桥，叫安定桥。河边还有个地方叫八步崖，但我怀疑这边石壁上曾有能走八步的石路。他还说晒旗坝这儿沟底不下雷阵雨，只有四周山上下。我觉得也许因为这个张飞才在这儿晒旗。那旗是从捞旗河捞上来的。附近还有个拉溪塘村，有个拴马岭，原来有个碑上刻着"汉桓侯张飞拴马处"，抬到镇巴博物馆去了。万源镇巴西乡到处都有张飞的传说，但把旗子从河里捞出来再晒一下，马拴柳树人去拉溪塘"拉稀"的"张飞系列"，在大巴山里还是少见的。

拴马岭村有个懒蛇梁，陈忠德写过一篇传说：这懒蛇每年都在变长，风水师发现后报告了县官马老爷，说如此长下去将威胁到镇巴县城。县老爷组织人来挖。挖了一天一夜挖断了，但第二天又长拢了。没法了，风水师去道士垭请他师父，师父念咒作法，一巴掌打在蛇头上，叫弄二十四条牛来犁，十二条牛一班，终于犁断了，下面碗大的洞里出来一群红蚂蚁，一尺多长的红蚂蚁不停地跑。县老爷高兴，大办酒席三天，参加的人都给了钱。

我们在懒蛇梁上走了一趟，不高但长，蛇头断处的空地上是两个人家的房子。我拍头大悟：上面的故事是风水师跟他师父策划出来的，只为了草船借箭，给东家挖出一片盖房的地方。

万聋子的传说

我从陈忠德那儿听到万聋子的系列故事，就觉得他是一个值得研究的人。不妨把他的系列故事叫作"民间奇术故事"，属于志怪文学的范畴。前面已经说过，镇巴这样的深山荔枝道上保留着许多志怪类的民间故事。有人问，志怪有什么重要的？这就像问为什么《聊斋志异》是一本重要的文学经典。志怪是贯穿中国历史的一个重要文学类别，国外学者已经有不少关于中国志怪文学的研究专著。我在美国夏威夷大学读博士期间，我的导师麦大伟在讲中国志怪故事时深为这些不可思议的奇特想象点赞，因为西方文学中是没有的。

这里说的志怪指的是短小众多的狭义志怪。志怪故事的一个特点是只叙述不讲寓意，且写作手法都是纪实的，地方、时间、人物都清楚。中国民俗文化天生具有多样性，也许只有多如牛毛的短小故事才能比较完整地进行反映。先秦的许多寓言都是从志怪发展出

民讲故事

来的，只是由文人加上了寓意而已。许多比较长、比较有影响的神话故事和精怪故事，以及唐传奇这样的短篇小说等，也大量使用了志怪素材。如果把志怪故事"怪元素"抛开，我们会发现很多不怪的民俗文化信息。今天，许多地方原始的民间故事都消失了，镇巴这样远离城市和平原的地方反而保留了较多。万聋子出现在镇巴，间接证明古道发挥了作用。我不知道川陕鄂渝这么多巴山县里，还有哪个县有类似于万聋子的故事。

我先来拉溪塘村拴马岭见到万德章，三十几岁的村干部。他说万聋子临死前把几本鲁班书放在一个山洞里，万家崖那儿有个七十多岁的老人吕国喜知道得多。他先打电话，没人接，就开车带我去，到了一个立着"蒿坪子"地名牌子的路边，问邻居，说在坡上挖洋芋，就上山找到了他。

这是个小山沟一面的坡上，底下那条没水的小河就是拉溪河。清明前天气晴朗，向阳坡上阳光温暖。有客自远方来，吕老人相当高兴，挂着锄把给我做手势讲解。说修路前那个洞就在河边一个陡峭的地方，有个叫陈德忠的当年抓住杂树上去找过，找到了书但翻开看不到字，书页拿鸡血染过的，年代久了，是皮纸书。又说前一半翻不开，后一半能翻开。

他又指高处的一个石崖，说那叫万家崖，上面的洞里听说也放过书，但是没人见过。他给我指沟对面的山上面，说叫水井梁，他家以前住在那儿，有三个石水井，都很浅，里面本来没水，万聋子能用空背篓盛水，背上去倒了进去，从此石水井里的水就不干了。那三个井还在，就在那个峁峁上。"现在还有水吗？""有，还有一个水井是我家一个母猪拱出来的，那个母猪不拱别的地方，只拱那儿，时间长了拱出一个坑，出来了水，后来我们都吃那儿的水。1958 年大集体时挖那个坑，挖出四十八步石梯子。"

井下面有石梯子？石梯子就是石头台阶，我走荔枝道老路到处打听哪儿有古代留下的石梯子，只有一两处明显的。最明显的就是过了会仙桥上景家坪那儿的观音崖的那一段。没想到他家井底有四十八步，一定是通往地下世界。看来这位吕老人也是志怪高手。

"他请你做活路，把太阳套住，说是一天，其实是三天，因为太阳不落山。他给你干活，说一碗水晒干就干，但老是晒不干。有一次有人说万聋子，那边过来一个女人，你能叫她把裤子脱了搭在肩膀上走路吗？那有啥。使了个法，那女人果然脱了裤子搭在肩膀上。走近一看是他亲妹妹。他说坏了，我眼睛要瞎了，结果瞎了一只眼睛。"

"万聋子是怎么死的？"

"人家把他害死的。他走路有鬼抬轿，有个人搞了些硬柴放在路上。硬柴可以解法术（我没有听懂具体硬柴是怎样发挥作用的）。"我还是第一次听说"鬼抬轿"这个词，是个稀有民间文化词，跟鬼打墙是一类的，非常好，我来收藏下。

谢了吕老人，我又跟万德章去找万聋子的坟。陈忠德给我说他的坟叫倒栽坟，是因为他死了以后，大家怕他还使法术，把他头朝下埋了。万德章又打电话请来他的一个本家大大叫万顺治，六十九岁，会泥瓦工技术。这位大大说不是倒栽坟，是倒向坟，一般坟墓高的一头朝西，而他的朝东，确实是怕他死了继续施法捣乱。这位大大也说他能套太阳。他跟人家换工，姜坑里的水能晒干太阳都不落，人说今天天咋这么长，太阳还不落，他在家里睡觉。姜坑就是山上挖的能自己渗出水的坑。轮到他给人家干活时总是下雨。他还能一天同时给几家人干活，每家都有个万聋子。他一年到头做庄稼的时间少，耍的时间多。有一次在人家家里烤火，拿个刀子从自己腿上削下皮来点火。他一走，主人家发现屋檐下的柱子上被刮了一层皮。

这位大大和刚才那位吕老人的描述让我十分高兴。万聋子的故事到处传，传得越远变化越大，把不是他的故事也加在他身上了。这是民间故事形成的正常现象。当然，了解最接近原始时候的故事也很重要。

我前面说过，民间故事真正吸引人的地方是讲故事的场景和讲故事者的语气手势等。一个会讲故事的人就像今天善于表演小品的人。刚才的吕老人戴个有帽檐的帽子，帽子朝前一面是皮的，帽檐歪向一边，像调皮的中学生有时戴的那样。民间故事也跟戏剧一样，剧本就一个，关键看谁来演。

我问有没有人见过万聋子，这位大大说他婆见过。名字不知道叫什么，只听说是"承"字辈，跟他爷婆是同一辈的，生于清末，活了四五十岁，应该是一九四几年死的。因为万聋子经常整人，大家都不喜欢他。他婆常劝万聋子，对他不错，所以万聋子常到他婆家里来耍，也从来不在这儿整人。有一天在他婆家里吃饭，有个姑娘在丁木坝,说那边的饭好得很,他说那他过去吃。都说他在说空话,真的就走了。过去一顿酒喝了,把桌子上的菜拿帕帕包了拿回来,还是热的。

哈哈,不错的故事。丁木坝就是胡氏庄园那儿,离这儿几十里路。

他说的拿帕帕包了菜回来,指的是包了油炸的小鱼面块猪肝等,这是陕南这边过去坐席的一种讲究,我小时候就见过。桌子四角放的小碗里有几样炸好的东西,吃完饭离开时由一位年长的给每个人一份带回家,客人大部分都是拿出手帕一包,带回去给家里不能来坐席的人吃。我看到一篇文章说这个习俗是明末汉中的瑞王朱常浩首先发明的,说他每年会请汉中父老代表去王府吃饭,走的时候让把吃不完的带走。从民俗文化角度来看,提前做一些食物放在

今天更像田野调查(万德章摄)

万聋子坟

桌子上不吃，首先是显得桌子上的食物多。陕北、关中过去有在桌子上放一碟木头鱼的，也是这个道理。摆木头鱼相当幽默，只是汉中人要笑话了：我们可没有上"炸木块"让大家带走。

这儿我也顺便说一下民间传说和民俗文化田野调查的重要性。文物和古建筑讲究修旧如旧，民俗文化的收集也应"录旧如旧"。如果我只看别人写的关于万聋子的故事，就不会顺便了解到这么多额外的民俗信息。别人写的民间故事是经过"刷洗"和"刮削"的，作者把自己认为没用的部分打磨掉了，有时还加上自己的美化，实际上损失掉的那部分也是很有价值的。对于木匠来说，一棵树有用的部分是树干，而对于做根雕的人来说就不一样了。对美食家来说，香椿树上春天发出的细枝才是最有价值的。

我们沿着一条细路走到两山之间的矮梁上，万聋子的坟在一丛杂树下面，其中一棵碗口粗的树长得很高。草木丛中能看出坟一头

小城妇女不知愁，春日简妆上山游

垒的石头，我们走的这条细细的步行路就从坟前经过。路的另一面是一块平整的土地，种的东西还没长出来，曾经是万家的祖坟园，大集体时被挖平了。我忽然觉得好笑：他们不让万聋子进祖坟，而今祖坟没了，万聋子坟却还在，万聋子还是技高一筹。

"万聋子死了还捣蛋，我们小时候走过万聋子的坟还害怕，有人说坟里伸出一只手。"

有个放牛老人过来打招呼说话，说听他外爷说，每到半下午，坟里头叮叮当当就有锣鼓声。万聋子走夜路拿升子把灯光捂起来。我问什么灯，万德章说估计马灯或者灯笼。

我们正在说话，一头健壮的大红牛从地那头的土包后面走出来，放牛老人转身过去挥动细棍吆喝，牛又缩了回去。我说牛可能觉得我们聊天有意思也想来听，他说对，牛犁地的时候，要是那边村子有人吵架就会站下听。我不懂刚才他为什么要把牛撵走。今天他是来放牛的，牛可能已经完成了吃饱肚子的任务，来听听万聋子的故事也没什么，况且胡述权说过牛能辟邪，能防止万聋子给我们使个法。

下坡的时候我们在路边一家人那儿说了几句话，主人家的老人说万聋子的坟本来是朝西的，但他经常回去现身，所以就把他重新埋了一次，头朝东。因为他家住在离万聋子坟最近的坡上，我估计他说的话比较可信。再过两周就是清明节了，天气晴朗。我看见几个挖野菜的妇女，就拍了一张。

我半天时间里访谈到的万聋子故事毕竟是少数，所以下面我引用一下陈忠德从不同渠道收集来的几个故事，他说他上中学的时候学生中间就流传着很多万聋子的故事：

说的是镇巴泾洋拉溪塘万家崖，在清朝末年出了个道行比较精深的法师，他精心拜读研究《鲁班》上下册，据说看了《鲁班》上下册必须赌咒自身残疾后才能灵验，因此他在看《鲁班》时就诅咒自己脚跛眼瞎耳朵聋，断子绝孙不得好死。后来也就确实得了现眼报，瞎了一只眼睛，成了跛子，耳朵要大声说话才能听见。他终生无儿无女无老婆，一人吃饱全家不饿，以作恶取乐，不管生人熟人他不开玩笑日弄你心里就不舒服，但没有法术根本奈何不了他，他的真实名字无人知晓，当地人都叫他"万聋子"。

他的故事很多很多。说他死后周围团转的人怕他找替胎，在某处挖了一个深坑，头朝下脚朝上把他埋拴马岭某十字路口，让人来人往万人践踏，永世不得翻身，后来把埋他的地方叫作"倒栽坟"。

说他能腾云飞走，他需要去哪里干啥干啥，只需点上香蜡用簸箕扣着，默念咒语就能自行飞往想去的地方，待事情办完再飞回来。

说是某家死人夜场，遇到大雨，没有柴火做饭，他拿上斧头将自己的脚杆劈开放到灶里烧，都知道他道法高明也没当回事，当时主家很是感激，好菜好酒招待他，使其夜场顺利结束。第二天客人散尽才发现房屋几根柱头只剩下了一点小筋撑着，房屋即将倒塌，把主家害得够惨，不得不请木匠更换房屋柱头。

说是一王姓财主，不知啥事得罪了万聋子，他与王财主隔河相望，据说相距一两里。一天，他几个咒语一念，挽了一道绝咒，便看到一个火球飞往王财主的四合大院，不多时整个四合院一片火海，被烧得干干净净。当时好几个人在场，都劝说万聋子不要把事做绝了，他说："你们哪个再帮他说话，我叫你们和他一样！"大家都知道他的法力和为人处世，再也不敢作声了，眼睁睁看着王财主就那么一下变成了穷光蛋，一家人抱作一团哭得死去活来。过后王财主为躲避万聋子，迁往外地谋生去了。

说万聋子一天路过一个铁匠铺，起了个歪心思使个法术让铁炉子不着火。一个下雨天铁匠生火准备打铁，风箱怎样推拉，有风就是吹不着火，认真检查炉膛没有一点问题，找不出啥原因也气得不行。猛然想起前两天万聋子路过，会不会是他做的坏事？他就将平时打铁的稀泥巴（钢和铁需稀泥煮火才能连接）重新处理炉膛，他小孙子也在跟前玩耍，看到他爷爷在用稀泥巴，就说："爷爷，我屙的尿在泥巴里头。"老铁匠哈哈一笑说："童子尿辟邪治病的，还有没得再屙点在里头？"孙子依照铁匠的指点又对准屙了点尿在稀泥坑里。然后老铁匠边涂抹炉子边叫孙子到火房拿出泡桐木吹火筒，老铁匠将吹火筒拿在手上念了一道咒语再画一道字符，叫孙子拿着吹火筒对着炉膛的火猛吹，孙子吹着吹着听到炉膛嘭的一声响，吓了一大跳不敢吹了，老铁匠再次拉风箱顺顺当当，越拉火越旺。

老铁匠和小孙子的一番操作，让相隔好远的万聋子倒了大霉，正是老铁匠泡桐木吹火筒被孙子猛吹，吹得万聋子突然胀痛难忍，还没等他反应过来，肠肚已被一股闷气胀破爆裂，万聋子再精通法术也没法挽救了，睡在地上七天后死了。

过了几天老铁匠知道万聋子遭到了报应，也不敢说是自己和小孙子弄的，自己的孙子才八九岁，更不能让他知道这事。又过了好长时间，人们都开始议论说："万聋子一生作孽太多，没想到自己肠肚会胀暴，真是害人害己不得好死。以后再不用时时提防万聋子了。"一次别人找老铁匠打铁，老铁匠酒醉吐了真言，人们才知道万聋子的死因。

从上面几个陈忠德记下的故事来看，有些是已经存在的故事被附在了万聋子名下，比如铁匠法术，我就听胡述权说过。万聋子的故事能出现在镇巴而不是大巴山里别的县，说明镇巴有着某种优势。万聋子的故事跟万源竹筒沟苟淮占了地仙找到的那个真穴是一类的，这说明陕西四川的民间故事是通过荔枝道传播的。

苏州园林是"移步换景"，镇巴则不仅是"移步换景"，还有"移步换故事"。在镇巴见到如此"密集"的民间传说和草根景点，是我写前两本书时所不曾经历的。平原上以前应该也是充满了民间故事民间景点，只是消失得较快，只有深山里还保留着。

我们不应该低估镇巴这类奇术故事的价值。剔除迷信夸张的成分，它们和其他民间故事一样含有丰富的地方文化信息，是历史久远的志怪故事的活标本。

万聋子与济公的传说，阿凡提的传说，乃至西汉东方朔的传说是同一类的，他们各自代表了所在时代和所处地方的民间故事体系，以诙谐幽默机智为基调。万聋子的故事反映了大巴山民间故事的特点，是端公、阴阳风水，以及道教等影响的结果。万聋子的故事凸显故事本身的奇特性，更多地保留了志怪的特色。相比之下，阿凡提、济公，以及我所知道的陕西韩城流传的史阙泥的故事，都有比较明确的惩恶扬善寓意。万聋子虽然给社区的人惹了不少乱子，但他显然不是坏人，多少像花果山时代的孙悟空。万聋子的故事应该从象征性的角度来读，而不是从现实主义的角度来读：他的法术既代表了不被上层认可的民间智慧，又代表了不被凡人认可的高人智慧。被他用法术占了便宜或者嘲弄了的那些人，象征的不一定是普通意义上的受害人，而是"跟智者不在同一层次，又不懂得尊敬和学习智者，反而觉得被愚弄了的凡人"。万聋子社区里的人不应该用这样庸俗的方式对待他：你们既然知道他有奇术，为什么不尊敬他，拜他为师，一起想办法把他的特殊能力用在改善民生上，而只是目光短浅地讨厌他占了便宜？

　　万聋子与孙猴子和阿 Q 也有可比性。和孙猴子一样，他靠自己的灵气和悟性掌握了某种特殊本领，这是喜剧的一面。然而他又有着阿 Q 的命运，不被社区人尊重，最后在稀里糊涂中死去。孙悟空是在傲来国拜过"秘师"的，后来又拜唐僧为师。而从我看到的资料来推断，万聋子很可能没拜过师，或者拜了秘师但没按照师训来做，只学了法术而没学到"人术"。在传统中国社会，不论是正统儒学，还是"巫医百工"，师道对一个人的人生很重要。要在行业里站稳脚，不仅需要技能，还需要师父的人脉关系和做人规则。所以各行各业的师父在收徒弟时都首先强调做人，如武术师父强调的健体防身，而不是逞强好胜。

　　上面对于万聋子传说的解读，只是建立在目前所见为数不多的材料的基础上。如果对镇巴民间奇术类故事进行广泛收集，一定会从中看到更多的主题，包括语言艺术特色，动物植物故事信息，山区生活信息，民间社区信息等。以万聋子为代表的"镇巴民间奇术传说"有着很强的大巴山腹地地域特色，其他地方并不多见。

镇巴的民间故事也是目前流行的怀旧文学的一部分。如果要问二十一世纪初期中国文学中的最大新现象，我认为就是微信公众号上的怀旧文学。改革开放以来先是有伤痕文学，再是寻根文学。进入新世纪后城市文学似乎没有出现影响力较大的新流派。相比之下，多如牛毛的草根文学借微信公众号这个平台涌现，成为一支不可忽视的文学流派。这一流派中最有影响的就是怀旧派——怀的是乡村时代的旧。这可以看作是寻根文学的延续，但采用的是短小的纪实体裁，而非传统的小说和散文。城市化如此之快，乡村消失得如此之快，以至于现在的读者已经没时间去读拐弯抹角的小说了，八十年代那种注重语言美和哲思的散文也不吃香了，直入故事本身的纪实文学有了市场。今天在微信公众号上写纪实故事的作者，大都不是在报刊上发表过文章的作家，而就是文学和写作爱好者，但他们比职业作家有着更直接的乡村生活经历。我在镇巴看到写怀旧纪实最多的，是宁文海写的《儿时的故乡》系列散文，发表在"镇巴通"公众号上，现在已经写了一百一十篇。郝明森发表在自创公众号"班城记忆"上的文章，胡述权和陈忠德写的有关青水的传说，杨盛峰在镇巴中学的"说一史"公众号上写的系列关于县志和历史的文章，也与怀旧主题相关。这些作品对于地方文化的传承记载有着重要意义。

保护民俗文化跟保护文物是一样的：不能因为觉得文物上的某个部分看起来粗糙土气就把它打磨掉。民间故事民俗文化里的美学和哲理是有实际用途的。审美是多样和变化的，我们觉得不美的东西，别人可能觉得美；今天觉得不美的东西，未来可能觉得美。

午子山

来到西乡有个意外：深山荔枝道怎么说结束就突然结束了？本来以为要延伸到汉江边。一路在山里探索了那么久，一到平原上，忽然觉得古道已经融入现代交通系统，没必要再往前看了。

我来西乡有两个地方想看，一个是"刘光朗惊见大平原"的地方，另一个是北宋洋州知府文同一诗里写的地方。先说后一个。文同是当时的著名画家，提出画竹子时成竹在胸的就是他。当时西乡县属于洋州府管辖，有一天他来到西乡，在县令及文人雅士的陪同下去巴山游览，写下了这首诗：

> 西乡巴岭下，险道入屏颜。
> 使骑到荒驿，野禽啼乱山。
> 问民青霭里，访古白云间。
> 几日南城路，新诗满轴还。

这首诗的题目叫《寄子骏运使》。运使是唐朝以后设立的"转运使"官职，是负责运输的省厅级官员。文同把在这儿写的诗寄给这位叫子骏的转运使，既是以诗问候（他很可能来过洋州），又有汇报工作的成分——看，我来古道调研了。"屏颜"是险峻高山的意思，"使骑到荒驿，野禽啼乱山"，说明见到了驿站遗址。"问民青霭里，访古白云间"，说明进入山谷还往里走了一段路，来到了白云青霭覆盖的高山地带。他像我一样，对"问民"和"访古"有兴趣。"几日南城路，新诗满轴还"，画家知府显然懂得高层次的旅行美学，寻找的是诗意。

文同老家在大巴山那边的四川绵阳，跟苏轼是表兄弟关系，而苏轼家在四川眉山。洋州府在汉江北边的秦岭一侧，那儿有个箕笃谷，他和妻子在那儿有个写生点，经常去。那儿我也去过，就在孤魂庙边的草坝子那儿。那箕笃谷其实不是山谷，只是平原上一个地势较低的地方。洋县所处的地方还在秦岭外围，没有险峻的山，还是西乡县的巴山让他更有家乡感。荔枝官道没荒废的话，文同去绵阳老家或者眉山舅家也是可以从这儿走的。

我给西乡县文物科的科长樊义刚说了这首诗，他说在县志里见到过，然后带我去看午子山和堰口。镇巴延伸过来的山群到午子山所处的这一排山为止，脚下就是西乡平原。这一排山很像秦岭延伸到西安南边的终南山的最外层。所以再大的山群都有边际。

这层最外围的山带上有两个重要地方，一个是午子山，一个是堰口。前者上面有个午子道观，后者就是泾河的出山口，有个古堰叫金洋堰。从前进山走长途的人应该会去午子道观烧个香求平安，从山里出来的人则去进香还愿，感谢神仙保佑。站在午子道观的前院，能俯视远观西乡平原。泾洋河过镇巴境内总是在两山之间，一入西乡平原立刻就变得大气了，河床非常宽。泾洋河在西乡汇入牧马河，最后入汉江。

堰口就在午子山脚下一个山谷的出口处。所谓的堰，就是在河岸外另开一个水渠，把河用坝拦住，让一部分水从水渠流走浇地。坝一般都矮，水可从上面滚过。沿着那条青蓝的大渠逆水走，是最好的春游。一堵墙上镶着几块清朝和民国的石碑，记载的都是修堰

的事。石碑上这个古堰叫金洋堰。杨盛峰写过一篇文章说泾洋河在
《水经注》等书上叫洋河，不知现代人为何加了个"泾"。我估计是
因为在西乡它另有一个叫法叫金洋河。

我觉得这无人的小古堰比都江堰好玩多了。路边的桃花杏花刚
开，十分悠闲。这儿是个理想的草根景点，只要在渠边修个栏杆保
证安全就行。

从这儿往斜对面泾洋河的出山口一望，我就下了结论了：这儿
就是刘光朗惊见大平原的地方！而且文同来的也一定是这儿！

此刻我感觉是站在机场或火车站外来接人的：从万源过官渡、
渔渡，镇巴过来，不论是翻红石梁再过司上，或者是走泾洋河水
路，或者是从仁和过寡妇崖走麻石河的，最后都要从堰口这个峡谷
出来，且谷口那儿进去看起来的确有悬崖石壁，如今的 210 国道就
从那儿出来。所以没有理由不相信驿站就是设在这儿。我自己在山
里跋涉了一年，此刻也心情大好。"刘光朗惊见大平原"代表了所

1994 年午子山下的泾洋河堰口镇（常学良摄）

"屏颜"是这个样子（白天河）

有走出深山者的心情：我们到达水草肥美的目的地了！而运送荔枝的人，早有快马骑手在堰口驿等着，装荔枝的马鞍形筐子抬到新马背上，奔向石泉或者洋县去走秦岭段。

当然，如果荔枝走的是仁和景家坪的青水线，则不过堰口，而是在西乡的杨河镇出山。2023年清明节那天，我跟陈忠德来到杨河，这儿如今也是西乡县城的一部分。我们跟路边两位老人聊天，一个八十岁，另一个八十五岁，他们都走过那条线去仁和和青水，居然都知道刘广文，还说刘广文的祖爷爷清末民初是仁和一个会武功的人，拿一根很长的铜烟杆，可以杵路和当武器。烟杆一头的烟锅有鸡蛋那么大，经常给人当保镖走这一段路。两位老人也知道寡妇崖，说寡妇崖麻石河比高家池梁上难走。所以我看杨河跟仁和的关系，就像万源跟渔渡，虹桥跟仁村，洋县的华阳跟周至的老县城一样。

陈忠德还给从仁和搬来的熟人黄昌清打了电话，我们去他家坐了一阵。他说杨河镇还有不少仁和过来的人。他开车带我们去看经仁和和高家池下来的那条路的出山口，果然跟堰口不一样，没有峡谷，没有悬崖石壁，路从普通的小山腰下到平原。出山后的第一个平原村子是杨河坝，巷子里有个直径两米的麻柳树，是我见过的最大的。老麻柳：感谢你代表古道亮个相，你就是西线荔枝道西乡出

驿外堰渠边，桃花开无主。三两背包客，看山听鸟语（西乡金洋堰）

口的见证人。

所以深山荔枝道如果只看在西乡的出口，则万源—镇巴—堰口这条线占优势。如果只看从万源的入口，则虹桥—青水—杨河一线占优势。

至于过了西乡怎么接子午道，也有两个选项：向东到石泉过汉江，北上宁陕过秦岭。或者向南到洋县过汉江，向东北过龙亭，宁陕过秦岭。石泉在黄金峡以下，洋县在黄金峡以上。黄金峡之于汉江，就像三峡之于长江。石泉汉江水面宽，因为有牧马河等大支流汇了进来，洋县江面窄，容易渡江。我认为荔枝有可能走的是洋县，还有一个重要的支持来自《顺治汉中府志》，它说石泉那边的子午道是"汉魏旧道……缘山避水，桥梁不便"，于是梁朝就开辟了经过洋县龙亭的子午道。既然如此，唐朝的驿道极有可能是走子午道新路。当然也有一种可能：堰口出来的走石泉，杨河出来的走洋县。这些留给研学旅游的同学吧，去石泉和洋县实地考察了再判断。《顺治汉中府志》没有提荔枝入洋县傥骆道去长安，但也不能排除这种可能性。天宝共十五年，荔枝年年进贡，加上民间消费，至少有一些荔枝，或者在某些年间，是从傥骆道走的。这个也留给研学同学去傥骆道和子午道旅游一趟判断。

不妨把万源—渔渡—镇巴—堰口线称为深山荔枝道东线，虹桥—青水—仁和—杨河称为深山荔枝道西线。它们是互相分担物流的伙伴，既服务于荔枝驿使这样的特快专递，又服务于背老二和赶场群众这样的慢人。以我这个美景家的愚见，东线有楮河加盟，经过的平坝子多，以田园风光取胜，人们茶桑入歌，耕读传家。西线有三元镇的"天坑高原"和麻石河西乡段上的白天河和寡妇崖加盟，以深山秘境取胜，人们割漆打猎，农商并重。

最后，就让我写两首歌词，来总结一下巴山荔枝道上的深度旅行吧：

> 万源镇巴到西乡，红尘飞马路何方。
> 班超定远星子山，韩仙种葱光头梁。
> 探路为知前朝事，逢人也说新时光。
> 山中若见瓦顶房，炊烟尽带腊肉香。
>
> 涪陵汉中驿路长，长江直播到汉江。
> 天坑漩洞苗子寨，竹林茶山荔枝塘。
> 老硝洞中燕纷飞，白天河里人坚强。
> 网红欲比荔枝红，重上巴山看盛唐。

2023 年 11 月 10 日定稿于上海